LU

Né à Saint-Amans-Valoret, un petit village du Tarn, **Laurent Cabrol**, *l'ancien Monsieur Météo de* France Télévision *revient à sa première passion, l'écriture. Aujourd'hui, il anime différentes émissions quotidiennes de télévision telles que* Les Jardins de Laurent *et présente le bulletin météo d'*Europe 1.

Les Disparues de la Saint-Jean

DU MÊME AUTEUR

L'Enfant de la Montagne noire, collection « Terre de Poche », De Borée, 2004.
Les Jardins de Laurent, en collaboration avec Martine Gérardin, 2003.

En application de la loi du 11 mars 1957,
il est interdit de reproduire intégralement ou partiellement
le présent ouvrage sans autorisation de l'éditeur ou du Centre français
d'exploitation, du droit de copie, 20, rue des Grands-Augustins, 75006 Paris.

© L'Archipel, 2004
© *De Borée* pour la présente édition
53, rue Fernand-Forest – Z.A. de l'Artière – 63540 Romagnat
Achevé d'imprimer en France en février 2006
Dépôt légal : février 2006
ISBN : 2-84494-379-9

Laurent Cabrol

Les Disparues de la Saint-Jean

Terre de poche

Prologue

*Journal de Justin Gilles,
localier à* La Montagne noire *:*

LA PREMIÈRE À DISPARAÎTRE FUT ISABELLE, la fille des Thévenin. Ses parents étaient ouvriers agricoles à Brassac, un tout petit village situé le long des rives de l'Agout. Isabelle était née là, dans une bâtisse de pierres grises plantée à deux pas du vieux pont enjambant la rivière. C'était la cadette de leurs cinq enfants, une brunette aux yeux clairs, à la silhouette mince, qui paraissait plus vieille que ses dix-sept ans. Indépendante à l'extrême, elle passait beaucoup de temps hors de chez elle. Une sauvageonne qu'aucun instituteur n'avait pu mater, et qui savait tout juste lire et écrire... À Brassac, on murmurait qu'elle était un peu demeurée, une innocente en quelque sorte, à laquelle ses parents ne prêtaient que peu d'attention. D'ailleurs, quand au soir de la Saint-Jean de cette année 1957, Isabelle n'est pas rentrée chez elle, ni son père ni sa mère ne s'en sont inquiétés. La gamine avait sans doute passé la soirée à regarder brûler les feux de joie, avant d'aller dormir dans un champ, recroquevillée sur elle-même, comme elle le faisait parfois. Demain, ils la verraient réapparaître, des fétus de paille plein les cheveux, le visage froissé, les vêtements fripés et sales...

Mais au lendemain de la Saint-Jean, Isabelle Thévenin n'est pas revenue. Après l'avoir attendue en vain toute la journée, Dominique, son père, s'est donc décidé à alerter les gendarmes. Pendant huit jours, ils ont fouillé Brassac et ses alentours. Mais ils n'ont retrouvé Isabelle ni morte, ni vive. Pour finir, ils ont conclu qu'elle avait dû faire une fugue.

L'année suivante a vu la deuxième disparition, celle de Clémence Caillet, la fille des boulangers de Vabre, un bourg situé à quelques kilomètres seulement de Brassac. Comme Isabelle, Clémence avait dix-sept ans à peine quand elle s'est volatilisée. C'était aussi une jeune fille indépendante, pour ne pas dire une rebelle, toujours prête à contester l'autorité d'un père à la main un peu trop leste. Depuis qu'elle avait treize ans, la fillette racontait à qui voulait l'entendre qu'un jour, elle partirait à la ville pour y vivre sa vie. Aussi, quand ses parents

Prologue

ont averti les gendarmes qu'elle n'était pas rentrée depuis vingt-quatre heures, ils ont encore conclu à un départ volontaire.

Deux ans plus tard, en juin 1960, ce fut au tour d'Adeline Costes, la fille de l'instituteur, de se volatiliser. Le dernier à la voir, on l'a appris plus tard, a été Christophe, le fils de Madeleine Solal. Cette femme qu'ici, au pays, on a surnommée « l'Étrangère »…

I

MADELEINE EST NÉE DANS L'AUDE. Au-delà de la Montagne noire. Dans le massif de la Clape. Ici, la mer, on ne la voit ni ne l'entend. On la respire. Elle est toute proche, à portée de regard, les vagues grondent et clapotent au gré des masses d'air. Mais c'est le vent qui parle aux gens de la Clape. Le Cers, d'abord, qui souffle du nord-ouest, avec puissance, impatience, un vent toujours un peu fou, sous lequel la mer se fait plate, obéissante, à peine irisée. Le Marin, ensuite, qui vient du large, des profondeurs de la Méditerranée, et balaye la terre. Insidieux, humide, collant. Les eaux s'agitent sous son souffle. Elles s'emballent, poussant leurs vagues loin sur le sable.

Le vent, ici, commande la vie des gens. À commencer par celle des parents de Madeleine. Depuis des générations, ils habitent une vaste maison adossée à un pan de roche, face à la mer, à l'abri du

Cers, mais face au Marin. Pleine face. Depuis toujours, ils cultivent le vignoble qui pousse jusqu'à Armissan à l'est, et à l'ouest touche Gruissan. La vigne s'est installée partout où l'on a pu glisser un soc de charrue, partout où le roc a bien voulu céder. Mais tout autour des ceps, qui portent les grappes lourdes et fruitées, c'est un désert de pierrailles, triste et nu. Les pins se sont accrochés sur les versants pentus, et l'on devine qu'ils ont eu bien du mérite. Sur les plateaux escarpés au milieu des roches, flottent le thym, le romarin, le genévrier, le chêne vert ou la lavande. En fait, la vigne est la seule signature de l'homme – une apparition magique dans ce paysage lunaire, où même une chèvre ne survivrait pas.

Edmond Bastang, le père de Madeleine, a hérité du domaine après la mort de son propre père. Cet homme grand et sec, au visage taillé à la serpe, n'a jamais pensé qu'à ses vignes. Et si à trente ans il a fini par épouser Solène, une fille du pays, c'est uniquement pour avoir un héritier.

Mais les années ont passé, sans que la jeune femme tombe enceinte. Chaque mois, avec le retour du sang, elle connaissait la même déception – et Edmond la même amertume. Puis, quinze ans après leurs noces, Solène s'est enfin trouvée grosse. Un miracle au moins selon les dires de son médecin de famille, qui ne lui avait pas laissé d'espoir.

C'est à la mi-octobre, en pleines vendanges, que la jeune femme a ressenti les premières douleurs. Edmond était dehors, dans ses vignes, le dos courbé sur les ceps où pendaient des dizaines de grappes. La jeune femme lui a envoyé Michèle, leur fille de ferme, pour le prévenir. Puis elle s'est mise à marcher de long en large dans la maison, allant d'une pièce à l'autre, au rythme des contractions de plus en plus fortes. L'une d'elles, enfin, lui a coupé le souffle, et elle s'est couchée, les mains contre le ventre, les yeux fermés, le souffle court, prête à mourir pour que cesse la souffrance.

Mais bien sûr, rien ne s'est arrêté. Et Edmond n'est pas venu. Au contraire, tandis que Michèle courait au bourg chercher la sage-femme, il est resté au milieu de ses champs, à cueillir le raisin. Une grappe après l'autre, il a rempli des dizaines de sacs d'osier finement tressé, avant d'aller les vider dans les cuves juchées sur sa charrette. Et ce n'est qu'au soir, quand il eut enfin terminé sa journée, qu'il a regagné la maison. Pour y apprendre qu'une fille lui était née.

Une fille ? Edmond, d'abord, n'a pas voulu le croire. Ensuite, il s'est fâché. Ce qu'il voulait, lui, pour héritier, c'était un gaillard solide, bien droit sur ses deux jambes, et qui l'aiderait, plus tard, à soigner ses vignes. Pendant la grossesse de Solène, il lui avait même choisi un prénom : Henri. Et il l'avait imaginé bien des fois, un garçon à la silhouette haute, aux épaules larges, au visage sec, un fils à son image.

Il a presque fallu faire violence à Edmond Bastang pour qu'il consente enfin à entrer dans la chambre de l'accouchée. Quand il s'y est résigné, Solène donnait le sein à une enfant joufflue, à l'épaisse chevelure brune, aux mains et aux pieds joliment potelés. La plus belle chose qu'il eût jamais vue.

« On l'appellera Madeleine, a-t-il alors décidé. Comme ma mère. »

Trois jours plus tard, Solène, atteinte de la fièvre puerpérale, fermait les yeux pour toujours. Et Edmond s'attelait à la rude tâche d'élever seul sa fille unique.

1933. Madeleine Bastang vient tout juste de fêter ses dix-huit ans. C'est une grande et belle fille à la poitrine ronde, au corps ferme, au visage rayonnant. Solide et déterminée comme son père, douce comme sa mère, elle tient la place du fils dont Edmond avait tant rêvé. Du soir au matin, sept jours sur sept, elle s'occupe du domaine. Toute petite, déjà, elle nettoyait les pieds de vignes, taillait les ceps, ôtait les feuilles abîmées, arrachait les mauvaises herbes. Plus tard, elle a aidé aux vendanges, ramassant le raisin pieds nus, les cheveux retenus par un méchant ruban, les mains écorchées, les yeux ravis. À présent, elle vaque partout dans ce domaine qui s'étire d'Armissan à Gruissan, la ville où l'on enterre les marins, en plein massif de la Clape. Cette Clape qui, il a six siècles, était une île joliment boisée, guillerette et pimpante. En perdant son insularité, elle a perdu ses forêts.

Son père, pourtant toujours vaillant, s'émerveille de la voir aller et venir. Quand vient le temps de faire le vin, Madeleine foule les grappes comme un homme. Edmond aime la regarder maniant les deux cylindres du fouloir qui tournent l'un sur l'autre et écrasent le raisin entassé dans les comportes. Madeleine tourne et manœuvre la roue. Les grappes disparaissent. Le jus coule. La presse fera le reste. À en juger par la couleur du premier jus, clair et rosé, le père et la fille savent que cette année le vin sera bon.

Le vin. Voilà ce qui a provoqué la rencontre de Madeleine et de Louis Solal. Le jeune homme, propriétaire d'un troupeau de deux cent cinquante moutons, habite près de Lacroze, un bourg du Tarn, situé de l'autre côté de la Montagne noire. C'est à moins de cent kilomètres à vol d'oiseau. Mais pour Madeleine, cela pourrait aussi bien se trouver sur la

Lune. Pour y aller, il faut se rendre à Narbonne – ce qui est déjà une petite expédition – et, de là, prendre un train pour Béziers. Le chemin de fer vous emmène ensuite à Saint-Pons, Saint-Amans et enfin Mazamet. Il faut encore rouler plusieurs heures en jardinière. Pour Madeleine, qui n'a quitté son domaine que deux fois dans sa vie pour aller au mariage de ses cousins, Philippe et Antoine, c'est le bout du monde, un lieu inconnu, étranger.

Mais cela ne l'a pas empêchée de tomber amoureuse de Louis. La première fois que ce grand jeune homme brun s'est encadré dans le chambranle de sa porte, Madeleine a compris que c'était lui, son promis. Tout en Louis la ravissait. Sa haute stature, ses épaules larges, ses yeux noirs, son corps délié, et cette bouche pleine, aux lèvres cerise, qu'elle a déjà envie d'embrasser.

« Bonjour, a-t-il dit. Je viens chercher du vin. »

Aussitôt il s'est tu. Les deux jeunes gens sont restés là. Silencieux. À se regarder.

Le dimanche suivant, Madeleine s'est rendue sans hésiter au rendez-vous que Louis Solal lui avait donné. Ils se sont retrouvés sur la plage, tout près du cimetière marin de Gruissan que Madeleine connaît bien, où tout évoque l'univers des marins et de leurs familles. À deux kilomètres de là, en l'an V de la République, après une tempête qui engloutit trois bateaux de pêche, fut construite Notre-Dame-des-Auzils. Cette église veille depuis sur les marins – et le cimetière qui la jouxte est pour les Gruissanais un lieu sacré.

En ce dimanche de printemps, il n'est question ni de grand vent, ni de lames écumantes, ni de bateaux en perdition. La mer est d'un bleu azur. Sur la plage, dans les premiers rayons du soleil, quelques pêcheurs heureux rapportent des filets abondamment garnis. Durant quelques instants, Madeleine et Louis, amusés, contemplent le scintillement des poissons qu'ils renferment. Il y a là des maquereaux, des sardines, des soles, quelques vives aussi, puis des calamars et des crabes. Madeleine rit quand Louis saisissant un petit tourteau l'approche de son visage. Ils marcheront longtemps, côte à côte, le long de l'immense étendue de sable. Et elle, la fille sage, laissera Louis cueillir à ses lèvres un baiser…

Une semaine plus tard, Madeleine annonce à son père qu'elle souhaite se marier. Lorsqu'elle se décide à lui apprendre la nouvelle, ils se trouvent tous les deux dans la salle à manger de leur maison, une belle pièce au sol de tomettes, meublée d'un lourd bahut rustique et d'une table assortie. Après un déjeuner copieux, la jeune fille sert le café. Le moment est propice. Son père se laisse aller à une douce torpeur, à demi étendu sur un grand fauteuil de cuir fauve. La jeune femme prend la parole. D'abord, en l'écoutant, Edmond Bastang ne bronche pas. Mais Madeleine voit son visage s'empourprer, une rougeur qui envahit ses pommettes, avant de gagner ses joues, son front, toute la face. Puis le vieil homme se lève et se met à hurler :

« Tu ne te marieras pas ! Tu ne partiras pas ! Je te l'interdis ! »

Edmond Bastang quitte la pièce. Puis, de la journée, il ne reparaît pas.

Madeleine n'a rien ajouté. Elle n'a pas tenté de plaider sa cause. Pour connaître son père, pour avoir déjà affronté son entêtement et ses colères, elle sait qu'il est inutile d'insister. Quand Edmond Bastang dit « non » avec une telle violence, c'est non, un point, c'est tout. Mais Madeleine, elle aussi, a du caractère. Et, cette fois, elle n'a pas l'intention de plier. Son père ne veut pas qu'elle se marie ? Très bien. Elle ne se révoltera pas. Elle ne forcera pas sa décision. Mais elle saura bien l'obliger à changer d'avis.

C'est ainsi que Madeleine a demandé à Louis de rester quelques jours de plus à Gruissan. Le jeune homme, d'abord, a renâclé. Il a expliqué que là-bas, derrière la Montagne noire, sa bergerie l'attendait. Il a laissé les bêtes à Marcel, son homme de confiance, mais il a scrupule à trop longtemps s'absenter. Puis il y a sa vieille mère, âgée de soixante-quinze ans, qui décline chaque jour. Il ne peut pas la laisser seule.

Madeleine a tant insisté qu'il a fini par céder. Comme elle le lui demandait, il a loué une chambre dans une petite auberge située tout près de Gruissan. Une pension tenue par une brave veuve qui a, pour lui, mis les petits plats dans les grands. Un soir, Madeleine lui a fait la surprise de venir le rejoindre inopinément alors qu'ils n'avaient pas rendez-vous.

« J'ai raconté à mon père que je ne me sentais pas bien et que je montais me coucher, a-t-elle dit à Louis, rieuse. Il ne cherchera pas à me déranger. »

Elle a accompagné le jeune homme dans sa petite chambre. C'est là qu'avec sérieux et tendresse elle s'est donnée à lui pour la première fois. Comme elle l'avait espéré, cette unique étreinte a suffi. Un mois plus tard, Madeleine pouvait annoncer à son père qu'elle était enceinte et qu'il fallait bien qu'elle se marie.

C'est ainsi qu'en septembre 1933 Madeleine Solal part de chez elle. Brouillée avec Edmond, qui a juré de ne jamais la revoir mais amoureuse de son mari. Elle n'a plus d'autre famille que cet homme-là, cet amant passionné, qui fait de ses nuits d'interminables fêtes. Plus d'autre foyer que celui qu'elle va rejoindre...

*

En quittant Gruissan, la route de la Clape n'est qu'un chemin caillouteux et escarpé qui mène à Narbonne. Le massif est désertique, lunaire parfois. Depuis toujours, les habitants ont pris l'habitude de suivre l'itinéraire le plus direct. Pech, Redon, L'Hospitalet, Armissan, Vinassan, Narbonne. Les pentes sont boisées de pinèdes, les plateaux couverts de thym, de genévriers, de romarin et de lavande. Au-delà de Narbonne, la route est meilleure. Madeleine se sent encore chez elle. Et pour cause. Ici, comme à la Clape, la vigne est partout. De grandes étendues de ceps, portant en ce début d'automne des grappes lourdes et fruitées, le gage d'une récolte abondante et d'un vin superbe...

Marcorignan, Saint-Marcel. Puis, après le pont de l'Aude qui s'est écroulé deux fois – pour prévenir une troisième catastrophe, les voitures l'empruntent l'une après l'autre à petite vitesse –, Rieu Cros et Armissan. La vigne s'efface peu à peu. Les chênes verts, le thym et la lavande sont moins guillerets, moins parfumés, plus rares. La plaine de l'Aude s'éloigne, la Montagne noire approche comme un rempart, une frontière, c'est un autre monde. Madeleine n'a jamais fait le voyage, mais elle a compris d'instinct qu'à cet instant, le paysage bascule. Nous sommes à deux kilomètres d'Armissan et, après une courbe étriquée, comme par magie, les chênes verts et la garrigue cèdent leur place aux châtaigniers et aux sapins. À croire que les pluies s'arrêtent brusquement de tomber là, en pleine montagne, sur ces plateaux verdoyants qui s'alignent sur le sommet, donnant à ce massif une rondeur rassurante. Puis la route dévale vers Les Verreries et Labastide-Roubiroux, avant de longer la vallée du Thoré, par Lacabarède, Saint-Amans, Mazamet.

L'arrivée sur le Causse a été pour Madeleine un grand soulagement. Son Languedoc revivait sous ses yeux. Vu du ciel, le Causse est une immense tache claire sur un fond de verdure. Au sud, la Montagne noire, au nord le Sidobre et les monts de Lacaune. C'est un peu de Méditerranée perdue dans le Tarn. Les botanistes y retrouvent une végétation inhabituelle et même insolite : lavande, aspic, aphyllante de Montpellier, cardonelle, sabline, le tout associé aux chênes verts ou aux chênes kermès. Le Thoré, rivière trop calme pour être sûre, a creusé et dégagé une falaise de soixante-dix mètres où s'abritent les pistachiers et les micocouliers. Le vent d'autan y règne en maître. Venu de Méditerranée, gorgé d'humidité, il s'assèche très vite, avant d'éclater sur le Causse comme un fleuve repu vient se répandre dans son embouchure. Là plus qu'ailleurs, sur ce terrain calcaire, le vent dicte sa loi. Le paysage rabougri et sec n'offre aucune protection. L'autan est le maître des lieux et il faut être mouton ou chien pour le supporter des jours durant. Car ce vent « des couches basses de l'atmosphère » est un peu moins fort au ras du sol…

*

Le vent. Le vent d'autan. Le vent qui rend fou. Il souffle, à courtes rafales drues, balayant l'herbe rase du Causse, emplissant l'air de longues plaintes lugubres. Mais ce vent-là n'effraie pas Madeleine. Au contraire, après avoir remercié Dieu d'avoir fait jaillir un bout de la terre de ses ancêtres au pied de la Montagne noire, elle se promène longuement au bras de son Louis, puis elle arrive, enfin, devant la bergerie des Solal : une ancienne étable à vaches joliment rénovée. Le bâtiment paraît interminable, « long comme un jour sans pain », fait de pierres sèches ramassées dans les champs puis empilées, orchestrées même, pour tenir sans liant.

« La bâtisse n'est pas bien belle, lui dit Louis Solal. Mais, tu sais, chacune de ses pierres a sa petite histoire. Ici, la terre regorge de cailloux. Après chaque labour, les paysans les ramassent puis les empilent au bord des champs. Au Moyen Âge, les paysans les triaient et les classaient pour mieux les ausculter et bâtir les églises. Trois faces droites, c'était pour le clergé. Deux faces pour le seigneur du village. Une face pour faire les murets. Et voilà pourquoi les églises, les abbayes et les monastères ont tous de belles pierres ! Avec trois faces droites, les murs sont superbes. »

Louis s'interrompt, puis il s'approche du bâtiment.

« Regarde, Madeleine, dit-il en passant sa main sur la pierre. Les Solal ont dû avoir les faveurs du clergé ! Les trois faces droites sont nombreuses ! »

Un bruit de sabots. Une odeur forte, musquée, remplit l'air. Des tintements de grelots. Pour la première fois de sa vie, Madeleine voit arriver les bêtes. Elle devine que le spectacle des deux cent cinquante moutons, qui entrent dans la bâtisse par la porte de droite, va devenir pour elle une chose bien familière. Elle les regarde passer les uns après les autres dans un corridor de planches, un goulot indispensable à leur inspection quotidienne. Inspection sanitaire, bien sûr, sans laquelle aucun élevage ne survit. Puis elle salue Marcel, l'homme de confiance de Louis Solal. Le gaillard sec, aux cheveux taillés à la diable, aux yeux enfoncés dans leurs orbites, s'occupe du troupeau.

« Bonjour, madame ! »

Pour la première fois, Marcel et Madeleine sont face à face.

« Je suis heureux de vous voir ici, dit Marcel, les yeux fixés dans ceux de la jeune femme. Monsieur Louis avait bien besoin d'un peu de jeunesse... »

*

Janvier 1934. Madeleine est heureuse. Bien sûr, elle n'habite pas sur le Causse, mais à dix kilomètres de là, dans la maison que les Solal ont fait construire, il y a de très nombreuses années, en plein Sidobre où la terre est moins chère. C'est là, tout près de cette grande étendue semée de blocs rocheux immenses, que se dresse le « Chant de la Vigne », une belle bâtisse au toit d'ardoise, aux murs de pierre. De ces pierres que remontaient les charrues à chaque labour. Les anciens étaient des architectes bâtisseurs capables d'aligner, d'empiler, d'ajuster, d'orchestrer les pierres les plus incompatibles. Une simple taloche de mortier entre chacune d'elles et voilà une maison prête à traverser deux siècles sans céder au temps.

L'endroit est sans conteste le plus abrité de tout le canton. Largement exposé au sud, encadré de rideaux d'arbres superposés : chênes, châtaigniers ou merisiers, opposant tous un rempart à toute épreuve au vent d'autan ou à la bise. La parcelle est faiblement inclinée, comme pour mieux s'offrir à la lumière. À peine un hectare, taillé en écrin. C'est ici le royaume des passereaux et des hirondelles, une vaste république de mulots, d'abeilles, de sauterelles et de lézards. Tout ce que la faune compte d'animaux de la douceur. Le soleil vient directement taper le sol, enfonçant fermement ses rayons. Le cocon de verdure fait le reste, verrouillant la chaleur, enfouissant la lumière. Le « Chant de la Vigne », le bien nommé, est le seul lieu « capable de donner du vin », disait le grand-père de Louis. Et il ne mentait pas. La vigne y a poussé et prospéré durant un petit siècle. Puis le lopin a périclité et disparu, mais le nom de la maison n'a pas changé. Une raison supplémentaire pour Madeleine la Narbonnaise d'en faire sa maison à elle. Comme elle a fait de Solange, la vieille mère de Louis, la mère qu'elle n'a jamais eue. À peine arrivée, elle lui a annoncé tout de go qu'elle allait lui donner un petit-fils. L'héritier du domaine qui, à n'en pas douter, ressemblerait trait pour trait à son père.

Hélas, quelques jours seulement après son arrivée chez les Solal, Madeleine, qui se promenait sur le Causse, a fait une mauvaise chute. D'abord, elle a cru qu'elle n'avait aucun mal. Après avoir essuyé sur ses jambes le sang coulant des petites égratignures, elle a continué à marcher. Mais au soir, juste après le dîner, la jeune femme a senti une crampe tordre son ventre. Une douleur aiguë, une sorte de spasme, qui l'a courbée en deux. Une contraction brève, mais fulgurante. Inquiète, la jeune femme a porté la main à son ventre. Il était dur, tendu. Quelques minutes plus tard, la douleur est revenue. Plus forte, plus longue. Et Madeleine s'est courbée en deux.

Quand le médecin est enfin arrivé, deux bonnes heures plus tard, Madeleine était en plein travail. À l'aube, elle a mis au monde un garçon, mort-né. Un bébé déjà bien formé, dont le visage ressemblait, trait pour trait, à celui de son mari.

*

Journal de Justin Gilles :

Trois ans ont passé. Trois années au cours desquelles Madeleine a vainement tenté de donner de nouveau la vie. Mais on aurait dit qu'aucun enfant ne s'enracinerait plus jamais en elle. Après deux nouvelles fausses couches, la jeune femme s'est résignée à ne jamais être mère. Et quand, en ce mois de février 1937, le médecin qu'elle est allée consulter à Mazamet lui a annoncé qu'elle était grosse, elle n'a ressenti aucune joie. Pourquoi se serait-elle réjouie, d'ailleurs ? Elle est certaine que l'enfant planté dans son ventre ne grandira pas. Comme ses frères et ses sœurs, il mourra après quelques semaines. La laissant vide, haineuse, une femme vieillie avant d'avoir trente ans.

« Madeleine, lui a dit Louis lorsqu'elle est rentrée chez eux, peut-être que, cette fois, ça ne se passera pas comme ça ? »

Elle n'a pas répondu à son mari. Elle a simplement haussé les épaules, avant de retourner vaquer à ses tâches quotidiennes. Guettant le sang qui, elle en était sûre, ne tarderait pas à s'échapper d'elle. Mais rien ne venait. Mieux, elle ne ressentait aucune crampe, aucun malaise, juste quelques nausées. Passé trois mois, son ventre s'est mis à gonfler – légèrement, juste une petite protubérance. Mais c'était là, et bien là. Puis, un matin, l'enfant s'est mis à bouger.

*

Il pouvait être huit heures quand c'est arrivé. Il faisait chaud, déjà, sur le Sidobre. Une chaleur douce, de celles qui font naître des pousses vertes aux arbres. D'ordinaire, au pays de la pierre, le printemps n'a guère de prise. Les vallées de châtaigniers reprennent couleur, comme les cuvettes humides, piquetées de bouleaux. Mais rien de flagrant. La végétation se teinte en douceur, atténuant les rondeurs des blocs de granit qui cessent d'être excroissances pour devenir magie des ombres. Le chapeau du Curé, le roc de l'Oie, les Trois Fromages, surprenants rochers festonnés par le temps aux couleurs de la vie, s'enfoncent dans leur écrin forestier. Même le Peyro Clabado, cette pierre de sept cent quatre-vingts tonnes défiant les lois de l'équilibre, perd un peu de sa superbe en se mêlant à la verdure naissante. Le printemps ici n'avance qu'à pas lents, comme la vie des paysans sur ces massifs de granit où tout ne peut être que pesant, accablant, écrasant. Même les hirondelles tardent à venir. Ne doutons pas qu'elles sont les dernières à s'installer, effrayées par l'implantation des carrières et l'explosion des bâtons de dynamite pour faire sauter la roche. Mais aujourd'hui, elles sont là, justement. Madeleine en voit même une qui passe juste devant ses fenêtres. Un trait bleuté, vif comme l'argent, qui la met en joie. Fini les rigueurs de l'hiver, le sol dur comme le roc, la neige qui ensevelit le Causse sous un tapis glacé. Tout va reverdir, tout va refleurir, tout va s'épanouir. Du coup, Madeleine traîne un peu au lit après le départ de Louis, parti pour la bergerie. La jeune femme se sent dolente. Elle, si vive, si travailleuse d'ordinaire, n'arrive tout simplement pas à se lever. Alors, elle reste là, quelques minutes, à regarder le décor familier qui l'entoure : une chambre aux meubles sombres, mais aux murs blancs et aux napperons de dentelle… Madeleine a l'œil rivé sur l'armoire de merisier à peine rougie par la cire et son regard ne décroche pas d'une brisure. Une brisure de corniche que les années ont adoucie. Depuis des générations, l'armoire porte la marque d'un coup de scie malencontreux. Personne n'a voulu la réparer de peur d'effacer la signature d'un souvenir familial. La petite table de chêne vient de chez Jules Petit, berger lui aussi. Elle servait aux casse-croûtes et Jules essuyait son couteau rageusement sur les bords du plateau à la dernière bouchée. La table en porte les marques. Pas comme le bois du lit, poli et ciré avec un soin maniaque.

  C'est à ce moment-là, alors qu'elle se reposait, tout alanguie, que Madeleine a senti un léger frôlement à l'intérieur de son ventre. D'abord, elle a cru qu'elle avait rêvé. Mais quelques secondes plus tard, la sensation est revenue plus forte, plus appuyée. Se souvenant de sa première grossesse, elle a compris qu'elle sentait son bébé remuer. Malgré la houle de bonheur qui l'a envahie, Madeleine est restée méfiante. Elle s'est bien gardée de confier ce qui venait de se passer à Louis ou à Solange.

Simplement, les jours suivants, elle a évité de porter des poids trop lourds, et s'est efforcée de se reposer un peu, entre deux corvées ménagères.

Au troisième jour du mois d'octobre, Madeleine a ressenti les premières douleurs. Au moment où elle s'est pliée en deux, tenant son ventre à pleines mains et étouffant vaille que vaille une plainte, il faisait presque nuit. Curieusement, Louis n'était pas encore rentré de la bergerie. Mais la jeune femme ne s'est pas affolée. Elle a simplement gagné la cuisine d'un pas lourd et demandé à Mathilde, la petite bonne, d'aller au village chercher Émilie Bailleul, la sage-femme. Puis elle s'est mise à aller et à venir, pour tenter d'oublier la douleur qui lui taraudait les reins.

Quand la brave Émilie est enfin arrivée, deux heures plus tard, Madeleine marchait toujours.

« Il arrive, Émilie. Dépêchez-vous de faire chauffer de l'eau. »

Quinze minutes plus tard, à peine, Christophe Solal poussait son premier cri. Et Louis, enfin rentré, s'émerveillait de voir son fils, un garçon de près de quatre kilos, aux yeux aussi clairs que les siens, mais qui avait hérité des cheveux bouclés de sa mère.

Après la naissance de Christophe, Madeleine et Louis ont vécu deux années de bonheur parfait.

L'enfant poussait bien. Les moutons prospéraient. Madeleine, elle, s'était mis en tête de redonner une âme au vignoble oublié des Solal. La fille de la Clape a réveillé le « Chant de la Vigne », et la légende, elle n'était pas peu fière d'y être parvenue. À Lacroze, tous s'étonnaient que ce petit bout de femme puisse produire allégrement ses quatre cents à cinq cents litres de vin chaque année... Comme pour sertir le joyau, Madeleine a fait entourer la parcelle d'un grand mur de pierres des champs : celles qui n'ont pas servi à la construction de la maison ont été rassemblées, posées à plat sur un mètre, puis surmontées de pierres plates alignées sur la tranche. Le mur court tout autour de la parcelle comme un collier aux contours rectilignes. Sur le côté, à portée d'oreilles de la maison, le poulailler, la borde à cochons, et surtout la maternité des agneaux. Le « Chant de la Vigne » est devenu un petit paradis où s'agitent en chœur les hommes, les bêtes et la végétation. Hélas la guerre a tout bouleversé : Louis est tombé au front, dès les premières semaines du conflit.

II

Journal de Justin Gilles :

APRÈS SA MORT, personne, au village, n'a plus entendu parler de Madeleine. Elle est restée seule, là-haut, au « Chant de la Vigne », avec sa vieille belle-mère et le petit Christophe. Elle n'avait que Marcel pour l'aider à la bergerie et aux champs. Dans ces conditions, la vie n'a pas été facile pour elle. Deux cent cinquante bêtes, quelques hectares à semer et à moissonner, la maison à tenir... Un véritable défi, et qu'elle a su relever. Sans presque jamais sortir de chez elle, elle a dirigé son exploitation vaille que vaille. Au village, pourtant, on ne l'aimait guère. On la disait fière, hautaine, une étrangère, ne s'occupant de rien d'autre que d'elle-même. Ce n'était pas faux. Madeleine ne vivait que pour elle et pour Christophe. Je ne suis même pas certain qu'elle ait appris que trois jeunes filles avaient disparu, l'une après l'autre. Isabelle, la fille des Thévenin. Clémence, la petite des Caillet. Et Adeline, l'enfant chérie de Martin Costes, l'instituteur de Lacroze…

Au début, personne, pas même moi, n'a fait le lien entre elles. Trois jeunes filles avaient disparu, et aucun de nous, pauvres imbéciles, n'a suspecté que le même homme pouvait les avoir tuées. Peut-être bien, d'ailleurs, que tout en serait resté là, si le père d'Adeline n'était venu me trouver, par une soirée de juillet 1960.

Il était tard, déjà, quand il s'est présenté. Comme d'habitude, j'étais encore au journal. Je crois bien que je m'y sens mieux que chez moi. J'aime l'atmosphère qui règne dans la rédaction, de jour comme de nuit. Le jour, c'est un tourbillon, une valse perpétuelle, un flot de cris, de rires, de disputes, de nouvelles qui arrivent les unes après les autres. Des grandes, des petites. Des bonnes, mais le plus souvent des mauvaises. Et tout ça forme la vie. Ma vie, la seule vie que j'aie jamais appréciée. La nuit, c'est autre chose. Tout est calme, sombre, silencieux, désert. Il flotte dans l'air une odeur d'encre et de papier. La première fois que je l'ai respirée, c'était il y a trente ans. Trente ans ! J'étais un gosse, à cette époque. Un blanc-bec tout juste sorti de l'armée, et qui cherchait du travail pour ne pas être paysan, comme ses parents. Je me suis présenté à *La Montagne noire*, comme coursier. Ils m'ont pris. Et je me suis mis à cavaler entre Mazamet et Castres, par tous les temps. Puis, un jour, j'ai appris qu'un localier était mort, qu'une place était libre. Je suis allé frapper à la porte de Messadier, le rédacteur en chef.

Le pire, c'est qu'il m'a embauché. Il était comme ça, Messadier. Capable d'embaucher un coursier. Mais je crois bien qu'il ne l'a pas regretté. Parce que rien ne me passionne plus que ce métier qui vous fait tout connaître du pays. Un jour, on va interroger un fermier dont la vache s'est échappée. Un autre on rend compte du discours d'un maire, ou l'on assiste aux noces d'or d'un couple d'anciens. On parle de tout et de rien. On rend passionnantes les choses les plus banales.

Mais je m'égare. Même si je n'en ai pas très envie, il faut que je revienne à Martin Costes. Et à sa visite du mois de juillet 1960.

*

La sonnette de la porte d'entrée retentit. Étonné – qui peut bien venir à cette heure dans les locaux de *La Montagne noire* ? –, Justin lève la tête. Il pose son stylo – un Parker noir, à la plume fine, qui ne le quitte jamais –, repousse sa chaise, traverse l'immense pièce où travaillent ses collègues pendant la journée. Il ouvre le solide battant de bois. Devant lui, Martin Costes, l'instituteur de Lacroze. Un solide gaillard de cinquante-deux ans, qui, depuis des décennies, apprend à lire et à écrire à tous les enfants de son village.

C'est en 1935 que Martin s'est installé dans la région. Un choc, pour ce jeune Toulousain qui n'avait jamais quitté sa ville. À l'âge où d'autres font la fête et courent les bars, cet orphelin, élevé à la dure par une tante au cœur sec, se retrouve exilé. Lui qui n'a jamais connu que les rues animées de la ville rose se retrouve à la tête d'une classe unique de quinze élèves, âgés de six à douze ans, des gosses de paysans, venant de Lacroze, mais aussi de tout le Sidobre. Ici, pas de ramassage scolaire. Pas de cars. Chaque matin, les enfants se rassemblent dans une ferme qui sert de relais d'où ils sont acheminés en charrette jusqu'à la route principale. Les vélos en vrac, accrochés aux ridelles. Puis on les lâche. C'est alors une meute effrénée qui se lance sur le bitume, dévalant sans précaution jusqu'à Lacroze. L'hiver, quand il neige, ils ne viennent pas et la classe reste vide plusieurs jours d'affilée. Pour Martin, c'est toujours une surprise de la voir se remplir brusquement au premier rayon de soleil. L'essentiel pour les enfants, c'est de savoir lire, écrire, et surtout… compter. Objectif : le « certif ». Le reste importe peu. La liste des départements, les préfectures, la vie de Charlemagne, les sources de la Loire ou les Fables de La Fontaine ne présentent guère d'intérêt pour ces enfants qui sont à l'image de cette terre acide, couverte de chênes, de châtaigniers, parfois de hêtres et de charmes sessiles, dissimulant des alignements de granit monumentaux. Des gosses agités et indisciplinés, bien plus préoccupés par les travaux des champs que par la lecture ou l'écriture.

Le premier jour, face à leur visage buté, à leur regard fuyant, Martin s'est senti décontenancé. Il a même essuyé un début de chahut, une fronde sourde et profonde, qu'il a réussi à juguler sur-le-champ. Très vite, il a montré, une fois pour toutes, qu'il était le maître – un véritable enseignant, doué d'une pédagogie peu commune, et connaissant sur le bout des doigts les faiblesses et les forces de chacun de ses élèves. Au fil des années, hiver comme été, il s'est consacré à eux, jusqu'à en oublier sa propre vie. C'est ainsi que, peu à peu, Martin Costes, surnommé par tous avec amitié le « Toulousain », est devenu une figure du village, l'un de ces hommes de bon conseil que l'on vient consulter en cas de problème. Juste avant la guerre, il a même été élu adjoint au maire.

Huit mai 1945. Le village de Lacroze pavoise en l'honneur de la victoire. Aujourd'hui, exceptionnellement, Martin Costes a fermé son école. Une fois n'est pas coutume, il se tient comme tous les autres, sur la grand-place, juste devant la mairie. Il participe à la liesse générale. Le Tarn a été une terre d'accueil pendant les deux grandes guerres. Accueil de réfugiés accourus de toutes les régions de France, fuyant l'armée allemande. Entre 1940 et 1942, des centaines de familles ont trouvé asile dans le Sidobre ou sur la Montagne noire. L'invasion a réalisé l'union sacrée entre tous ceux qui, depuis des générations, se déchiraient en guerres de religion stupides. Les mouvements de résistance ont rassemblé protestants et catholiques dans un même élan, oubliant les querelles de famille ou les rivalités de village. Après l'armistice, les vieux antagonismes resurgiront peut-être, mais, Martin Costes le sait, les commémorations seront fédératrices et sauront offrir la trêve que chacun souhaite au fond de lui. Tous les 8 mai, comme aujourd'hui, on se rassemblera, on priera, on se souviendra. Et après chaque cérémonie, on se quittera un peu moins fâché.

Une musique s'élève dans l'air doux de ce début de printemps. Autour d'un podium dressé à la va-vite, on improvise une piste de danse. Martial, l'accordéoniste qui se produit parfois à Castres, et même à Mazamet, entame une *Marseillaise* reprise avec force par la petite foule qui l'entoure. Puis le bal commence. Martin Costes, sans savoir comment, se retrouve lui aussi sur la piste, mains posées sur la taille fine de la jeune Maryse Gillot, la fille du boulanger.

Comme il arrive parfois, l'amour naîtra d'une danse. Trois mois plus tard, les cloches de la petite église de Lacroze accompagneront les noces des deux jeunes gens. Elles sonneront aussi pour le baptême de leur fille unique, la petite Adeline. Une enfant brune et mince, aussi vive qu'enjouée, qui, tout naturellement, fait ses classes auprès de son père. Bon sang ne saurait mentir, dit-on. Adeline est la meilleure élève de Martin. Une enfant douée, qui, à six ans, lit déjà la comtesse de Ségur et rêve de devenir professeur. Une fillette sans problème, puis une adolescente timide, métamorphosée enfin en excellente maîtresse de maison à la mort de sa mère.

« Adeline a disparu », lâche Martin Costes, resté sur le seuil du journal.

Il fixe Justin Gilles. Celui-ci, qui l'a rencontré à plusieurs reprises, au cours de cérémonies officielles, est frappé par son visage défait, sa silhouette tassée, et ce tremblement incessant, qui fait frémir sa lèvre supérieure. C'est simple, ce soir, dans la semi-obscurité, Martin Costes, le solide instituteur, a l'air d'un vieillard désemparé.

« Entre, Martin », dit Justin.

Précédant l'instituteur, il gagne son bureau, avant de faire signe à Martin Costes de s'asseoir. De sa voix douce et lente, celle d'un homme habitué à entendre les confessions de ses concitoyens, il lui dit :

« Allez, va. Raconte-moi tout. »

Martin Costes hoche la tête. Les mains nouées, il commence, d'une voix basse, cassée, celle d'un homme en proie à une angoisse extrême :

« Ça s'est passé il y a quinze jours. Le soir de la Saint-Jean. Cette nuit-là, tu sais bien, à Lacroze, on allume les feux. Adeline m'a supplié de la laisser y aller. Moi, je n'étais pas très chaud. Elle n'a que quatorze ans, tu comprends. Mais elle a tellement insisté que j'ai fini par céder. Je la revois encore partir. Elle avait mis sa robe blanche, et elle avait lâché ses cheveux sur ses épaules. Elle était belle, ma fille. »

Oui, elle était belle, Adeline. Une fée, qui n'est pas rentrée à minuit, comme elle l'avait promis à son père. Une heure plus tard, déjà fou d'inquiétude, Martin Costes marche de long en large dans son petit appartement situé au-dessus de l'école. Un modeste trois pièces, meublé de bric et de broc, au parquet ciré avec soin par Adeline. Martin lui avait donné la permission de minuit. Il a beau se dire qu'elle a probablement oublié l'heure, tant elle s'amuse, il n'en commence pas moins à être inquiet. Toutes les cinq minutes, il tire un peu le rideau de dentelle masquant la fenêtre. Et il scrute la rue, pour voir si Adeline n'arrive pas. Mais au-dehors, tout est sombre et désert. Aucune silhouette ne se profile dans l'ombre. Aucun pas ne retentit. Le seul son à rompre le silence de la pièce c'est le tic-tac de l'horloge, dont les aiguilles avancent, imperturbablement. Il est à présent une heure dix, une heure quinze, une heure vingt. N'y tenant plus, Martin sort de chez lui et dévale l'étroit escalier de bois. Le voilà dans le couloir qui donne sur la salle de classe. Au tableau, la dernière leçon de géographie de l'année, portant sur le Sidobre, est encore tracée à la craie, d'une belle écriture moulée.

Bien sûr, Martin Costes ne jette pas même un coup d'œil à son tableau noir. Il est déjà dehors, dans la rue. À chercher sa fille.

« J'ai couru partout, cette nuit-là, dit-il à Justin Gilles. Pour commencer, je suis allé sur les lieux de la fête. Quand je suis arrivé, les feux brûlaient toujours. Des jeunes dansaient tout autour. »

Mais Adeline ne fait pas partie des fêtards qui sautent par-dessus des flammes. Elle ne se trouve pas non plus dans un petit groupe de jeunes gens qui, les uns derrière les autres, regagnent le village de Lacroze. Pire : lorsque Martin Costes, apercevant quelques-unes de ses amies, leur demande si elles ne l'ont pas vue, elles lui répondent qu'il y a beau temps qu'elle est partie.

« Elle nous a quittées à minuit moins le quart, ajoutent-elles. Elle nous a dit qu'elle devait rentrer, parce que vous l'attendiez. »

Six heures. Martin Costes est consumé d'angoisse. Les yeux hagards, les traits défaits, les cheveux grisonnants en bataille, il sonne à la porte de la gendarmerie. Au militaire qui lui ouvre il explique que sa fille Adeline a disparu.

« C'est tout juste s'il ne m'a pas ri au nez, dit Martin à Justin Gilles. À l'entendre, Adeline s'était trouvé un galant, et avait dû passer la nuit avec lui. Il m'a dit : "Allons ! Couchez-vous, et dormez. À votre réveil, elle sera rentrée." »

Malheureusement tel n'est pas le cas. À midi, ce 25 juin, Adeline n'est toujours pas de retour. Alors, Martin quitte de nouveau son domicile. Il monte dans sa 4 CV et refait, mètre après mètre, le trajet accompli la veille par Adeline. Inspectant du regard le bord de la route, s'arrêtant çà et là dans un champ, guettant du regard la moindre tache blanche dans la végétation. Mais rien n'attire son regard.

Alors, la peur au ventre, Martin Costes va plus loin. Dans la chaleur étouffante de cette mi-journée, sous un soleil blanc qui écrase le paysage, il se dirige vers le Peyro Clabado – la Pierre clouée –, une énorme masse de granit dont la singularité est de reposer sur un socle d'un mètre carré. Tout près, il y a un lac, le lac du Merlet, merveille de fraîcheur au milieu d'un environnement chaotique. Martin Costes, se rappelant les paroles du gendarme qui l'a reçu cette nuit, se prend à espérer qu'Adeline est là-bas, sur ses rives, en compagnie d'un ami de cœur.

Mais la jeune fille ne se trouve ni parmi les promeneurs, ni parmi les baigneurs. Son rire clair ne résonne nulle part. Aucune adolescente vêtue de blanc, aux longs cheveux flottant sur les épaules, ne vient se jeter au cou de l'instituteur.

« Le soir venu, dit Martin à Justin Gilles, je suis retourné à la gendarmerie. Cette fois, c'est le capitaine Beau qui m'a reçu. »

D'un signe de tête, Justin acquiesce, tout en réprimant de justesse un froncement de sourcils. Il connaît bien ce militaire âgé d'une cinquantaine d'années. Un homme à la fois carré et autoritaire qui, selon lui, ne brille ni par son intelligence ni par sa perspicacité.

« Il a accepté de prendre ma déposition, poursuit l'instituteur. Mais il n'avait pas l'air inquiet.

Après m'avoir fait signer le procès-verbal, il m'a dit : "Monsieur Costes, votre fille a sans doute fait une fugue. Nous allons attendre quarante-huit heures. À mon avis, elle sera revenue chez vous avant." »

Un silence. Et tout à coup, prenant sa tête entre ses mains, courbant sur sa chaise sa silhouette massive, Martin Costes s'effondre.

« Cela fait près de quinze jours que j'attends, Justin, dit-il. Et Adeline n'est toujours pas rentrée à la maison. Et moi, je sens qu'elle est morte. Quelqu'un a tué ma petite fille. Et je veux que tu l'écrives ! »

*

Minuit, ce soir de juillet 1960. Martin Costes vient tout juste de quitter les locaux de *La Montagne noire*. Justin Gilles, quant à lui, ne rentrera pas. Pas encore. Auparavant, il veut réfléchir à ce que vient de lui dire l'instituteur. Lentement, le journaliste regagne son bureau et s'installe à nouveau à la table de bois, chargée de dossiers, où il travaille depuis si longtemps. Tout à l'heure, juste avant de partir, Martin y a posé un gros album de famille. Justin Gilles l'ouvre, et en tourne les pages, une à une. Sur de nombreux clichés la jeune disparue : Adeline à cinq ans, tenant une superbe poupée à la chevelure longue et bouclée, Adeline à sept ans, vêtue de son premier tablier d'écolière, Adeline à douze ans, en robe de communiante, Adeline à quatorze ans, enfin, vêtue de la fameuse robe blanche, portée le soir de la Saint-Jean, etc. Sur toutes les photos, le visage de la fillette, puis de la jeune fille, est à la fois confiant et rayonnant. Il est bien difficile de croire que cette enfant radieuse ait pu fuguer, quitter ce père auquel elle porte tant d'amour et de confiance.

    Justin Gilles referme l'album. Assis dans le cercle de lumière de sa petite lampe, il se met à réfléchir. Sans prendre conscience que, dehors, la nuit cède peu à peu le pas à l'aube. Enfin, l'horloge murale marquant tout juste quatre heures, il se relève, avant de traverser une fois de plus la rédaction, et de s'emparer de la clef fermant la porte des archives. Un simple battant de bois donnant accès à un local poussiéreux, aux murs garnis de rayonnages sur lesquels reposent tous les anciens numéros de *La Montagne noire*, depuis sa création. Éclairée par la lumière chiche d'une unique ampoule pendue au plafond, la pièce est remplie de l'odeur caractéristique des vieux journaux, un relent acide, qui porte au cœur. Mais Justin Gilles n'y prend pas garde. Il s'avance le long des rayonnages, examinant les numéros des reliures. Il attrape le volume de l'année 1957, qu'il ouvre et feuillette jusqu'à trouver l'article qu'il recherche. Le « papier », qu'il a lui-même rédigé, figure à la une de *La Montagne noire*. Au centre, la photo d'une très jeune fille aux yeux clairs, aux cheveux bruns tombant sur des épaules frêles. Juste au-dessus, le titre, en caractères gras, se détachant bien de l'ensemble :

« Brassac. Disparition d'une adolescente de dix-sept ans : Isabelle Thévenin… »

*

Journal de Justin Gilles :

Quatre ans se sont écoulés depuis que j'ai écrit ce « papier ». Mais je me souviens de l'affaire comme si c'était hier. Je me revois entrer au domicile des parents de la jeune fille, de modestes ouvriers agricoles : une bâtisse de pierre grise, plantée à deux pas du vieux pont enjambant la rivière. C'est Dominique Thévenin, le père de la jeune disparue, qui m'a reçu. Un vieil homme déjà, cassé en deux par les rhumatismes déformants. Un malheureux, qui avait les larmes aux yeux en parlant de sa cadette…

« Isabelle, m'a-t-il dit, c'est la dernière de mes cinq gosses. Ici, à Brassac, tout le monde raconte qu'elle est un peu demeurée. Mais il ne faut pas le croire, monsieur. Ce n'est pas parce qu'aucun instituteur n'a jamais pu la mater qu'elle ne comprend rien. Et puis, il ne faut pas croire, non plus, que ma fille a fait une fugue. Isabelle passe du temps dehors, c'est vrai. Mais elle nous aime, sa mère et moi. Et elle ne serait jamais restée si longtemps sans nous donner de nouvelles. »

Voilà ce que m'a dit le vieux Dominique Thévenin. En sortant de chez lui, j'étais bouleversé. J'ai rédigé un bel article, pour demander que l'on recherche cette adolescente. Puis le temps a passé. Et, peu à peu, l'actualité aidant, j'ai oublié la petite Isabelle…

III

Il est près de minuit maintenant. Lentement, précautionneusement, avec ces gestes maniaques qu'ont tous les amoureux du papier, Justin Gilles referme le volume de l'année 1957, qu'il remet à sa place. Mais il n'en a pas terminé. Pas encore. Il s'empare à présent de la collection de l'année suivante : 1958. Il l'ouvre, et cherche les numéros du mois de juin qu'il feuillette jusqu'à trouver une nouvelle exclusivité. Celle qui signale la disparition d'une autre adolescente de dix-sept ans, Clémence Caillet, la fille des boulangers de Vabre, un bourg situé à quelques kilomètres seulement de Brassac. Il lit :

« Le capitaine Martial Beau a déclaré que la jeune Clémence a sans doute réalisé son vœu : partir vivre à la ville. Et s'il a ordonné que des recherches soient entreprises, afin qu'on la retrouve, il s'est déclaré persuadé que la jeune fugueuse reviendrait saine et sauve, quand elle en aurait assez de déambuler seule, dans les rues de Toulouse... »

Toujours aussi soigneusement, Justin Gilles referme le volume, avant de le replacer sur le rayonnage. Très sombre, il sort de la pièce réservée aux archives, referme la porte derrière lui, et regagne son bureau. C'est là, sous la douce lueur de sa lampe, qu'il prend son stylo, et se met à écrire :

« Qui a fait disparaître Isabelle, Clémence et Adeline ? »

*

Vingt-cinq juillet 1960. Il est encore très tôt. Mais une lumière brille déjà aux fenêtres du palais de justice d'Albi, imposant édifice du centre-ville, aménagé dans l'ancien couvent des Carmes, juste en face de la prison. Celle du bureau du juge d'instruction Charles Fontaine. Comme d'habitude, à cette heure matinale, ce petit homme rond, au visage lunaire, immuablement vêtu d'un costume gris croisé et d'une chemise blanche au col amidonné, est assis à sa table de travail. Dans le halo lumineux d'une petite lampe, il lit avec attention l'article consacré par Justin Gilles, le localier de *La Montagne noire*, à l'étrange disparition de trois adolescentes du pays. Tout en dissimulant, d'un geste mécanique, son bras droit terminé par un moignon.

La sage-femme qui a mis au monde Charles Fontaine, il y a cinquante-sept ans, est la première à s'être rendu compte de son infirmité. Comme elle tirait le nouveau-né hors du ventre de sa mère, elle a poussé un « ah ! » mi-surpris, mi-horrifié. Puis, reprenant ses esprits, elle a vivement enveloppé le nourrisson dans un linge, dissimulant du mieux qu'elle put l'extrémité de son bras – un morceau de chair informe terminé par deux excroissances formant une sorte de pince –, avant de le montrer à sa mère. Bien sûr, Louise Fontaine n'a pas tardé à comprendre qu'elle avait mis au monde un infirme. Elle en a rendu responsable son gendarme de mari, dont l'un des cousins germains était affligé d'un énorme bec-de-lièvre. Avant de jurer qu'elle n'aurait jamais d'autres enfants avec lui car à coup sûr, ils souffriraient d'un handicap encore plus terrible.

C'est ainsi que le petit Charles a grandi entre des parents à la fois haineux l'un à l'égard de l'autre, et mortifiés par son handicap. Lui-même n'a véritablement pris conscience de sa terrible différence qu'au mois d'octobre 1910, mois où il s'est mis à fréquenter l'école primaire. Le jour de la rentrée préparée avec tant de soin, prisonnier d'un cercle de camarades moqueurs qui le traitaient d'infirme, le petit garçon s'est transformé. Il était doux et aimant, il est devenu cassant, agressif. Se détournant à jamais de tous les autres élèves, il a fait en solitaire d'excellentes études, avant de devenir juge d'instruction. Et pas n'importe lequel ! Depuis trente ans qu'il exerce ce métier, Charles Fontaine passe pour être le meilleur, un homme capable de sonder les âmes et les cœurs, tout en dirigeant avec brio les gendarmes chargés des investigations sur le terrain. Certes, les inculpés dont il traite le dossier n'ont à espérer de lui aucune pitié, aucune compréhension. Pour avoir été cruellement blessé dans sa chair dès l'enfance, le magistrat est devenu un être glacial et impitoyable. Et au palais, il a la réputation d'instruire seulement à charge, et non à décharge, comme le veut pourtant le code de procédure pénale. Ce défaut majeur lui a d'ailleurs valu, lors de l'affaire Agnès Bonnet, un cuisant revers.

Ici, à Albi, comme dans toute la région, tous se souviennent comme si c'était hier de cette terrible histoire. Un fait divers qui commence au mois d'août 1955, quand la foudre frappe la vieille fabrique de laine située à trois kilomètres de Saint-Laurent-le-Haut. Le bâtiment, abandonné depuis longtemps, n'est qu'une ruine devenue le paradis des rats, des araignées et des oiseaux nichant dans les poutres, mais aussi des enfants qui viennent jouer dans ce lieu où flotte encore l'odeur âcre des teintures. C'est l'un d'eux que les pompiers découvrent au petit matin, dans les décombres encore fumants de l'ancienne usine. Une fillette de cinq ans, disparue la veille, et dont il ne reste plus que le corps calciné. Mais la jeune Agnès n'est pas morte par accident. Car les pompiers, effarés, découvrent autour de ses chevilles et de ses poignets les restes d'une solide corde de chanvre.

Le juge Fontaine s'est vu chargé de l'enquête. Une affaire qui pouvait, *a priori*, paraître délicate. Cependant dès qu'il a vu Mathilde, la mère de l'enfant assassinée, Charles Fontaine s'est forgé une intime conviction. Cette femme trop belle et trop fière, qui le défiait du regard, était coupable. Dès lors, le juge n'a eu qu'une idée : la faire avouer. Et comme Mathilde, rebelle, continuait de lui résister, il l'a fait jeter en prison. Sans pour autant obtenir qu'elle reconnaisse, dans le secret de son cabinet, avoir étouffé sa fille Agnès, avant de la laisser, pieds et poings liés, dans la vieille usine de laine. Quand il a compris que Mathilde Bonnet resterait muette, Charles Fontaine ne s'est pas découragé. Il a bouclé son dossier, accumulant contre elle autant de charges qu'il le pouvait. Et il l'a fait renvoyer devant la cour d'assises de Toulouse. En secret, il est venu assister au procès de cette « diablesse », comme il l'avait surnommée en son for intérieur. Savourant à l'avance cette audience à l'issue de laquelle, il en était sûr, la belle Mathilde serait condamnée à mort.

Cinq ans se sont écoulés depuis. Charles Fontaine se souvient encore des débats. Car rien ne s'est déroulé comme il l'avait prévu. Pour la première fois de sa carrière, il a dû écouter, mortifié, la lecture du verdict d'acquittement. Un camouflet pour lui, une gifle, dont il ne s'est toujours pas remis… Personne ne l'a vu se glisser hors de la salle, alors que Mathilde Bonnet pleurait de joie et de soulagement dans les bras de son avocat. Personne ne l'a accompagné alors qu'il sortait d'un palais de justice plongé dans l'obscurité. Personne n'était là pour l'accueillir et le réconforter, quand il a poussé la porte de son petit appartement du centre de Toulouse. Cette nuit-là, en vérité, Charles Fontaine a mesuré toute l'étendue de sa solitude… Pourtant, le lendemain, dès sept heures, il était assis à sa table de travail. Et il a repris, jour après jour, sa vie de magistrat. Comme si rien ne s'était passé. Comme si l'affaire Agnès Bonnet n'avait jamais défrayé la chronique.

Un bruit de pas. La porte du cabinet qui s'ouvre. Pascal Louis, le greffier de Charles Fontaine, vient d'arriver. L'heure de la première audition de la journée approche. Il s'agit d'un petit escroc, qui a vendu à de nombreux vieux une pierre censée guérir leurs maux et vaincre leurs rhumatismes. Du tout-venant, pour Charles Fontaine. Celui-ci est bien plus préoccupé par l'article qu'il vient de lire – un brûlot qui risque d'enflammer les esprits et de provoquer un mouvement de panique dans la population. Car Justin Gilles, ce journaliste qui a pris fait et cause il y a cinq ans pour Mathilde Bonnet, se déclare persuadé qu'un meurtrier rôde, quelque part, dans le Sidobre. Et qu'il a assassiné trois adolescentes.

Isabelle. Clémence. Adeline.

*

Journal de Justin Gilles :

La publication de mon article à la une de *La Montagne noire* a déclenché un véritable scandale. Comme au moment de l'affaire Bonnet, les journalistes sont venus, par dizaines, frapper aux portes des villages de la région. Même la radio a consacré quelques reportages à l'affaire des « disparues de la Saint-Jean », comme on l'appelait. Je m'y attendais un peu, bien sûr. Mais je ne peux pas dire que cela m'ait fait plaisir. Je ne suis pas un homme qui aime être dans la lumière. À cet égard, l'affaire Bonnet m'a fait bien trop de mal.

Mais tout de même. Le courrier qui m'a été adressé en abondance m'a prouvé que j'avais sans doute eu raison de me lancer dans la bataille. Puis, surtout, j'ai reçu la visite des parents d'Isabelle Thévenin, et de Clémence Caillet. Auxquels j'ai conseillé d'aller voir mon ami Daniel Jonquières. L'avocat qui, voilà quelques années maintenant, a obtenu l'acquittement de la mère d'Agnès Bonnet.

IV

Aujourd'hui, et pour la première fois depuis de longues années, Dominique Thévenin, le père de la jeune Isabelle, quitte sa petite ville de Brassac. Un vieil homme sec, aux yeux profondément enfoncés dans leurs orbites, aux paupières lourdes, à la crinière blanche taillée à la diable, qui monte péniblement dans le car, aidé par les autres voyageurs. Depuis bientôt vingt ans, Dominique souffre d'une grave forme d'arthrite, une maladie qui a noué, les unes après les autres, ses articulations, jusqu'à faire de chacun de ses gestes un calvaire. Lors de la première crise, qui lui a pris les deux genoux, devenus rouges et chauds comme si on les avait frappés, Dominique a joué les braves, il a fait comme si de rien n'était. Le matin, il s'est même levé, pour gagner la ferme dans laquelle il était à l'époque employé agricole. Mais, au cours de la journée, il a dû capituler devant la douleur qui le crucifiait, et rentrer chez lui se mettre au lit. Depuis, les crises se sont succédé, toujours plus fortes, toujours plus longues et peu à peu, elles ont fait de lui une sorte d'infirme, aux mains et aux pieds déformés, aux articulations saillantes, au dos et au cou de guingois. Un malheureux incapable de travailler, presque totalement dépendant financièrement de Lisette, sa femme. Pourtant, en ce début du mois d'août, en dépit de ses souffrances, Dominique Thévenin s'est levé, il a fait l'effort immense de s'habiller de son plus beau costume, celui qu'il réserve aux grandes circonstances, et qu'il n'a pas porté depuis le mariage de Marianne, l'aînée de ses filles. Il est sorti de sa petite maison de pierre grise, perchée sur les bords de l'Agout, et à petits pas, mètre par mètre, il a traversé le vieux pont de pierre du XIIe siècle, pour gagner l'arrêt du car. Il a pris place, contre la fenêtre, en route pour Albi, où il doit rejoindre Pascal Caillet, le boulanger de Vabre, et Martin Costes, l'instituteur de Lacroze, pour rencontrer un avocat.

De Brassac à Albi, la route suit les vallées et décrit un crochet par Castres, avant de remonter vers Lautrec. L'itinéraire contourne le bourg, posée sur un éperon rocheux, au pied duquel viennent mourir les vallons colorés du pays vauréen. Par temps clair, la Montagne noire semble à portée de main. Au XIVe siècle, Lautrec comptait cinq mille habitants, trois églises et un palais épiscopal. C'était le « boulevard des Catholiques ». Aujourd'hui, c'est la patrie de l'ail, la France entière le sait bien. Dominique Thévenin a suivi avec passion les démarches de Lautrec pour obtenir le seul label rouge de France. La presse, les députés, les mairies. Tout le département a pris fait et cause pour son ail, et sa reconnaissance par un label rayonne désormais sur toute la région. Pour Dominique, ce n'est que justice. Chez les Thévenin, on savoure l'aillet dans les premiers jours du printemps, quand il n'a pas encore eu le temps de former son bulbe. Un secret culinaire jalousement gardé, transmis aux filles de la maison, quand elles sont en âge d'apprendre à cuisiner. Isabelle a, comme les autres, appris à confectionner cette douceur légèrement pimentée.

Isabelle. Oubliant l'ail, oubliant Lautrec, oubliant le paysage superbe qui défile devant ses yeux, Dominique secoue tristement la tête. Avec cette petite fille, sa dernière-née, le malheur est entré chez les Thévenin. Comme il se réjouissait pourtant de sa venue ! C'est même lui qui a choisi son prénom. Un prénom doux, aux consonances tendres, promesse d'une beauté rayonnante. Mais si Lisette, la femme de Dominique, a connu une grossesse facile, les choses ont failli tourner à la tragédie le jour de la naissance. Après vingt-quatre heures de souffrances,

Lisette n'avait en effet toujours pas accouché. Le médecin qui l'assistait a dû utiliser les forceps pour la délivrer. Lorsque la petite a enfin paru, elle était toute bleue. Il a fallu la réanimer pendant près de trois minutes avant qu'elle pousse enfin son premier cri. Cependant ni le médecin, ni les infirmières n'ont averti ses parents que la privation d'oxygène qu'elle avait subie avait peut-être provoqué dans son cerveau fragile des lésions irréparables. C'est au cours des mois suivants que Lisette s'est aperçue que l'enfant ne grandissait pas comme ses quatre aînés. Isabelle ne s'est assise qu'à un an, et n'a marché qu'à trois. Et ce n'est qu'à cinq ans seulement qu'elle a prononcé son premier mot : « Papa »… Ensuite, les choses ont semblé s'arranger. Bien sûr, Isabelle n'a jamais su lire, ni écrire. Mais, pour son père, ce n'était pas un manque d'intelligence. C'était simplement de l'hyperactivité. Toute petite, déjà, Isabelle partait seule courir les champs. Elle n'avait pas sa pareille pour dénicher les oisillons au nid, ou capturer les couleuvres. Plus grande, elle s'est fait une spécialité de la cueillette des champignons et des simples, semblant trouver, d'instinct, les baies comestibles, et les herbes bénéfiques. Lorsqu'il était encore valide, Dominique aimait parcourir la région avec elle pour dénicher ses deux spécialités : l'oreillette qui colore le talus de ses petites oreilles jaunes, et surtout le cèpe. Pas le bolet, qui perd l'eau à la cuisson, et n'a plus aucun goût, mais le vrai cèpe à chapeau, tendre et ferme à la fois. Ensemble, Dominique et Isabelle ont depuis longtemps repéré les quatre grands « coins à champignons ». Et après la pluie, par des températures supérieures à 20/22 °C, ils courent cueillir les cèpes par brassées. Superstition ou prudence, Isabelle ne prend jamais de panier mais un large imperméable. S'il ne pleut pas, et qu'elle surprend le cèpe sous la fougère, elle remplira le pardessus et reviendra à la maison portant sa cueillette sur le dos, comme on trimbale un bourras de laine.

Oui, Dominique aimait accompagner sa fille, dans ses interminables promenades. C'était même ce qu'il préférait à tout. Mais la maladie est venue, et il a dû se résigner à laisser Isabelle aller et venir entièrement seule, sans surveillance. D'ailleurs, comment aurait-il pu faire autrement ? Personne n'a jamais pu retenir le vent prisonnier.

Tout à ses souvenirs, Dominique Thévenin, le front collé à la fenêtre du car, voit le paysage défiler sans le regarder. Tournant le dos à la Montagne noire, il se dirige vers Castres, la ville basse, aux maisons ocre. Puis il remonte vers le nord. Le paysage se fait plus doux, plus vallonné. Quelques colombiers de pierre, plantés çà et là dans les collines, attirent le regard. Mais l'homme n'y prête guère attention. Dans la chaleur de ce mois d'août, une chaleur lourde qui enveloppe les champs de vigne, il lui semble apercevoir la silhouette d'une jeune fille – brune, les cheveux raides emmêlés, les pieds nus et sales, marchant sur la terre craquelée de soleil, le visage levé vers un ciel presque blanc à force d'être bleu. Mais soudain l'apparition s'efface. Comme le ferait un elfe, ou une fée. Et Dominique Thévenin a beau fermer les yeux, il a beau tenter de retrouver le visage de sa fille cadette, il n'y arrive plus.

Albi. La cité rouge, toute de brique vêtue, se pare volontiers de tons violemment ocre, qui gardent le souvenir de la grande épopée cathare. En ce début d'après-midi, elle impressionne. Dominique Thévenin, arraché un instant à sa douleur, se laisse gagner par la splendeur des vieilles demeures étagées sur les rives du Tarn, et par cette imposante cathédrale, qui domine le pont Vieux. Toujours à pas lents, serrant les dents quand la souffrance se fait trop vive, il avance en direction du vieil Albi et de ses maisons à pans de bois. C'est là, tout près de la rue Timbal, que se trouve le cabinet de Me Daniel Jonquières, ce ténor du barreau qui fut il y a cinq ans l'heureux défenseur de Mathilde Bonnet. C'est avec lui que Dominique Thévenin a rendez-vous. Et il monte une à une les marches de pierre usées d'un imposant escalier avant de sonner à la porte de bois verni, où luit une plaque de cuivre : « Daniel Jonquières. Avocat. »

*

Daniel Jonquières est seul dans son bureau. Un bel homme aux cheveux poivre et sel, aux épaules larges, au visage marqué par les batailles menées pour arracher ses clients à la guillotine. Une ennemie toute personnelle...

C'est devant la cour d'assises de Toulouse, il y a vingt ans, que Daniel Jonquières l'a affrontée pour la première fois. Il n'était alors qu'un tout jeune avocat, plaidant son premier dossier criminel. Un dossier terrible, celui d'un jeune homme accusé d'avoir égorgé en pleine rue une femme enceinte de près de neuf mois, pour lui voler les quelques centaines de francs que contenait son portefeuille. Alain Berger – c'est son nom – a toujours nié les faits. Malheureusement pour lui, un témoin l'a formellement reconnu. Et son passé – il a déjà été condamné à plusieurs reprises pour des vols avec violence – ne plaidait pas, c'est le moins que l'on puisse dire, en sa faveur. À l'issue de débats houleux, et malgré tous les efforts déployés par son défenseur, il a été condamné à la peine capitale. Et Daniel Jonquières, à l'aube de sa carrière, a dû assister à son exécution.

Aujourd'hui encore, l'avocat se souvient de ce petit matin terrible comme s'il datait d'hier. Prévenu la veille par un gendarme porteur d'un télégramme, il n'a pu fermer l'œil de la nuit et l'aurore l'a trouvé debout, rasé de frais, vêtu de son plus beau costume. Comme un automate – il n'arrive toujours pas à croire à la réalité de ce qu'il vit –, Jonquières se rend à la prison, passe tous les barrages de gendarmerie établis sur le chemin dans une sorte de torpeur, arrive dans la cour pavée où l'on a, pour l'occasion, dressé une guillotine venue de Paris. Puis, accompagné du directeur de l'établissement pénitentiaire, du procureur de la République, d'un aumônier et de plusieurs gardiens, il a réveillé le condamné.

Un cri. Un hurlement de bête que l'on égorge. Alain Berger, tiré d'un sommeil peuplé de cauchemars, vient de comprendre ce qui se passe. Il se recroqueville sur lui-même, tentant, dans un geste dérisoire, de se protéger de ses deux poings levés et enchaînés l'un à l'autre, comme le veut la loi. Mais déjà, deux gardiens le tirent, le poussent, l'entraînent, à demi nu, dans le couloir. Malgré ses protestations, on l'assoit de force sur un tabouret, on ploie sa nuque, on coupe les cheveux trop longs qui pourraient gêner la lame qui va s'abattre sur son cou. L'aumônier s'approche, murmure des paroles de réconfort que le condamné, tout à sa panique, n'entend pas. Le voilà debout, chancelant, qui marche en direction de la « Veuve » dressée à son intention.

Et déjà il s'agenouille, glisse sa tête dans l'étroite lucarne au-dessus de laquelle brille le sinistre couperet.

Après avoir vu la tête tranchée d'Alain Berger rouler dans la sciure d'un panier, Daniel Jonquières, horrifié, s'est juré de lutter contre le châtiment abominable auquel il venait d'assister. Et il a tenu parole. Depuis cette aube-là, il est de toutes les manifestations, de tous les colloques contre la peine de mort. Il a arraché à la guillotine plus de dix condamnés. Un combat qui a fait de lui un avocat de légende... Quoi d'étonnant, dès lors, si Justin Gilles lui a demandé d'assurer la défense de Mathilde Bonnet ? Après ce procès exemplaire, les deux hommes sont restés en relation. Justin Gilles rend compte des audiences où s'illustre Daniel Jonquières. L'avocat, de son côté, ne manque jamais de l'inviter à déjeuner.

Lors d'un de ces repas, le localier de *La Montagne noire* a évoqué les trois jeunes filles qui se sont volatilisées dans la région de Lacroze, en l'espace de quatre années. Il lui a donné à lire son « papier » et il a déploré le manque de réaction des autorités locales.

« J'ai rencontré Martial Beau, a-t-il expliqué. Il soutient toujours la thèse de la fugue. Et il m'a assuré que, faute de cadavre, celle-ci resterait privilégiée. »

À ces mots, Daniel Jonquières a légèrement froncé les sourcils – signe, chez lui, d'un léger agacement.

« Pour que cette affaire "sorte", a-t-il dit, il faudrait que les familles des disparues se constituent parties civiles. La plainte déposée suffirait à déclencher une information. »

Un silence. Repoussant son assiette à moitié pleine, l'avocat s'est mis à tapoter la table du bout de ses doigts – un autre geste familier.

« Justin, je sais que vous allez me demander de me charger de cette affaire. Je veux bien vous rendre ce service. Mais je vous préviens : si jamais on arrête l'homme qui a assassiné ces trois gamines, moi, du banc des parties civiles, je ferai tout ce qui m'est possible pour lui éviter la peine de mort. Il faut que les familles le sachent. »

Daniel Jonquières a reçu Dominique Thévenin, Pascal Caillet et Martin Costes, les pères des trois disparues. Quelques jours plus tard, dans le silence de son bureau, il rédige la plainte que les trois hommes l'ont chargé de déposer.

> *« À monsieur le doyen des juges d'instruction du palais de justice d'Albi*
>
> *Monsieur le juge,*
>
> *Au cours des quatre années précédentes, trois jeunes filles ont mystérieusement disparu, dans la région de Mazamet. Il s'agit d'Isabelle Thévenin, Clémence Caillet et Adeline Costes. »*

*

Journal de Justin Gilles :

Décidément, la justice se met parfois bien difficilement en marche. Après la plainte déposée par Daniel Jonquières, tout le mois d'août s'est écoulé sans que rien ne se passe. Et le début du mois de septembre n'a rien vu bouger. Pourtant, je me suis bien gardé de reprendre ma plume. En France, s'il y a une chose sacrée, ce sont bien les vacances judiciaires ! Tout l'été, le palais dort. Les couloirs sont déserts, les salles d'audience quasi vides, les juges et les avocats absents. J'ai donc décidé d'attendre la rentrée – une rentrée qui n'a officiellement lieu qu'aux environs du 15 septembre. Mais pendant ce temps, je ne suis pas resté inactif, loin de là. Comme je l'avais fait au moment de l'affaire Bonnet, j'ai mené l'enquête à travers tout le pays. Et pour commencer, j'ai cherché à en savoir un peu plus sur l'emploi du temps de la petite Adeline, la nuit de la Saint-Jean. C'est l'une de ses amies, Anne Rouergue, qui m'a appris qu'elle avait passé beaucoup de temps avec le fils Solal, « un drôle de type, celui-là », a-t-elle ajouté. « Un sauvage, qui ne parle à personne, mais qui s'était entiché d'elle. »

V

Ici, au Chant de la Vigne, personne ne lit jamais les journaux. Pas plus Marcel que Christophe ou Madeleine. Aussi ni l'un ni l'autre n'ont-ils pris connaissance du « papier » qui a agité le pays voilà un peu plus de deux mois maintenant. De toute façon, ils ont autre chose à faire que de commenter la presse. Avec les labours d'automne s'est ouverte l'une des périodes les plus difficiles de l'année. Les Solal travaillent d'arrache-pied. Pas question d'aller se réchauffer à la maison ou y casser la croûte. C'est la vie aux champs, en pleine solitude. Ici, les champs sont à dix kilomètres de la ferme.

À vingt-trois ans, Christophe ne connaît que cette existence-là. L'enfant timide qui s'accrochait jadis aux jupes de sa grand-mère Solange est devenu un jeune homme maigre, au visage presque imberbe troué d'un regard très bleu, le regard de son père.

Mais hormis ces prunelles azur, il ne lui ressemble pas. Et il n'a rien, non plus, de sa mère. En fait, le jeune Christophe est le vivant portrait de Simon, son grand-père paternel, disparu d'une phtisie galopante un demi-siècle plus tôt. Frêle, les épaules maigres, la poitrine creuse, c'est un garçon sensible, timide jusqu'à la sauvagerie, et qui a grandi dans un sanctuaire dédié à son père défunt.

Car, au « Chant de la Vigne », tout parle de Louis. Son portrait, réalisé d'après l'une des seules photographies que possède Madeleine, trône dans la salle à manger, au-dessus du buffet. La mère et le fils prennent leurs repas sous le regard de ce bel homme svelte, à la carrure impressionnante. Dans la chambre de Christophe, Madeleine a accroché le même portrait à son chevet. Et depuis le décès de Solange, morte l'année de ses dix ans, elle vient, chaque soir, lui parler de ce jeune mort, lui décrivant par le menu les circonstances de leur rencontre, son départ de la Clape, et les premières années si heureuses passées dans la bastide des Solal. Même les fêtes sont placées sous le regard de Louis. À Noël, Madeleine prend soin de cuisiner le repas qu'il préférait. Une belle oie rôtie, farcie de marrons, accompagnée de chou rouge et de pommes de terre cuites au four. Une volaille, du fromage de brebis et, en dessert, des « curbellets », petites gaufrettes fort appréciées du Dauphin, venu chasser un jour en forêt de la Grésigne. Ensuite, après avoir débarrassé la table, Madeleine offre à Christophe son cadeau. Mais ce n'est ni un jouet, ni un livre. C'est un objet ayant appartenu à son père. Un couteau, pour ses neuf ans. Une montre, l'année de sa communion solennelle. Des chemises, dès que sa stature lui a permis d'en porter…

À vivre cette vie, à écouter sans cesse sa mère parler de son Louis, à baigner dans le souvenir d'un père à jamais disparu, d'autres enfants se seraient rebellés. Pas Christophe. Depuis ses premiers mois, en effet, le garçon voue à Madeleine un amour total, farouche, exclusif, aussi grand que celui que sa mère lui porte. Petit, il ne s'endormait que contre elle, le nez contre son cou, la tête appuyée sur son épaule. C'est pour courir dans ses bras qu'il a fait ses premiers pas. Plus tard, c'est encore elle qui lui a appris à lire et à écrire. Elle, toujours, qui lui a donné le goût des livres et de la poésie. Et, après la mort de sa grand-mère, l'univers s'est refermé encore un peu plus sur eux deux. Un univers fait de mille petits riens, de conversations douces, de vieux souvenirs, d'interrogations sur l'avenir de l'exploitation agricole, aussi. Vaut-il mieux, cette année, acheter des charmoises – cette race de moutons rétifs, à la tête mignonne, mais aux oreilles et aux cornes courtes

– ou des Lacaune ? Faut-il sacrifier une partie des vignes pour planter du maïs ? Combien d'agnelets vont survivre à l'hiver ?

Toutes ces questions – et bien d'autres encore –, Madeleine les pose à Christophe depuis son plus jeune âge. Comme pour le préparer à son avenir, un avenir lié à la terre des Solal, et à leur exploitation agricole. Madeleine le lui a répété cent, mille, dix mille fois. Un jour, Christophe sera seul maître du domaine, comme avant lui son père. En attendant, il doit apprendre le rude métier d'éleveur, et se plier au dur travail de la terre, ce qui n'est pas rien. Car ici, dans le Sidobre, l'espace est restreint. Entre les roches, le pin a gagné sur le sol, et les pacages sont trop petits pour accueillir les troupeaux. Les Solal ont donc loué les vingt hectares du causse de Labruguière pour nourrir les bêtes l'été et pour le fourrage l'hiver. Et de même que tous les éleveurs de ce pays de petite montagne, ils vivent comme dans les alpages, obligés à la belle saison de descendre le troupeau sur le Causse, puis de le rapatrier à la fin de l'automne.

C'est en 1951 que Christophe a intégré ce monde. Cette année-là, en effet, sa mère a décidé qu'il était en âge de quitter l'école. Et elle l'a fait savoir à Thierry Geffrotin, le directeur du collège de Castres où son fils vient de terminer sa troisième, et d'obtenir brillamment son brevet. Mais à sa grande surprise, la semaine suivante, elle a reçu une lettre de cet établissement. Une convocation à un entretien concernant Christophe. Alors, Madeleine, vêtue de sa meilleure robe – la grise, à col de dentelle blanche –, chaussée de neuf, s'est rendue à Castres où elle a rencontré Thierry Geffrotin.

« Votre fils est un excellent élève, madame, lui a dit celui-ci. Il est capable de faire de bonnes études supérieures. Je voudrais donc que vous reveniez sur votre décision, et que vous le laissiez dans mon établissement. Nous ferons de lui un bachelier… »

Madeleine a tout d'abord été flattée par ces paroles et à dire vrai, quelle mère ne l'aurait pas été ? Mais en quelques secondes seulement, elle a trouvé quoi répondre.

« Chez les Solal, a-t-elle dit crânement, nous sommes éleveurs, de père en fils, depuis des générations. Que deviendra notre terre, si Christophe déroge à cette tradition ? Bien sûr, si mon mari avait vécu, si nous avions eu d'autres fils, alors, pour Christophe, les choses auraient pu être différentes. Mais ce n'est pas le cas, vous le savez bien. »

Et Christophe a donc quitté pour toujours les bancs de sa classe, comme l'ont fait tous les Solal avant lui. Désormais, si jeune soit-il, sa vie est rythmée par les travaux des champs et de la bergerie.

L'hiver, les brebis sont à l'intérieur. Elles mangent le foin de la ferme, enrichi de quelques céréales. Février est le mois de l'agnelage et de la tonte. Le printemps et l'été sont les saisons de pâture. Enfin, l'automne, ce sont les accouplements, la saison des saillies. On lâche Jobar, Marius et Castor, les trois béliers en exercice. Jobar est le plus ancien du sérail. Il a la charge d'une cinquantaine de brebis. Marius et Castor sont plus jeunes, ce sera une trentaine pour chacun d'eux. Ils sont en liberté dans le groupe dès septembre et s'accouplent à la demande. C'est la « lutte libre ». Pour les Solal, les trois mâles sont les piliers du troupeau. « On les bichonne, les bichons ! » dit Madeleine en riant. « Bien nourris, bien soignés. Bons chasseurs c'est notre devise. » Mais si Christophe s'esclaffe, Marcel, le fidèle berger, garde tout son sérieux. Car il sait bien, lui, que le plus délicat est à venir. Dans les trois mois qui suivent la saillie, la croissance du fœtus s'accélère brutalement. Il faut alors suralimenter les mères pour qu'elles atteignent sans encombre les cent cinquante jours de gestation et agnellent dans les meilleures conditions au printemps, sous le vol tourbillonnant des hirondelles.

Voilà comment les années se sont écoulées pour Christophe, au rythme des saisons, comme s'écoulerait un seul jour. En ce mois d'octobre 1960, le temps des labours d'automne est revenu. À la nuit, le jeune homme est parti pour une semaine avec Marcel, les chevaux Courage et Mignon, la charrette et le chien. Pendant sept jours, ils vivront à la bergerie, sur le Causse, séparés des moutons par une mince cloison de bois, et travailleront leur terre, sept jours durant…

Huit heures du matin. Au-dessus du champ flotte une nappe faite de poussière et de vapeur, un peu comme si chaque particule de terre s'était fixée sur une goutte de rosée en évaporation. Émergeant de cette brume locale et spontanée, la pipit rousseline est la première en chasse, virant sèchement au-dessus des quatre sillons. Le bruant, lui, n'est pas loin. Ce méditerranéen amoureux des endroits chauds observe la scène du sommet d'un buisson. Tous deux savent qu'il faut être là avant les pies et les corbeaux, qui vont très vite nettoyer les lieux, gloutons de cette vermine qui jaillit du sol, propulsée par la charrue. Pendant qu'ils se mettent en place, pour se réchauffer et se réconforter, Marcel et Christophe allument un feu de bois au coin des champs, comme des campeurs. À côté d'eux, Courage et Mignon, les sabots repliés en position de repos, les regardent avaler un petit déjeuner solide : de la saucisse sèche, accompagnée de gros pain de campagne et d'un grand bol de café fumant. Ensuite, de concert, ils règlent la charrue. L'attelage arpente quatre sillons du champ du Bosc, la moins docile des parcelles, tant elle est pierreuse, sèche, ondulante et parfois pentue. Dès le premier tranchant du brabant, la terre se met à fumer. Le versoir serre à gauche. La profondeur est trop prononcée, les chevaux sont décalés dans l'effort et se fatiguent inutilement. Qu'importe ! Lentement, le vieux Marcel s'accroupit près de l'attelage, et se met à triturer la charrue. Comme fasciné, Christophe le regarde travailler, et mémorise tous les gestes de cet homme auprès de qui il apprend son dur métier…

*

Octobre 1960 toujours. Une fois de plus, Charles Fontaine est arrivé à son bureau bien avant ses collègues. Il était tout juste huit heures quand il est entré dans le palais de justice encore désert et à peine éclairé. Sans prêter attention à la majesté des lieux, le juge est passé, comme à son habitude, devant l'ancienne salle du chapitre où se tiennent aujourd'hui les procès civils. Il a grimpé l'escalier étroit menant à son bureau. Sitôt entré dans la petite pièce sombre où se déroulent ses journées, il a accompli le rituel maniaque sans lequel il ne peut commencer à travailler. D'abord, allumer la lumière, ôter son manteau, le suspendre à la patère. Ensuite, il va à son bureau, allume sa lampe personnelle, éteint le néon qui donne à la pièce un aspect blafard. Puis, satisfait, il tire son fauteuil canné, s'y assoit, avant d'ouvrir un vieux plumier hérité de sa grand-mère paternelle. Là, soigneusement disposés les uns à côté des autres, se trouvent un crayon noir à mine grasse, un porte-plume, et son stylo-plume. Charles Fontaine commence par tailler le crayon, jusqu'à ce que sa pointe soit d'une finesse extrême. Puis, dévissant le capuchon du stylo, il en nettoie soigneusement la plume à l'aide d'un petit buvard de couleur bleue. Enfin, après l'avoir posé près de lui, il attrape de sa main infirme le dossier du jour, de couleur verte, violette, rouge ou bleue, en fonction de son importance, et, surtout, de son urgence. Ce matin, la chemise dont il s'empare est de couleur rouge, signe qu'il s'agit d'une affaire délicate. Sur la chemise, trois noms tracés au normographe.

    Thévenin, Isabelle

    Caillet, Clémence

    Costes, Adeline...

Lorsqu'il a appris que le doyen des juges d'instruction l'avait choisi pour s'occuper de cette affaire, Charles Fontaine s'est senti profondément honoré. Pour la première fois depuis cinq ans, le voilà saisi d'un dossier de premier plan, de ceux qui peuvent contribuer à votre avancement, et faire de vous un magistrat unanimement reconnu par ses pairs. Une belle revanche, après des années passées à recevoir de minables cambrioleurs, des receleurs à la petite semaine, et quelques criminels de bas étage ! Il a donc attendu avec impatience de recevoir sa désignation officielle et le dossier qu'il ouvre à présent. À l'intérieur, la plainte rédigée par Daniel Jonquières. Une plainte que Charles Fontaine commence à parcourir avec une attention extrême.

Au cours des quatre années précédentes, trois jeunes filles ont mystérieusement disparu dans la région de Mazamet. La première, Isabelle Thévenin, était âgée de dix-sept ans. Elle s'est volatilisée au soir de la Saint-Jean de l'année 1957. La seconde, Clémence Caillet, était du même âge. Un soir de juin 1958, elle n'est pas rentrée chez elle après avoir quitté son travail, elle était cardeuse dans une usine de laine. Quant à la troisième, Adeline Costes, elle s'est volatilisée en juin dernier, alors qu'elle venait tout juste de fêter ses quatorze ans. Ces trois jeunes filles n'ont à ce jour donné aucun signe de vie à leurs familles. Elles ont toutes les trois quitté leur domicile sans emporter aucun vêtement ou effet personnel, et n'avaient ni argent, ni papier d'identité sur elles, au moment de leur disparition. Il paraît impossible, dans ces conditions, qu'elles aient décidé de partir volontairement.

Un soupir. Le juge se redresse. Puis, saisissant son Waterman gris, il se met à écrire d'une petite écriture sèche, minuscule, mais extrêmement bien déliée :

Premièrement, convoquer les signataires de la plainte, pour les assurer que toute lumière sera faite.
Deuxièmement, vérifier la moralité des familles.
Troisièmement, délivrer une commission rogatoire destinée à découvrir quelles sont les dernières personnes rencontrées par les trois disparues. Que les policiers pensent à se rendre à l'usine de laine.

*

C'est quelques jours plus tard, le 15 octobre, que le juge Fontaine a reçu Martin Costes. Mais ce matin-là, contrairement à son habitude, le magistrat n'a pas le cœur à l'ouvrage. Il vient de traverser Albi. Il a vu les étals des marchés crouler sous des kilos de lourdes grappes de raisin mordorées prêtes à éclater tant leurs grains sont pleins. Et ces grappes lui ont cruellement rappelé la seule et unique période réellement heureuse de sa vie... C'était il y a près de quarante ans, à l'époque où il venait de commencer ses études de droit. Pour gagner un peu d'argent – son père, retraité de la gendarmerie, a cessé depuis beau temps de subvenir à ses besoins –, le jeune Charles a quitté Toulouse, pour s'embaucher comme ouvrier dans une grande propriété viticole du Médoc. C'est là qu'il a rencontré une ouvrière tout juste âgée de dix-huit ans. Petite et brune, la silhouette menue, le visage rond troué de deux grands yeux verts, celle-ci se met à bavarder avec lui, le plus naturellement du monde, dès leur premier jour de travail. Sans paraître remarquer la main estropiée de Charles. Celui-ci, trop habitué aux regards compatissants, curieux, ou narquois, lui en sait infiniment gré. Mieux encore : au fil des jours, il parvient, peu à peu, à surmonter sa timidité, et à se lier d'amitié avec la jeune fille. Et c'est presque naturellement que, le dernier soir des vendanges, après un repas bien arrosé, lui qui n'a jamais bu un seul verre d'alcool de sa vie enlace Angeline, et l'entraîne dans une grange, où le foin les accueille.

La douceur. La tendresse. L'exaltation. Voilà ce que découvre, cette nuit-là, Charles Fontaine. Et peut-être que ce bonheur tout neuf aurait changé sa vie, s'il ne s'était endormi lourdement, au petit matin, sans avoir dit à son amoureuse combien leur étreinte lui a été précieuse. Lorsqu'il ouvre les yeux, le futur magistrat est seul. Il découvre, quelques minutes plus tard, que la jeune ouvrière agricole est déjà partie, ne laissant, derrière elle, que son odeur un peu piquante, qui imprègne encore la peau de son amant.

Quarante ans plus tard, Charles Fontaine se souvient encore de la douleur et de l'amertume qui l'ont saisi quand il a compris qu'il ne reverrait pas Angeline. Même au soir de sa vie, à chaque fois qu'il voit les grappes de raisin étaler leurs grains sur les marchés, il sent son cœur se serrer. Et il se demande où est la seule jeune fille qui l'ait aimé, une nuit, sans se préoccuper de son infirmité...

« Monsieur le juge ? »

Pascal Louis, le fidèle greffier, tire Charles Fontaine de la rêverie dans laquelle sa matinale traversée d'Albi l'a plongé.

« Monsieur le juge, répète-t-il, Martin Costes est là. »

Martin Costes. À ce nom, Charles Fontaine reprend définitivement ses esprits.

« Oui, dit-il en se redressant. Faites-le entrer... »

VI

Journal de Justin Gilles :

J'AI BIEN SÛR RENDU COMPTE de l'audition de Martin Costes par le juge Fontaine. Et celui-ci, à dire vrai, n'a guère goûté l'interview exclusive qu'il m'a accordée. Mais qu'importe. Je sais, depuis l'affaire Bonnet, que la presse peut influer grandement sur la machine judiciaire. Et, dans ce cas précis, je tenais à ce que les choses aillent vite. Sur ce point, d'ailleurs, j'ai eu entière satisfaction. Car dès la fin octobre, le juge a convoqué Martial Beau, le capitaine de gendarmerie qui s'était, à l'époque, occupé des disparitions d'Isabelle, de Clémence – et qui est également chargé d'élucider celle d'Adeline.

*

Au cours de sa carrière, le capitaine Martial Beau a eu plusieurs fois l'occasion de travailler avec le juge Fontaine. Mais jamais il n'a vu le magistrat si froid, si distant et en un mot, si méprisant. Lorsqu'il entre dans la pièce, Charles Fontaine est assis derrière son bureau, sa main infirme posée devant lui bien en évidence. Une attitude qu'il réserve en principe aux détenus qu'il interroge... De fait, à ses premiers mots, Martial Beau comprend qu'il ne lui montrera guère plus de considération.

« Capitaine Beau, dit le juge, j'ai longuement consulté ce dossier. »

Il désigne de la main la chemise qui trône devant lui, et qui porte les noms des trois jeunes disparues de la Saint-Jean.

« Je ne comprends pas que vous n'ayez pas prêté plus d'attention à ces affaires ! poursuit-il, de plus en plus sec. On ne se volatilise pas comme ça, à dix-sept ans, et encore moins à quatorze ! Vous auriez dû alerter le parquet, et faire ouvrir une enquête ! »

Sous l'algarade, Martial Beau ne bronche pas. Mais ses pommettes rosissent, signe, chez lui, d'une gêne rentrée.

« Monsieur le juge, dit-il, son regard direct braqué sur le magistrat, je n'ai pas l'intention de me dérober à mes responsabilités. Sachant que je devais vous voir, j'ai repris ces trois dossiers les uns après les autres. Et j'ai constaté qu'au moment de la disparition de la jeune Isabelle Thévenin, je me trouvais dans une situation personnelle très difficile... »

1957. Martial Beau vient tout juste de fêter ses cinquante-cinq ans et c'est un homme heureux. Marié depuis près de quinze ans à une femme qu'il adore, il exerce un métier difficile, mais passionnant. Et, surtout, il est père d'un garçonnet de dix ans, prénommé Alain, auquel il voue une véritable passion.

Peu de pères, à dire vrai, se sont occupés ainsi de leur enfant. C'est Martial Beau qui a insisté pour que son épouse lui donne une descendance. Depuis qu'Alain a vu le jour, il ne s'est pas écoulé une seule heure sans que le militaire ne pense à lui. Il s'est émerveillé à ses premiers pas, et à ses premiers mots. Il lui a appris à lire, dès ses cinq ans. Ensuite, il s'est fait une joie de lui fournir des livres, la comtesse de Ségur, mais aussi Jules Verne et Kipling. Et bien sûr il n'a laissé à personne que lui le soin de lui apprendre à nager.

C'est par un beau jour du mois de mai que tout a basculé. Au réveil, Alain s'est plaint d'avoir « mal à la tête », et a refusé de sortir de son lit pour se rendre à l'école. Dans un premier temps, ni Martial Beau, ni son épouse, n'ont prêté grande attention à sa migraine, qui a d'ailleurs cédé après deux comprimés d'aspirine. Mais quelques jours plus tard, nouvelle crise, si violente qu'Alain en vomit. À la fin du mois, alors qu'il se trouve à son bureau, Martial Beau reçoit un coup de téléphone. Son fils vient de s'effondrer, en pleine classe. Pris de convulsions, il a dû être transporté d'urgence à l'hôpital de Castres. Et quand le militaire se présente dans cet établissement, on lui annonce que l'enfant va être transféré le jour même à Toulouse, pour y subir des examens poussés.

Jamais Martial Beau n'oubliera le jour où les médecins lui ont communiqué les résultats de leurs analyses. Face à lui, le professeur Jean-François Lemoine, l'un des plus éminents spécialistes du cerveau. Un bel homme âgé d'une soixantaine d'années, à la silhouette ronde, au beau visage auréolé de cheveux blancs. À ses côtés, deux de ses collègues, vêtus comme lui de blouses blanches. Derrière, accroché à un mur, un tableau lumineux, qui porte les radios du crâne d'Alain, et les clichés de son scanner.

« Monsieur Beau, a dit le professeur Lemoine, d'une voix douce, votre fils souffre d'une tumeur au cerveau. »

En entendant ces mots, Martial Beau a senti un léger vertige le gagner. Mais ce n'était pas tout. Le pire restait à venir.

« Cette tumeur, a poursuivi le spécialiste, est en l'état actuel de la science totalement inopérable. Malheureusement, il faut vous préparer au pire. »

D'abord, Martial Beau n'a pas voulu y croire. Ça ne pouvait pas arriver. Pas à lui. Pas à Alain. Les médecins – tous des ânes ! comme disait son père – s'étaient sans aucun doute trompés. Un enfant plein de vie et de santé ne peut pas, du jour au lendemain, développer un mal incurable, surtout avec une telle rapidité. Mais hélas, le temps a donné raison au professeur Lemoine, et le pire est survenu, petit à petit. D'abord, Alain a perdu la vue. Puis la parole. Enfin, il est devenu incontinent et même incapable de se lever.

Juin 1957. Pour Martial Beau, cette nuit a été particulièrement éprouvante. Alain a souffert comme un damné et aucun des médicaments qu'il lui a administrés n'a pu le soulager. Pendant des heures, le militaire a tenu son petit garçon contre lui, le berçant doucement, lui caressant la tête, lui racontant les histoires qu'il aimait entendre, quand il était petit. L'aube l'a trouvé épuisé, mais incapable de rester plus longtemps dans la chambre du jeune agonisant. Laissant Alain à sa femme, Martial Beau est donc allé travailler comme à son habitude. En homme orgueilleux, rigide, il n'a confié à aucun de ses subordonnés combien sa nuit avait été difficile.

« C'est ce jour-là que Dominique Thévenin est venu m'annoncer la disparition de sa fille Isabelle, explique Martial Beau au juge Fontaine. J'ai pris des renseignements sur cette adolescente, et j'ai découvert que c'était une fille fantasque, habituée à courir la campagne comme bon lui semblait. Après avoir ordonné à mes hommes d'organiser des battues, je suis retourné près de mon fils. »

Dix jours plus tard, alors qu'Isabelle est toujours introuvable, le petit Alain ferme les yeux pour toujours. Et le capitaine Beau, tout à sa douleur, annonce à son père que sa fille a probablement fait une simple fugue, et qu'il ne voit pas la nécessité d'aller plus loin dans l'enquête...

« Compte tenu des circonstances, dit le juge Fontaine au militaire qui lui fait face, je peux comprendre que vous ayez commis une erreur de jugement. Mais l'année suivante, une autre adolescente a disparu ! Vous n'avez pas fait le rapprochement entre ces deux affaires ? »

Martial Beau se raidit encore un peu plus.

« Clémence Caillet avait annoncé à son entourage son intention de fuguer. J'ai estimé qu'elle avait dû passer à l'acte, comme le font d'ailleurs des dizaines d'adolescentes de cet âge chaque année en France !

– Et votre conviction n'a pas été ébranlée quand Martin Costes vous a annoncé à son tour que sa fille Adeline avait elle aussi disparu ? »

Un silence.

« Pas immédiatement », reconnaît Martial Beau, cette fois très mal à l'aise.

Puis, comme pour se rattraper, il ajoute :

« Mais quelques jours plus tard, j'ai ordonné que des battues soient faites, dans le Sidobre. Et elles n'ont rien donné. »

Le militaire s'interrompt. Puis son regard braqué sur le magistrat, il poursuit :

« Monsieur le juge, croyez-en mon expérience. Si Isabelle Thévenin, Clémence Caillet et Adeline Costes avaient été assassinées, on aurait retrouvé leurs corps. Et depuis longtemps. »

Charles Fontaine hoche la tête pensivement. Puis, fixant le militaire, il lance :

« Quoi qu'il en soit, capitaine Beau, je vous demande aujourd'hui de reprendre l'enquête de zéro. Et pour commencer, vous allez me convoquer un certain Christophe Solal, qui habite Lacroze. Martin Costes m'a expliqué que c'était un ami de sa fille. Selon lui, on les aurait vus ensemble, le soir de la Saint-Jean... »

Journal de Justin Gilles :

Un succès. Voilà ce qu'étaient pour moi les nouvelles investigations ordonnées par le juge Fontaine, dans l'affaire des disparues de la Saint-Jean. Mais bien sûr, personne, pas même Daniel Jonquières, ne savait exactement en quoi elles consistaient. L'enquête était dans sa phase obscure, souterraine. Pour ma part, j'attendais leur résultat en effectuant les menues tâches de ma vie de localier. Un gosse de quatre ans s'est fait écraser à Lacroze, en traversant la rue. Ensuite, il y a eu une petite épidémie de gastro-entérite, qui a emporté plusieurs personnes âgées, dont la doyenne de la région, Amélie Maurel, qui venait tout juste de fêter ses cent un ans. Bien sûr, rien de tout cela ne m'a fait oublier le dossier des trois jeunes disparues. Mais, de ce côté-là, rien ne filtrait. Puis, un beau jour, sur un coup de tête, j'ai tout de même décidé de monter jusqu'au « Chant de la Vigne ». Et c'est ainsi que j'ai fait la connaissance de Madeleine Solal.

Dans l'existence d'un homme, certaines rencontres sont décisives. Et j'ai su, dès le premier instant, que ma rencontre avec Madeleine serait de celles-là. En effet, j'ai compris au premier coup d'œil que j'avais affaire à une femme d'exception, comme l'était Mathilde Bonnet. Grande, droite, ses cheveux noirs tirés en arrière, elle me regardait d'un regard mi-intrigué, mi-interrogateur. Quand je lui ai dit qui j'étais, ses yeux se sont un peu plus écarquillés. Mais sans dire un mot, elle s'est écartée, et elle m'a laissé entrer. Nous nous sommes mis à parler, tous les deux.

*

Octobre touche à sa fin. Le vin est pressé depuis longtemps. Tentant d'oublier, au moins pour un temps, les questions que lui a posées Justin Gilles, Madeleine a vendangé avec Albert, un ouvrier agricole embauché pour l'occasion. La vigne a bien donné, cette année. Mais comme tous les ans, pour compléter sa récolte, Madeleine a attendu le passage de Jean Pistre, viticulteur à Gaillac, qui vient écouler dans le Castrais et le Sidobre son surplus, vendant des comportes entières de raisin. Jean Pistre ne cède pas le meilleur de sa vigne, mais le vin une fois bonifié ne sera pas mauvais et se boira gentiment. D'autant plus facilement qu'il titre un petit 11° et que les Solal le consomment très frais après avoir plongé les bouteilles quelques heures dans l'eau de la fontaine.

Ce mercredi de la fin octobre, l'ami Pistre a livré ses cinq cents kilos de raisin – et quand les grappes sont là, il faut les presser sans tarder. À trop attendre, le vin finit par piquer... Alors Madeleine et les deux hommes s'attellent à la tâche. Ils ont tôt fait de vider les comportes dans l'égrenoir à maïs qui sert de fouloir. Le raisin est broyé légèrement. Puis reversé dans le pressoir à main. Le premier jus coule dans les seaux. C'est du jurançon ou du meuzac. Un jus opaque, chargé de sucre. Un peu plus tard, papy Bonbon et Yannick Petit viennent en voisins, pour donner un coup de main. En échange, ils auront droit à leurs quatre-vingts litres. Ce premier jus est vite numéroté. Ce sera le vin des grands jours. Le meilleur. Une fois décanté et après une fermentation bien contrôlée, Madeleine pourra fièrement offrir son rosé maison. Jean Pistre a fourni cinq cents kilos de son cépage de gaillac. En y ajoutant la centaine du « Chant de la Vigne », on pourra en tirer trois cent cinquante litres. Tout juste trois barriques. À peine un litre par jour de consommation mais Madeleine Solal n'en boit presque pas. Il y en aura même trop...

Madeleine et Albert entassent les raisins mûrs à point dans les comportes, et les foulent aux pieds. Mais, contrairement à son habitude, la jeune femme n'y prend aucun plaisir. Aujourd'hui, elle est soucieuse. Elle ignorait que Christophe avait une amie.

Elle ne savait pas, non plus, qu'il l'avait vue le soir de la Saint-Jean. Tombée des nues, elle a parlé avec Justin. Et en femme avisée, intelligente, elle a compris que son garçon était dans une mauvaise passe. Car les gendarmes, c'est sûr, vont chercher à en savoir plus sur lui – et sur les derniers instants qu'il a passés avec Adeline Costes...

*

« Ahia ! Les bêtes ! Ahia ! »

Au moment où Madeleine foule aux pieds les raisins mûrs, Marcel et Christophe, de leur côté, prennent soin du troupeau. Ils sont restés sur le Causse. Loin de la ferme. Cette année, les tiques sont encore nombreuses, l'été est terminé depuis longtemps, mais il fait encore très chaud. Les deux bergers observent, guettent chaque bête, toujours inquiets du bobo que l'on décèlera trop tard. Les acariens vivent dans les broussailles et au passage des moutons sautent et enfoncent leur tête dans la peau pour se gorger de leur sang, à l'encolure, aux aisselles ou au garrot. Les brebis s'anémient très vite et il faut plusieurs semaines pour les remettre sur pied. Marcel se méfie également des mammites, ces infections de la mamelle provoquant une forte inflammation. Là encore il faut traiter rapidement. Pour Marcel, cette inspection sanitaire, répétée chaque jour, est devenue un rituel, et le vieil homme s'en régale. Christophe, lui, n'est guère passionné. Il lui manque les bruits de la ferme, les portes qui claquent, le gros canard qui patouille, le porc qui ronchonne, ou le pas sec de sa mère à la cuisine. Ces moments de vie qui remplissent le vide des journées...

« Monsieur Solal ? »

Tout à son travail, Christophe n'a pas remarqué qu'une silhouette vêtue d'un uniforme bleu se dressait devant la porte de la bergerie. C'est Lucas Martinet, l'un des gendarmes de la brigade de Castres. À sa vue, Christophe fronce nerveusement le sourcil, un tic, une manie héritée de son père. La semaine passée, l'un de ses chiens, un bâtard de berger baptisé Oscar, a coursé un gamin du village venu se promener sur le Causse. L'enfant n'a pas eu grand mal. Mais il a tout de même été légèrement mordu à la fesse et sa mère, prévenue, a juré qu'elle porterait plainte. Voilà pourquoi, sans doute, Lucas Martinet s'est déplacé.

« Bonjour, lui dit Christophe, en s'avançant vers lui. Qu'est-ce qui se passe ? »

Quelques secondes de silence. Lucas Martinet tend un papier bleu à Christophe.

« Monsieur Solal, j'ai une convocation pour vous.

– Une convocation ? »

Christophe Solal fronce à nouveau le sourcil.

« Oui, à la gendarmerie de Castres.

– C'est pour quoi ? »

Un silence. Puis Lucas Martinet secoue négativement la tête.

« Je n'en sais rien, monsieur. Sur le papier, il y a juste écrit "pour affaire vous concernant"... »

*

Novembre. Aujourd'hui, c'est la Toussaint, cette fête des morts qui protègent les vivants, résume Madeleine Solal. Une fête sombre, qu'elle célèbre chaque année, depuis vingt et un ans, avec le même rituel. Le matin, elle se rend au verger, pour observer dans la ramure des vieux arbres l'image bouillonnante de son Louis. Le verger, c'était l'un des trésors de sa vie. Il y restait des heures, fleurant la feuille mouillée, cassant le bois pourri. Les poires tardives étaient sa passion. Pour bien les réussir, il faut y être tous les jours, disait-il, scruter la poussée discrète des couleurs, puis les cueillir à point nommé. Juste prêtes à finir de mûrir dans le fruitier. Vingt et un ans plus tard, lorsqu'elle ferme les yeux, Madeleine revoit son bonhomme auscultant chaque poire avant de l'arracher d'un mouvement tournant de la main. Et elle l'entend qui lui dit, sourire aux lèvres :

« Regarde, Madeleine. Regarde. La queue doit céder au demi-tour du poignet. Inutile de forcer, sinon elle ne mûrira pas. »

Lentement, avec douceur, Madeleine Solal, postée au pied d'un arbre, tend la main vers un fruit, puis le cueille. Avant de le porter à sa bouche, et d'y croquer, comme l'aurait fait Louis. Bouchée après bouchée, visage levé vers le ciel, elle déguste son fruit. Et ensuite seulement, elle s'en va cueillir, dans son jardin, un gros bouquet de chrysanthèmes. Ces fleurs que Louis appelait la « lumière de la lune » et qui étaient pour lui symbole de vie et de longévité. Cette année encore, ils sont magnifiques. La douceur d'octobre les a menés à maturité. Les couleurs explosent. Lorsque Madeleine les aura posés sur la tombe de Louis, celle-ci resplendira.

Dix heures. Debout devant le lavabo de la salle de bains – les Solal ont l'eau courante depuis près de dix ans, ce dont ils ne sont pas peu fiers –, Madeleine se lave, des pieds à la tête. Puis, elle brosse ses longs cheveux, jadis si noirs, aujourd'hui striés de fils gris, avant de les tresser en une épaisse natte, qu'elle enroule en chignon, sur la nuque. Et, comme pour faire honneur à son défunt mari, la jeune femme passe sa robe grise et blanche, la plus belle, celle qu'elle réserve aux cérémonies. Elle chausse des escarpins noirs, une folie qu'aurait aimée Louis, car ils lui font la cheville fine, et la jambe bien déliée, aussi déliée qu'elle l'était lorsqu'elle l'a rencontré. Enfin, elle pose sur le haut de la tête un petit chapeau assorti à son costume, enfile un manteau de drap. Des gants – gris perle, eux aussi –, et la voilà prête. Il ne lui reste plus qu'à sortir de chez elle, à monter dans sa voiture, une vieille Simca noire achetée d'occasion chez Joseph Granval, le garagiste de Castres, et à descendre à Lacroze.

De ce chemin de quelques kilomètres, Madeleine connaît tous les virages et c'est aussi bien. Au grand amusement de Christophe, elle a dû passer à trois reprises son permis de conduire, avant de l'obtenir. Sans gloire, et de justesse. Et jamais elle ne s'est sentie vraiment à l'aise au volant. Elle conduit avec une extrême prudence. Qu'il pleuve, qu'il neige, qu'il vente ou que le soleil brille, elle ne dépasse jamais soixante-dix kilomètres/heure. Même si, derrière elle, une cohorte d'autres véhicules klaxonnent avec insistance.

Un dernier virage, et le petit village se profile. Madeleine s'engage dans ses ruelles étroites, et gare sa voiture devant la porte du cimetière. Sous la pluie fine et glacée, elle se dirige vers l'endroit où

Louis repose. Autour d'elle, à gauche, à droite, les tombes se succèdent. Là dorment les Bègue, Alphonse et Aline, deux cultivateurs morts sans descendance mais dont la stèle est pourtant fleurie d'un bouquet de roses artificielles, déposé aujourd'hui même par une lointaine parente. Plus loin, sous un granit strié de veines grises repose Bernard, le cadet des Gaulain, fauché à dix ans par la méningite. Plus loin encore, c'est le caveau de la famille Paulin – la mère, le père et les deux fils, tués le même jour dans un accident de voiture –, une tragédie dont Rose, la seule survivante âgée aujourd'hui de quinze ans, ne s'est jamais remise. Enfin, en bout de rangée, sous un cyprès vigoureux, la tombe de Louis.

Comme toujours, quand Madeleine arrive devant cette dalle de granit noir, elle sent son cœur se serrer. Et, en silence, elle se lamente sur la pauvreté des lieux. Ah, si seulement Louis avait accepté de s'installer avec elle dans la Clape narbonnaise ! Aujourd'hui, il reposerait face à la mer, tout près de la chapelle des Auzils, dans ces bouts de terre qui vous portent vers le souvenir. Mais non. Il est là. Sous la terre noire du Sidobre. Et il n'a laissé de lui que ce fils aujourd'hui adulte, un fils qui lui a confié, d'un ton sobre, qu'il était convoqué à la gendarmerie de Castres...

*

« Christophe Solal est là, mon capitaine. »

Nous sommes le 7 novembre. Il est quinze heures précises. Dans son bureau de la gendarmerie de Castres, Martial Beau boit son café, le cinquième de la journée. Assis derrière un bureau de bois clair, ce grand homme sec, au visage allongé où perce un regard très vert, sanglé dans un uniforme impeccablement repassé, repose sa tasse. De sa voix métallique, cassante, qui le rend si antipathique à son entourage, il dit au planton :

« Très bien. Amenez-le. »

Puis il se recule, s'adosse au dossier de son siège. Se préparant mentalement à ce qui va suivre.

Depuis qu'il est entré à la gendarmerie, voilà près de trente ans, Martial Beau a mené des centaines, voire des milliers d'interrogatoires. Pour lui, c'est devenu une routine, un jeu ressemblant à une partie d'échecs, où d'ailleurs il excelle. Mais, à présent, le militaire n'est pas à l'aise. Il se souvient des reproches du juge Fontaine, il sait que celui-ci ne tolérera pas une nouvelle erreur. Et il a bien l'intention de ne pas essuyer sa colère une nouvelle fois.

Trois petits coups à la porte. Le planton est là. À ses côtés, Christophe Solal : le jeune homme mince, presque malingre, qui entre dans son bureau, et lui demande tout de go :

« Pourquoi est-ce que vous vouliez me voir ? »

*

Vraiment, ce n'est pas de chance. Précisément le jour où Christophe a dû s'absenter, pour aller à la gendarmerie de Castres, Madeleine Solal est incapable de faire le travail à sa place. Hier, elle a glissé, alors qu'elle venait de laver le carrelage de sa cuisine, et est lourdement tombée sur le dos. Elle a d'abord cru que ce n'était rien. Mais progressivement, son épaule gauche est devenue douloureuse. Elle n'en a pas dormi de la nuit. Entorse ? Luxation ? Impossible de le savoir. Toujours est-il qu'au matin, le mal a envahi tout le côté. Pas question d'aller voir le médecin. « Ils n'y entendent rien ! » tranche Madeleine qui sait qu'à Lacroze, le père Josso passe pour être le meilleur rebouteux du Sidobre et même bien au-delà. Elle décide d'aller le consulter sans attendre.

Ici, dans le pays, tout le monde connaît la maison du rebouteux. Elle est d'ailleurs aisée à repérer, c'est la seule à avoir en permanence porte et volets clos. Soigneusement fixée sur la porte, une affichette écrite à la main proclame : « Ici Josso, redresseur pour bétail et genre humain. » Et le texte n'est pas mensonger ! La réputation de l'homme n'est plus à faire. Chez les Josso, père et fils se distinguent depuis des générations par leur adresse à traiter fractures, luxations, entorses, lumbagos, et même névralgies. Leurs méthodes sont abruptes, parfois brutales, mais tellement efficaces ! Le père Josso est un gaillard qui pèse son quintal et n'a besoin de personne pour tirer sur un bras, une jambe ou la patte d'une vache.

Pourtant, si expérimenté soit-il, le cas de Madeleine l'intrigue un peu. Elle doit être rude au mal, dit-il en maugréant, après l'avoir examinée. Son épaule est bien décousue. Il va falloir l'endormir, la Madeleine. Après avoir identifié la nature de la luxation, il fait chauffer une demi-bouteille de vin rouge qu'il donne à boire à sa patiente, nullement accoutumée à de tels excès. Une demi-heure plus tard, il lui administre la même dose en y ajoutant un peu de sucre. Madeleine commence enfin à chanceler, et demande à s'allonger. Elle plonge rapidement dans la somnolence. Parfait, murmure le père Josso. Profitant du relâchement du muscle, il saisit le bras de sa patiente, et tout en bloquant de son genou replié le tronc contre le mur du haut, il tire d'un coup sec et précis. La réduction est réalisée du premier coup, et sans douleur. Maintenant,

Madeleine n'a plus qu'à cuver son vin. Ce qu'elle fait. Affalée sur la paillasse du père Josso, elle est réveillée cinq heures plus tard par les cloches de l'église. Lorsqu'elle rouvre enfin les yeux, Josso est parti redresser quelques bêtes dans les étables du canton. Madeleine s'en va donc, un peu titubante, non sans lui avoir laissé son dû, deux poulets et une douzaine d'œufs.

VII

« **A**LORS, pourquoi est-ce que vous vouliez me voir ? »
Christophe Solal est debout dans le bureau du capitaine Beau. Mal à l'aise, intimidé, il note pourtant tout ce qui l'entoure, depuis l'enfance, c'est un fin observateur, comme l'a été son père. Là, à droite, une patère, sur laquelle est suspendu un manteau. À gauche, sur le mur, un tableau représentant un bouquet champêtre, peint à grands traits rageurs de bleu et de jaune. Sur le bureau, une pile de dossiers et une vieille machine à écrire. Juste à côté, un cadre contenant une photo d'enfant : un garçonnet d'une dizaine d'années, au regard clair, à la bouille ronde, au grand sourire malicieux. Enfin, face à lui, ce militaire sanglé dans son uniforme, qui le regarde avec froideur. Pourquoi ne répond-il pas à sa question ? Voilà deux fois, pourtant, qu'il la lui pose...

Un grand silence dans la petite pièce aux murs tapissés d'un vilain papier vert clair. Christophe Solal et Martial Beau se font face. De sa voix métallique, le capitaine de gendarmerie ordonne :

« Monsieur Solal, asseyez-vous, je vous prie. »

Tandis que Christophe s'exécute, il tire un imprimé de son tiroir de droite et le glisse avec soin dans le rouleau de sa machine à écrire.

« Veuillez décliner vos nom, prénoms, âge et qualité ! »

De plus en plus interloqué, Christophe se penche légèrement en avant. Puis, enfermant son poignet gauche dans sa main droite – un geste anxieux qui n'échappe pas à Martial Beau –, il répond :

« Solal Christophe. Vingt-trois ans. Agriculteur, demeurant à Lacroze...

– Monsieur Solal, connaissez-vous une certaine Adeline Costes ? »

Adeline. Le prénom fait frémir Christophe. C'est sûr, il connaît bien la fille de l'instituteur de Lacroze, puisqu'elle tient, à ses heures perdues, la bibliothèque de la petite école communale, l'endroit où Christophe va emprunter des livres, dans le plus grand secret.

De tout temps, Christophe Solal a aimé les livres. Solange Solal lui racontait les légendes du

Sidobre. Madeleine, elle, chuchotait à son oreille des contes de fées. Christophe pourrait encore réciter par cœur certains d'entre eux. Sa mère n'a jamais su qu'une fois la lumière fermée, et la porte de sa chambre close, il se replongeait dans le récit, en un rêve éveillé qui faisait de lui le prince de la Petite Sirène, ou un Petit Poucet parcourant les sentiers d'une immense forêt. Un peu plus tard, quand il a su lire, cet enfant rêveur s'est plongé dans Jules Verne. Combien d'heures a-t-il passées en compagnie de Michel Strogoff, ou du capitaine Nemo ? Des dizaines ? Des centaines ? Quoi qu'il en soit, il s'est mis à emprunter des livres à la bibliothèque de l'école communale de Lacroze et il n'a jamais cessé...

C'est là, dans la petite salle aux murs couverts de rayonnages portant des dizaines de livres, que Christophe a fait la connaissance d'Adeline : une adolescente épanouie, au teint de pêche, aux longs cheveux tombant sur des épaules carrées, à la taille fine. Pourquoi, devant elle, Christophe Solal oublie-t-il la timidité qui l'empêche de parler, dès qu'il se trouve en présence d'une jeune femme ? Lui-même est bien incapable de le dire. Mais ce qui est sûr, c'est qu'avec Adeline, il se sent bien, en confiance, en sécurité. Il peut parler de lui, évoquer sa vie de paysan, si rude et si belle, raconter le travail quotidien, les moissons, l'agnelage, les longues promenades sur le Causse, derrière le troupeau, au milieu des sonnailles et des aboiements joyeux des deux chiens.

Oui, Christophe Solal connaît Adeline, et pas seulement pour avoir bavardé avec elle dans la bibliothèque de l'école. En effet, durant le printemps, il a sauté le pas, et l'a invitée à plusieurs reprises à venir se promener avec lui dans le Sidobre, lui racontant, au fil de leurs balades, toutes les légendes que Solange lui a jadis contées. Un jour, passant tous les deux près du Peyro Clabado, ce bloc de granit monumental maintenu en équilibre sur une souche minuscule, il lui a même ravi un baiser. Et il lui a arraché la promesse qu'elle lui consacrerait la nuit de la Saint-Jean.

Cette nuit-là, Christophe voulait déclarer son amour à Adeline. Oubliant leur différence d'âge, et de religion – les Costes sont protestants, depuis toujours, tandis que les Solal sont catholiques –, il avait même décidé de la demander en mariage. Et quelle meilleure nuit aurait-il pu choisir pour cela ? À la Saint-Jean, le jour qui n'en finit pas et la douceur de l'air incitent aux rencontres et aux amours qui naissent autour du feu. Farandoles, chansons, danses, tout le monde est avec tout le monde. Le bûcher, comme tous les ans, est installé à l'écart du village, dans le pré communal. Dans le Sidobre, une vieille tradition survit encore. Le jeune homme qui veut déclarer sa flamme entraîne l'élue de son cœur devant le feu. Puis il éclaire son visage avec la partie incandescente d'un tison. Si la jeune fille tourne le tison à l'envers, comme pour éviter l'éclat lumineux, elle se refuse. Sinon, elle souffle doucement sur les braises pour les attiser. Déclarer son amour le soir de la Saint-Jean est devenu un rite et un événement attendus dans toute la région. Tout est dans le symbole. La flamme que l'on déclare et le foyer que l'on veut fonder...

Un feu qui illumine le pré. Des jeunes gens qui forment une ronde immense, autour des flammes.

Il fait bon, en cette nuit de la Saint-Jean. Comme elle l'a promis à Christophe, Adeline est venue le rejoindre. Pour l'occasion, elle a même mis sa plus jolie robe blanche. Le jupon forme autour de ses jambes une corolle de dentelle. Le corsage, légèrement échancré, laisse voir la naissance de ses petits seins. Ses cheveux, lâchés sur les épaules, forment autour du visage un rideau chatoyant. Elle est belle, Adeline. Mais lorsque Christophe commence à lui parler d'amour, lorsqu'il lui tend le tison, son visage se ferme.

« Monsieur Solal, demande Martial Beau à Christophe, on vous a vu avec Adeline Costes, la nuit de sa disparition. Vous en souvenez-vous ?

– Oui.

– Pouvez-vous me dire à quel moment vous l'avez quittée ?

– Quand je l'ai quittée ? »

Face au militaire qui le fixe durement, Christophe Solal se trouble. Durant quelques secondes, il reste silencieux. Puis, lentement, d'une voix sourde, il finit par répondre :

« Cette nuit-là, capitaine Beau, Adeline et moi nous nous sommes disputés…

*

Journal de Justin Gilles :

Rien n'a filtré de l'audition de Christophe Solal. Et même Daniel Jonquières, à qui j'ai passé un coup de fil, m'a dit qu'il ignorait tout de ses déclarations.

« Le capitaine Beau n'a pas encore adressé les procès-verbaux au juge, m'a-t-il dit. Et tu le connais. Il n'est pas du genre à raconter sa vie. J'en suis réduit à attendre, comme toi, mon vieux. »

L'avocat s'est interrompu un moment. Mais à l'autre bout du fil, je l'entendais respirer. Je me suis bien gardé de parler, pour ne pas étouffer dans l'œuf une possible confidence. Et j'ai eu raison.

« Garde ça pour toi, m'a dit Daniel Jonquières. Mais une perquisition pourrait bien avoir lieu, dans les jours prochains, à l'usine de laine Sagnes... »

Cette usine, je la connais bien. Elle se trouve au bord de l'Arnette, encaissée dans la vallée, pour mieux profiter de la force hydraulique. L'endroit est escarpé, tout juste accessible, les bâtiments suivent les méandres de la rivière, et se sont agrandis en hauteur, faute de place. Ils sont donc bien calés entre la montagne et le lit du cours d'eau. L'usine elle-même, en pierre de taille, est chapeautée de tuiles rouges en vagues régulières, donnant à la toiture une impression d'ondulation. L'odeur de la laine mouillée et du cuir frais prend à la gorge. Tout, là-bas, rappelle le mouton. Jusqu'aux flocons de laine accrochés aux branches des arbres de la gare aux usines, en passant par le centre-ville, et ses boulevards. Flocons échappés des camions croulant sous les bourres, les cuirots et les balles.

Les ouvriers sont tous paysans. Ou presque. Des fils et des filles de la ferme venus à l'usine à contrecœur compléter le revenu familial...

Mais pourquoi diable les gendarmes s'étaient-ils mis en tête de perquisitionner là-bas ? Pour le savoir, je suis retourné aux archives de *La Montagne noire*, et j'ai repris les articles que j'avais consacrés à Isabelle Thévenin et à Clémence Caillet. Isabelle n'avait rien à voir avec l'usine. Mais la petite Clémence, elle, la fille unique des boulangers de Vabre, y travaillait au moment de sa disparition…

*

Une minuscule boutique, au beau milieu du village. Les Caillet y sont boulangers depuis des générations. Au fronton, une enseigne proclame fièrement : « Caillet, boulangers-pâtissiers de père en fils. » À l'intérieur, sur les étagères étroites, s'entassent des pains de toutes formes – de la baguette longue au pain de campagne, aux énormes miches de cinq kilos. Le pain, c'est l'univers de Pascal, le père de famille, un gaillard de cent kilos, aux épaules larges, à la trogne rougeaude, aux mains épaisses, toujours couvertes d'une fine pellicule de farine. Depuis qu'il a treize ans, Pascal se lève tous les matins à quatre heures pour aller travailler au fournil. Et il ne se recouche que lorsque les premières fournées de miches sont cuites… Après avoir dormi quelques heures, jamais plus de trois, il se relève pour fabriquer la pâtisserie, des gâteaux de la région que viennent acheter les villageois qu'apprécient aussi les touristes de passage. Personne mieux que Pascal Caillet ne réussit les navettes, pâtisseries d'origine cathare, de forme semblable à celle d'une quenouille. Personne mieux que lui, non plus, ne sait confectionner les casse-museaux, biscuits secs que certains jettent encore en pâture au monstre censé gîter dans les gorges de la rivière Agout, afin de se concilier ses bonnes grâces. Mais si, de l'avis de tous, le « fils Caillet », comme on l'appelle dans la région, est un excellent boulanger-pâtissier, si son épouse Mélanie le seconde efficacement à la caisse, ils n'en sont pas moins des gens malheureux. Car, faute d'héritier, personne ne reprendra la boutique, à leur mort.

Et pourtant... En 1941, au début de la Seconde Guerre mondiale, Pascal Caillet et son épouse Mélanie ont su qu'après dix ans de mariage un enfant allait enfin leur naître. Un enfant ? Non, deux, comme le confirme le médecin, au cinquième mois de grossesse. Des jumeaux, dont la naissance est pour l'hiver 1941. Un bonheur, d'autant qu'ils en sont sûrs, leurs enfants seront deux garçons. Pascal les imagine déjà au fournil, avec lui. Il leur apprendra les gestes que lui a appris son propre père. Mélanger la farine, l'eau, le sel, et le levain, pétrir la pâte, pendant de longues minutes, des deux mains, jusqu'à ce qu'elle soit blonde et ferme à souhait, enfourner ensuite les boules, sortir les miches croustillantes... Oui, Pascal Caillet en est certain. Ses deux fils seront d'excellents ouvriers boulangers, comme lui. Et, au seuil de la vieillesse, il leur léguera la boutique, à eux et à leurs propres enfants.

C'est dire sa joie et sa fierté quand Mélanie l'a réveillé, au petit matin de ce mois de janvier, pour lui annoncer qu'il était temps qu'il l'emmène à l'hôpital de Castres. Pascal Caillet s'est habillé très vite, puis, comme il en était convenu depuis longtemps, il a réveillé le maire du village. Michel Moutou avait promis de lui prêter sa voiture pour l'occasion. Une fois le véhicule garé devant sa boutique, Pascal a aidé sa femme à s'y installer avec précaution. Le trajet, sur des routes gelées, n'a pas été facile mais Pascal Caillet et sa femme sont arrivés à bon port. Et le boulanger, satisfait, est rentré chez lui attendre qu'on lui annonce la nouvelle. Le jour a passé, sans que le téléphone sonne. Le soir venu, quand il s'est présenté à l'hôpital, une infirmière lui a seulement dit que son épouse était en travail, et qu'il valait mieux ne pas la déranger.

Vingt heures. Voilà vingt heures maintenant que Mélanie Caillet se débat, dans les affres de l'accouchement. Au début, elle a tenté de contenir ses cris, par fierté, par pudeur. À présent, dans la salle de travail, elle hurle à chaque nouvelle contraction. Mais autour d'elle, personne ne prête attention à ses cris de souffrance. En cette période de pleine lune, une dizaine d'autres parturientes sont sur le point de mettre au monde leurs bébés, et deux d'entre elles ont besoin du médecin, pour une césarienne.

« Il arrive. Venez. Il arrive ! »

Mélanie sent, au bas de son ventre, un poids qui déchire ses chairs. La sage-femme accourt. Le premier des deux bébés est enfin là. Une fillette maigre comme un chat écorché, qui pousse un premier cri rageur à peine sortie du ventre de sa mère. Mais la jeune femme n'a pas le temps de la prendre contre elle, encore moins celui de la cajoler car déjà, les douleurs la reprennent. Le deuxième enfant se présente par le siège. Et celui-là ne sortira pas tout seul...

Un médecin se précipite et pose un masque sur son visage. Un instant plus tard Mélanie sombre dans l'inconscience. Elle ne sent pas qu'on la transporte dans une autre salle. Elle ignore qu'un scalpel ouvre la chair de son ventre, pour que le chirurgien puisse en tirer, enfin, son second bébé. Hélas, il est trop tard. L'enfant, un garçon, est mort, étouffé par le cordon ombilical serré autour de son cou.

Jamais les Caillet ne se sont remis de la perte de Patrick, le prénom qu'ils ont donné à leur fils mort-né. Jamais non plus ils n'ont réussi à aimer

Clémence, la fille qui leur est restée. Une enfant revêche et sauvage, qui s'écarte dès qu'on veut la cajoler, et qui ne pense qu'à s'échapper, pour aller courir les rues du village.

1958. Clémence a dix-sept ans. Au cours des années écoulées, elle a déjà fugué trois fois. Une nuit, la première fois. Deux jours, la seconde. Deux jours encore, la troisième. À chacune de ses disparitions, ses parents, affolés, ont alerté les gendarmes. Mais ce ne sont pas eux qui ont retrouvé la jeune rebelle. Et celle-ci a toujours refusé de révéler l'endroit où elle s'était réfugiée. Comme elle refuse, obstinément, le destin que lui ont tracé ses parents. Clémence ne veut pas être boulangère. Elle ne tiendra pas la caisse de la boutique, comme sa mère. Elle ne vendra pas les gâteaux, du mardi matin au dimanche après-midi. Elle, ce qu'elle veut, c'est gagner assez d'argent pour partir à la ville. Contre l'avis de Pascal et de Mélanie, elle a donc décidé de se faire embaucher à l'usine de laine. Elle gagnera enfin son propre argent. Personne ne l'empêchera plus de faire ce qu'elle veut.

Heureusement elle est dure à la tâche, aussi dure et forte qu'un homme. Car le travail de délainage n'est pas chose facile, c'est le moins que l'on puisse dire. L'atmosphère est humide, chaude, malsaine. On pratique dans ces vallées du Tarn sud la technique de l'échauffement. Procédé qui a apporté à la région une notoriété mondiale. Les techniques utilisées jusqu'alors altéraient la laine si l'on gardait le cuir. Et sacrifiaient le cuir, si l'on conservait la laine. Grâce à l'échauffement, les deux produits sont sauvegardés.

Dans cette usine Sagnes, réputée pour sa rigueur, on opère selon les toutes dernières techniques. À leur arrivée, les peaux sont plongées dans l'eau, avant de passer dans les sabreuses, sortes de cylindres garnis de laines qui, en tournant, les débarrassent de leurs impuretés. Mais il faut aller plus loin. Suspendre les peaux dans les étuves où les bactéries achèvent la décomposition. Une véritable attaque microbienne des peaux, insidieuse et radicale. Vient alors le travail des peleurs, dur, harassant. La peau s'étale sur une planche de bois bombée. Le peleur racle et racle encore la laine avec son courtel courbé et denté, la pelade tombe au pied. Le cuir est stocké sur les chariots. Une tâche de forçat, que la jeune Clémence accomplit durant quelques mois sans broncher, sous les yeux de Lucien Voile, le contremaître chargé de la surveiller.

*

« Voile Lucien, cinquante ans, marié, père de deux enfants. Jamais condamné… »

Il y a longtemps, déjà, que Christophe Solal a quitté le bureau du capitaine Beau. L'officier, après son départ, a soigneusement rangé son procès-verbal dans une sous-chemise. À présent, bien calé dans son fauteuil, il interroge un deuxième homme. Un gaillard aux cheveux bruns méchés de gris, au visage carré barré d'une grosse moustache, elle aussi grisonnante, aux mains courtes, noueuses. Le contremaître qui, de l'avis général, était l'amant de la jeune Clémence Caillet. Comme il l'a fait pour Christophe, Martial Beau lui a demandé de décliner son identité. Il entreprend à présent de lui lire un certain nombre de témoignages, recueillis par ses hommes, au cours de leur visite à l'usine de laine.

« Monsieur Voile, dit le capitaine de gendarmerie, voici ce que nous a déclaré Stéphanie Poré, ouvrière de l'usine : "J'ai surpris plusieurs fois Clémence en dehors de l'usine, en compagnie du contremaître. À l'heure de la pause, ils se donnaient rendez-vous sur le bord de la rivière, et ils se promenaient ensemble. Un jour, peu avant la disparition de Clémence, je les ai même vus qui se tenaient par la taille." »

Une pause. Le militaire fixe longuement l'homme qui lui fait face.

« Alors, monsieur Voile, lui demande-t-il ensuite sèchement, cette femme dit-elle la vérité ? »

Un silence. Comme Christophe l'a fait avant lui, Lucien Voile regarde longuement le tableau ornant le mur. Puis son regard gris revient sur son interlocuteur.

« Oui, dit-il. C'est vrai. Clémence et moi, nous avions une liaison. »

*

Novembre, encore. Dans le bureau de Martial Beau, les interrogatoires se succèdent. Après Christophe Solal et Lucien Voile, ce sont les proches d'Isabelle Thévenin qui sont venus s'asseoir face au militaire. Son père, Dominique. Sa mère, Lisette. Ses frères aînés, Claude et Lionel. Ses sœurs, Clotilde et Marianne. Chacun d'eux a raconté la dernière soirée qu'a passée Isabelle dans leur petite maison de Brassac.

« C'est avec moi qu'elle est partie voir les feux, a ensuite expliqué Claude, l'aîné de la famille. Mais elle n'est pas restée avec moi pendant la fête. Et je ne me rappelle pas quand je l'ai vue pour la dernière fois…

– Vous êtes donc rentré chez vous tout seul, c'est bien cela ?

– Oui.
– Sans plus vous préoccuper de votre sœur ?
– Oui.
– Pourtant, monsieur Thévenin, dit Martial Beau d'une voix dure, on raconte dans votre village que vous l'aimiez beaucoup. Certains prétendent même que vous l'aimiez un peu trop… »

La sortie est provocante, à dessein. Pourtant, face au capitaine Beau, Claude Thévenin ne réagit pas. Il ne proteste pas. Muet, immobile, il semble perdu dans ses pensées. Le militaire a dit la vérité. Mais il ne l'avouera pas.

« Je sais que les gens jasent, capitaine, dit Claude Thévenin. Mais ce ne sont que des ragots. Je n'ai jamais couché avec ma sœur, quoi qu'on ait pu vous en dire. »

*

Au « Chant de la Vigne », les Solal passent pour être méticuleux. Dans leur élevage, la propreté s'impose avant tout. Les bêtes, comme ils aiment à le répéter, il faut les « tenir propres ». Deux fois par an, les murs de la bergerie sont chaulés et deux fois par jour le sol couvert de paille. Matin et soir – c'est son travail –, Marcel disperse à la fourche deux à trois balles de paille fraîche en guise de litière.

Mais les couches s'accumulent et le tapis de paille et de lisier épaissit au point que les bêtes sont contraintes au bout d'une semaine de l'escalader pour rentrer au bercail. C'est alors qu'intervient le défumage. Dur labeur dont s'acquitte Marcel avec peine et amertume. À la main et au croc, il détache, dessoude même la litière, puis à la fourche il évacue l'ensemble dans le tombereau. Une corvée éreintante qui lui prend la journée. Depuis qu'une ruade d'étalon lui a enfoncé le dos, il souffre des vertèbres et de la colonne. De violentes douleurs qu'il soulage en se frictionnant à l'eau de Cologne, au prix d'une gymnastique qui relève de l'acrobatie. Mais le défumage est indispensable. Le tombereau plein, il faut alors le décharger, opération un peu moins pénible, le croc faisant glisser le fumier de la charrette sur le tas...

 Parfois, quand il est à la tâche, Marcel se demande qui prendra sa suite. Aujourd'hui, les ouvriers agricoles rechignent aux travaux les plus durs. Madeleine saura-t-elle lui trouver un successeur ? De cela, il ne parle jamais avec elle, jamais, et encore moins depuis que Christophe a été convoqué à la gendarmerie. Personne n'a dit à Marcel ce qui s'y était passé, ni pour quelle raison il avait été interrogé. Mais ici, au « Chant de la Vigne », l'atmosphère a changé, s'est alourdie. Marcel, en vieux paysan qui sent l'orage venir, courbe la tête. Sans rien dire. Il espère seulement que le grain qui se lève sera de courte durée. Et, surtout, que Christophe, son Christophe, qui remplace dans son cœur le fils qu'il n'a pas eu, n'aura pas fait une bêtise qui pourrait lui valoir de gros ennuis.

VIII

Un froid sec durcit le sol. Le gel fait scintiller les branches dénudées des arbres. Un air pur, glacial, brûle les narines et la bouche, et fait naître des engelures au bout des doigts. En ce mois de décembre, le Sidobre a revêtu son manteau d'hiver. Bêtes comme gens se terrent pour éviter autant que possible les rigueurs d'une saison particulièrement âpre. C'est pourtant le moment qu'a choisi le juge Fontaine pour entamer, dans toute la région, des recherches destinées à retrouver les corps d'Isabelle, de Clémence et d'Adeline. Ce matin-là, sous un pâle soleil qui monte dans un ciel très bleu, des dizaines de militaires se déploient autour des roches dures du Sidobre. Martial Beau a réparti ses hommes en plusieurs unités, qui sillonnent les lieux, mètre après mètre, arbre après arbre, rocher après rocher. Les gendarmes, rompus à ce type d'exercice, fouillent des yeux le sol, guettant la moindre différence de ton qui pourrait signaler une tombe toute fraîche. Ils marchent, les uns à côté des autres, s'enfoncent au cœur de la forêt, silhouettes raides en uniforme, qui arrivent au niveau du roc de l'Oie. Ceux d'entre eux qui sont nés dans le pays connaissent la légende qui a donné ce nom à la pierre. En d'autres temps, la vieille Solange l'avait murmurée à l'oreille de Christophe Solal :

« Il y a des siècles, dans le Sidobre, un maître enchanteur possédait une oie. Il lui avait permis de le quitter la nuit venue pour aller couver ses œufs, à condition de réapparaître avant le lever du jour. Mais un matin, la bête, qui s'était endormie, ne rentra pas. Courroucé, son maître, parti à sa recherche, la changea en granite… »

Devant les gendarmes, se dresse le roc étrange, affublé d'une protubérance en forme de bec. Tout autour la terre est nue, lisse. Nul n'y a creusé depuis des années. Les militaires ne découvrent rien, non plus, près du roc des Trois Fromages. Ils font chou blanc sur les rives du lac du Merlet, où s'ébattraient des ondines lascives, usant de leurs charmes pour attirer dans l'eau des hommes naïfs, et les y noyer. Les recherches se poursuivent donc. Mètre après mètre, rocher après rocher, buisson après buisson, les gendarmes continuent de parcourir le Sidobre, en quête d'un indice, aussi ténu soit-il. Martin Costes, qui les accompagne, les mains dans les poches de sa lourde veste de laine, fouille lui aussi le sol des yeux. Il est à leur côté le troisième jour, quand tout près du village de Lacroze, entre rochers et petits bois, le regard d'un militaire est attiré par un léger scintillement dans la terre. Un rai de soleil s'était posé sur un minuscule morceau de métal doré. Lentement, précautionneusement, l'homme le tire du sol. Il découvre une médaille de baptême, sur laquelle est gravé un prénom. Celui d'Adeline.

*

Journal de Justin Gilles :

Martin Costes, l'instituteur, est venu me trouver, au moment où je rentrais du journal. La journée avait été difficile, là-bas, rien de bien grave, les anicroches habituelles, mais j'étais épuisé. Une fois n'est pas coutume, je m'apprêtais à prendre un verre, quand il a frappé à ma porte. À son teint gris, à ses yeux hagards, j'ai compris que quelque chose de grave était arrivé. Je l'ai fait entrer, il a marché jusqu'au salon, sans prononcer un mot, pas même « bonjour ». Puis, il s'est écroulé dans un fauteuil. Et s'est mis à pleurer. Le seul homme que j'avais jamais vu pleurer, c'était François Bonnet, le père d'Agnès. J'ai vite compris que les recherches entreprises dans le Sidobre avaient abouti.

« Justin, m'a dit Martin Costes, ils ont retrouvé sa médaille. La médaille que je lui avais moi-même passée autour du cou, le jour de son baptême. »

Il s'est arrêté de parler, brusquement, les yeux perdus. À le regarder, j'ai compris qu'il revivait la cérémonie. Je l'ai imaginé, tout fier, dans son beau costume sombre, tenant sa petite fille dans ses bras, pendant que les cloches de l'église sonnaient pour annoncer à tout le village qu'Adeline faisait désormais partie du peuple de Dieu...

*

Une médaille d'or. Petite, ronde, très fine. Elle est là, posée devant Charles Fontaine. Le seul bijou qu'ait jamais porté Adeline Costes, un minuscule soleil, qui, jusqu'à sa disparition, n'avait pas quitté son cou. C'est tout ce qui reste aujourd'hui d'une adolescente radieuse, qui s'est volatilisée voilà des mois, et dont le corps n'a pas été retrouvé. Mais, pour Charles Fontaine, le doute n'est plus permis. Adeline n'a pas fugué. Si elle l'avait fait, pourquoi aurait-elle, auparavant, ôté de son cou sa médaille ?

Le magistrat s'empare du bijou et, de sa main infirme, le porte à hauteur de ses yeux. Puis, avec douceur et lenteur, il le glisse dans un petit sac de plastique transparent. Sortant une étiquette de son tiroir, il y inscrit ces mots, de son écriture méticuleuse : « Scellé numéro 1. »

Laissant au greffier le soin de ranger ce qui est devenu une pièce à conviction essentielle, il ouvre le dossier des « Disparues de la Saint-Jean », qui compte désormais plusieurs dizaines de cotes, soigneusement classées dans des chemises de couleurs différentes. Il se plonge maintenant avec concentration dans le rapport de synthèse que Martial Beau vient de lui faire parvenir.

> *« Monsieur le juge,*
> *Ainsi que vous nous l'avez demandé par commission rogatoire, j'ai procédé aux interrogatoires des familles et des proches d'Isabelle Thévenin, Clémence Caillet, et Adeline Costes. Après avoir recueilli ces dépositions, j'ai tenté de reconstituer l'emploi du temps de ces trois jeunes filles, le jour de leur disparition. Puis, j'ai dans un deuxième temps interrogé tous ceux qui, de près ou de loin, auraient pu être mêlés à ces affaires. Il ressort de mes investigations que plusieurs d'entre eux pouvaient avoir de bonnes raisons de les faire disparaître. Néanmoins, après avoir vérifié soigneusement leur emploi du temps, je suis en mesure d'affirmer qu'un seul d'entre eux a pu s'en prendre aux trois disparues. »*

Penché sur le rapport du capitaine Beau, le juge lit, ligne après ligne. Arrivé à la dernière page, il relève soudain la tête, le regard lointain, le visage de marbre. Puis, saisissant le combiné de son téléphone, il donne ses instructions au capitaine Beau.

*

Autant qu'il s'en souvienne, Christophe Solal s'est toujours réjoui de l'approche de la Noël. Sans doute parce que sa mère, pendant l'Avent, semble oublier son deuil. L'espace de quelques jours, elle redevient la Madeleine d'autrefois, celle de la Clape, la jeune mariée radieuse, la mère comblée au visage souriant. Alors, durant ces jours si longs et si courts à la fois, Christophe délaisse ses bêtes, confiées aux bons soins du vieux Marcel, pour aider sa mère à préparer la fête. Pour commencer, ils vont couper ensemble un sapin, au plus profond de la forêt. Un arbre qu'ils choisissent petit, mais solide, trapu, aux branches chargées d'épines d'un beau vert profond. Sous les yeux attentifs de Madeleine, Christophe entreprend de l'abattre, à la hache, entaillant son tronc centimètre après centimètre, tandis que monte dans l'air une bonne odeur de résine. Avec des « han » de bûcheron, le jeune homme finit par en venir à bout. Dans un craquement joyeux, le sapin s'affaisse et tombe, sur le sol durci de gel. Un trophée dont il faut maintenant lier les branches, avant de le traîner jusqu'au « Chant de la Vigne », où, même sans guirlandes, il égaie déjà le salon austère...

Des boules multicolores, achetées il y a longtemps chez Jean, le droguiste de Lacroze. Des anges à robe dorée, soufflant dans de minuscules trompettes. Quelques clochettes argentées, deux longues guirlandes électriques, et une grande étoile, fichée juste au sommet. Agenouillés devant l'arbre, Madeleine et Christophe ouvrent le grand carton dans lequel repose la crèche. Un à un, presque religieusement, ils en tirent les santons. La Vierge, d'abord, toute vêtue de bleue, regardant avec amour le fils qu'elle vient de mettre au monde. Puis Joseph, un bel homme au visage mangé de barbe, à l'allure austère, aux sourcils broussailleux. Ensuite viennent l'âne, le bœuf, et, bien sûr, l'Enfant Jésus, nourrisson de terre cuite couché sur un lit de paille dorée. Et les Rois mages, Melchior, Gaspard et Balthazar, messagers venus d'un lointain pays que, petit, Christophe imaginait en rêve.

Voilà. C'est fini. Le dernier santon est posé. Après un ultime regard à sa crèche, Madeleine se relève, lisse sa jupe noire du plat de la main, et, des yeux, quête l'approbation de son fils. Puis, passant devant Christophe béat, ravi, elle gagne la cuisine. Après s'être longuement passé les mains sous l'eau, elle sort du buffet la farine, le beurre, le sucre, l'anis, tous les ingrédients qui vont lui permettre de confectionner les gâteaux de l'Avent. C'est Solange, sa belle-mère, qui lui a appris à les faire, quand elle était jeune mariée. Aujourd'hui encore, Madeleine croit la revoir, petite, fluette, les longs cheveux gris tirés en une épaisse natte roulée en macaron tout autour de sa tête, qui versait la farine dans une jatte, avant d'y ajouter du beurre bien jaune, et de se mettre à pétrir, longuement, de ses belles mains. Lorsque la pâte était terminée, versée dans les moules, et prête à cuire, Louis survenait, comme guidé par une sorte de pressentiment. En bon gourmand qu'il était, il léchait les casseroles, avalant goulûment les restes de pâte, s'en pourléchant les babines, avant de prendre Solange par la taille, et de lui planter sur la joue un gros baiser à la saveur sucrée. À présent, c'est Madeleine qui tourne la pâte, la malaxe, la pétrit, la répartit dans les moules. C'est elle qui étale la dernière boule sur une planche farinée avant d'y dessiner des cœurs, des étoiles, des demi-lunes qu'elle recouvre au pinceau de jaune d'œuf. Et c'est d'elle que Christophe s'approche, elle qu'il enlace d'un mouvement tendre.

Bien sûr, après les questions de Justin Gilles et la convocation de son fils à la gendarmerie de Castres, Madeleine en a voulu à Christophe. Elle lui a même amèrement reproché de ne pas lui avoir parlé d'Adeline, et de ne pas lui avoir dit qu'il l'avait rencontrée le soir de la Saint-Jean. À ses remontrances, le jeune homme n'a opposé qu'un silence buté, une attitude qui exaspère Madeleine. Mais maintenant, sentant contre elle le poids de son enfant, elle réalise combien elle tient à lui. Et d'un geste brusque, instinctif, elle l'enlace, elle aussi. C'est vrai. Louis est parti, il l'a quittée. Mais il lui a laissé une partie de lui. Et cette partie-là, personne ne la lui prendra.

*

C'est une semaine plus tard, à six heures du matin, que les gendarmes sont venus chercher Christophe Solal. Quatre militaires en tenue, accompagnés du capitaine Beau, qui, pour l'occasion, s'est déplacé lui-même. Lorsque Madeleine leur a ouvert la porte, les cheveux dénoués, vêtue d'une grosse robe de chambre de laine, le militaire s'est avancé pour lui présenter la commission rogatoire signée par le juge Fontaine. Un papier bleu, que Madeleine a pris sans comprendre, et qu'elle a longuement tourné et retourné entre ses mains.

« Madame Solal, a dit Martial Beau, vous devez nous laisser entrer chez vous. Nous avons l'ordre de procéder à une perquisition... »

Une perquisition ? Sans dire un mot, mais le cœur battant la chamade, Madeleine s'est écartée, pour laisser passer les gendarmes. Puis, tandis que deux d'entre eux commençaient à fouiller sa cuisine et sa salle à manger, elle s'est rendue dans la chambre de Christophe. Hier, il a passé la journée et une bonne partie de la soirée à la bergerie, pour aider Marcel à soigner quatre de leurs bêtes, atteintes de strongylose. Il est rentré tard, harassé et transi – et souffrant d'un gros mal de gorge. Après avoir bu une tisane de thym, dans laquelle Madeleine avait ajouté deux bonnes cuillerées de miel, il s'est enfin couché, fiévreux. Ce matin, il a les joues et le front cramoisis. Il est malade, c'est sûr. Il brûle même de fièvre, Madeleine le vérifie en posant sa main sur son front. Mais elle n'a pas le choix. Elle le secoue doucement, pour le tirer de sa profonde torpeur.

« Christophe, lui dit-elle. Réveille-toi. Les gendarmes sont là. »

Les gendarmes ? Christophe Solal se dresse lentement dans son lit. Les yeux lourds de sommeil, les cheveux ébouriffés, il regarde sa mère. Celle-ci croit discerner dans ses yeux bleus une lueur sombre, celle de la peur. Alors, d'un geste instinctif, elle s'assoit sur le lit étroit de son fils unique, et l'attire contre elle, comme lorsqu'il était petit. Et, doucement, dans le creux de son oreille, elle chuchote :

« Qu'est-ce qu'il y a, Christophe. Qu'est-ce que tu as fait ? Qu'est-ce qui s'est passé, avec la petite Adeline ? »

Un silence. Dans les yeux du fils, la peur se ravive. Il se raidit un peu, se dégage de l'étreinte de sa mère. Parce qu'il ne veut pas lui répondre ? Non. Parce que, derrière elle, se dresse le capitaine Beau.

« Madame Solal ? Nous allons fouiller la pièce. »

Très droit, les mains croisées derrière le dos, le militaire observe durant quelques secondes la mère et le fils qui lui font face, avant de pénétrer dans la chambre. Et tandis que Christophe, claquant des dents, le front couvert d'une mauvaise sueur, passe sur son pyjama un pantalon de toile et un gros pull de laine écrue, tricoté l'hiver dernier par sa mère, il ouvre les tiroirs de la commode disposée contre le mur. Il en sort, les uns après les autres, tous les papiers et les objets qu'elle contient. Dans ce bric-à-brac, il y a toute l'enfance de Christophe : le petit tracteur en bois que lui a fabriqué Louis, pour son premier anniversaire, les lettres qu'il lui a envoyées du front, pieusement ficelées d'un ruban de couleur parme, son premier livre, un bel album à la tranche rouge et or des *Contes* de Grimm, sa collection de *Tintin*, le petit couteau avec lequel, enfant, il taillait les branches, plusieurs prix d'honneur reçus à l'école, des photos de classe. Et aussi un autre cliché, celui de la jeune Adeline, tout sourire, les cheveux dénoués.

« Monsieur Solal, dit le capitaine Beau à Christophe, je vais vous demander de me suivre à la gendarmerie. J'ai quelques questions à vous poser. »

Dix heures. Christophe a suivi les gendarmes. Madeleine, toujours vêtue de sa robe de chambre de laine, est assise dans sa salle à manger. Malgré le froid glacial, elle n'a pas mis le feu à la brassée de petit bois préparée dans l'âtre. Et elle n'a rien avalé, pas même un bol de café. Elle reste là, immobile. Comme figée au milieu du décor de Noël qui l'entoure, une femme vieillissante, qui ne cesse de se répéter, comme on prie, les dernières paroles que lui a lancées Christophe, avant de monter dans la voiture des gendarmes :

« Je n'ai rien fait, maman. Je te jure que je n'ai rien fait. »

*

C'est aux alentours de onze heures que l'estafette de la gendarmerie est arrivée à Castres. À l'arrière, Christophe Solal assis entre deux gendarmes. Assis ? Tassé, plutôt. Hier, le jeune homme avait mal à la gorge. Aujourd'hui, il a l'impression qu'à chaque respiration, on lui arrache la poitrine. Et il grelotte de fièvre, à tel point qu'il se demande s'il n'est pas en train de faire un cauchemar. Autour de lui, les rues défilent à petite vitesse. Par les vitres embuées, il distingue les passants qui se hâtent sur les trottoirs, les boutiques aux vitrines ornées de guirlandes électriques, et cette place ronde, qui abrite le marché de Noël. Petit, il s'y rendait souvent avec Madeleine et Solange. Ils flânaient tous les trois longuement devant les étals croulant sous les friandises et les objets de décoration. Christophe réclamait un sucre d'orge géant, ou bien des nonnettes, ces petits pains d'épices fourrés de confiture d'orange qui fondent dans la bouche. Solange s'extasiait devant les nappes joliment brodées, les santons façonnés à la main. Et Madeleine marchait en souriant – un sourire qui, d'un coup, la rajeunissait de dix ans. Aujourd'hui encore, les étals sont là, et Noël est proche. Mais Solange est morte et Christophe, lui, est assis dans une voiture de gendarmerie.

Un crissement de pneus. La fourgonnette s'arrête devant un bâtiment au fronton duquel flotte le drapeau français. Devant des passants curieux, les militaires tirent du véhicule un Christophe échevelé. Ils l'entourent, avant de le faire entrer dans leurs locaux. Ils ne le conduisent pas directement dans le bureau du capitaine Beau, qui doit l'interroger. Auparavant, ils vont lui faire subir le traitement réservé aux suspects d'importance.

Une pièce nue, aux fenêtres aveugles, éclairée par la chiche lumière d'une ampoule pendant au plafond. Tel est le lieu où les gendarmes ont introduit Christophe Solal. Ils lui ont demandé de retirer sa ceinture, les lacets de ses chaussures, et sa montre, avant de refermer la porte derrière lui. Depuis, assis sur un tabouret, le jeune homme attend que l'on vienne le chercher. Il est bien incapable de dire combien de temps s'est écoulé, dans un silence absolu. Au début, il s'est contenté de regarder autour de lui, d'observer les moindres aspérités des murs blanchis à la chaux, le sol de linoléum d'un vert tendre, la fenêtre aux vitres peintes de blanc, pour masquer l'extérieur, et hermétiquement close. Mais, petit à petit, un sentiment d'impatience l'a gagné. Il s'est mis debout, a fait cinq pas, jusqu'au mur, puis cinq de nouveau, dans l'autre sens, avant de se rasseoir, de se relever, de se rasseoir encore. Enfin, excédé, il a frappé à la porte. Mais personne n'est venu lui ouvrir. Personne, non plus, n'a répondu à ses appels. Et il a recommencé à attendre, sentant la fièvre lui marteler les tempes.

Il a patienté ainsi, à bout de forces, au bord des larmes, prêt à supplier qu'on le sorte de cette cage. Puis des pas ont retenti dans le couloir. Et dans un claquement sec, la porte s'est ouverte.

IX

La douleur se situe à l'arrière du crâne. Elle monte, atteint un paroxysme, cède en bref répit, juste au moment où Christophe Solal croit s'évanouir. Puis elle revient. Tenace. Profonde. Une griffe qui lui laboure la tête, et fait monter à ses lèvres une nausée irrépressible. Depuis combien de temps souffre-t-il ? Des minutes ? Des heures ? Il serait bien incapable de le dire. D'abord parce qu'on ne lui a pas rendu sa montre. Ensuite parce que, même s'il l'avait à son poignet, il ne la regarderait pas. Trop épuisé par la migraine qui le taraude. S'il était au « Chant de la Vigne », sa mère lui aurait ordonné de se coucher, et elle aurait elle-même tiré les rideaux. Pour faire baisser la fièvre, elle aurait dissous de l'aspirine dans de l'eau bien sucrée, et la lui aurait fait avaler, à la petite cuillère, comme lorsqu'il était petit. Christophe se serait peu à peu enfoncé dans un sommeil, certes peuplé de cauchemars, mais préférable à l'agonie qu'il subit. Seulement il n'est pas chez lui. Il se trouve à la gendarmerie de Castres, entre les mains du capitaine Beau. Et voilà près de vingt-quatre heures maitenant que celui-ci l'a placé en garde à vue.

Enfin, la porte s'est ouverte, et on l'a sorti de sa cellule nue. Christophe a senti monter en lui une vague de soulagement. Et c'est avec une certaine assurance qu'il est entré dans le bureau du capitaine Beau, cette pièce où, quelques semaines auparavant, il avait rencontré le gendarme. Pour y avoir passé quelques heures, le jeune homme s'y sent presque en pays connu. Le militaire qui lui fait face est aimable. Il le fait asseoir poliment, demande qu'on lui apporte un café, s'inquiète de le voir trempé de sueur. Il entame avec lui un dialogue quasi fraternel, une conversation d'homme à homme. Et son ton débonnaire, le tutoiement qu'il adopte d'emblée achèvent de mettre le jeune homme en confiance.

« Alors, Christophe, dit Martial Beau, tu t'es disputé avec Adeline Costes, le soir de la Saint-Jean. C'est bien cela ?

– Oui, c'est ça. D'ailleurs, je vous l'ai déjà dit.

– C'est vrai. Mais cette audition est officielle. Alors il faut me le répéter. Avec le plus grand nombre de détails possible. Tu comprends ? »

Oui, Christophe Solal comprend. Il est même prêt à faire preuve de bonne volonté. Et, pour la seconde fois, il raconte comment, en cette nuit de la Saint-Jean, il a voulu déclarer son amour.

Un feu qui illumine le pré. Des jeunes gens qui forment une ronde autour des flammes. Et dans l'air doux, Christophe qui se décide enfin à tendre un tison à Adeline. En retour, il attend un sourire, un élan qui la jettera dans ses bras. Mais comme Adeline ne bouge pas, c'est lui qui s'avance, et qui tente de l'étreindre.

« Elle m'a repoussé, dit Christophe Solal. Et moi, ça m'a mis en colère. Parce que cela faisait des semaines qu'elle me laissait espérer. Pour rien.

– Donc, coupe doucement Martial Beau, cette nuit-là, tu étais en colère après elle ? Très en colère ? »

*

Depuis bientôt neuf heures, Christophe Solal se débat, sous l'avalanche de questions que lui posent les gendarmes. Le capitaine Beau a débuté l'interrogatoire, avant de laisser la place à deux de ses collègues, Nicolas Patrel et Stéphane Jougon. Des militaires pugnaces, qui conduisent la garde à vue comme on mène une bataille. Nicolas Patrel interroge, d'une voix feutrée, lente, confortable. Stéphane Jougon, lui, alterne sécheresse extrême et rage simulée. Il hurle, tape du poing, secoue son suspect, avant de reprendre un ton de majordome, pour poser cent fois, mille fois, les mêmes questions. Christophe, inlassablement, répète le même récit. Un enchaînement de faits qui, selon les gendarmes, n'a pu que le conduire au crime. Mais le crime, Christophe ne l'avoue pas. Même si, à force de dire et de redire les mêmes mots, les mêmes phrases, il sent sa tête tourner. Oui, répète-t-il, il était avec Adeline, ce soir-là. Oui, il lui a déclaré son amour. Non, il n'a pas cherché à l'embrasser. Oui, elle l'a repoussé quand il lui a tendu le tison. Ensuite, elle a tourné les talons, elle est partie. Seule. Dans la nuit. Et il était si furieux qu'il n'a pas cherché à la rattraper.

« Vraiment, tu ne l'as pas rejointe ? »

Stéphane Jougon se plante devant Christophe. Un grand homme maigre, au visage très rouge, à l'air furieux, qui le regarde un long moment. Avant de se diriger vers le bureau, d'ouvrir l'épais dossier qui y est posé, et de s'emparer d'un des procès-verbaux qu'il contient.

« Ce qui est bien dommage pour toi, dit-il, en agitant le papier sous le nez de son suspect, c'est qu'on vous a vus partir de la fête ensemble. C'est

Pierrette Nançois, la postière, qui nous l'a dit. Tu veux que je te lise son témoignage ? »

Il s'interrompt un instant. Puis, le ton solennel, la voix haute, il commence à lire.

« Je, soussignée Pierrette Nançois, née le 6 janvier 1925 à Vabre, certifie avoir vu Adeline Costes en compagnie de Christophe Solal, le soir de la Saint-Jean. Ils sont partis ensemble, aux environs de vingt-trois heures trente. Adeline courait. Et Christophe la poursuivait. »

*

Nuit noire. Une nuit profonde, épaisse, une nuit de neige. Bientôt, Madeleine le sent à ses articulations douloureuses, de gros flocons ouatés vont se mettre à tomber. Demain, à l'aube, la terre sera couverte d'un tapis immaculé, de ceux que les enfants foulent aux pieds en riant de joie. Mais pour le moment, rien. Seulement l'obscurité et le silence, un silence feutré, total, rompu seulement par le tic-tac régulier de la vieille horloge de la salle à manger. Marquant les minutes qui passent, les unes après les autres.

Au tout début de la matinée, juste après que son garçon a été emmené par les gendarmes, Madeleine est restée longtemps prostrée. Muette, immobile, elle a tourné et retourné dans sa tête les derniers événements. La visite de Justin Gilles. Le choc qu'elle a reçu, quand il lui a appris que son fils « fréquentait » Adeline. Puis la première convocation de Christophe à la gendarmerie. Et son refus de s'expliquer, de lui raconter ce qui s'est passé, le soir de la Saint-Jean… Aujourd'hui, si les militaires sont venus le chercher, c'est bien à cause de cette affaire. Ils le soupçonnent sans doute de l'avoir tuée, et d'avoir, ensuite, fait disparaître ce qui restait d'elle.

À ce stade de ses réflexions, Madeleine Solal s'est tout à coup levée de son siège. Très droite, elle est montée s'habiller. Les épaules hautes, le port de tête altier, comme à son habitude. D'accord, Christophe a gardé pour lui sa relation avec Adeline, et leur rencontre du 24 juin dernier. Mais s'il l'a fait, ce n'est sûrement pas parce qu'il est un meurtrier. C'est son fils unique, l'unique enfant de Louis. Elle l'a porté neuf mois dans son ventre. Elle l'a mis au monde dans la douleur. Elle a ri de joie, quand elle l'a tenu pour la première fois dans ses bras – un nouveau-né fripé et rouge, au regard clair et étonné. Elle l'a regardé grandir, année après année, jusqu'à devenir un homme. Mieux que personne, elle sait qu'il est incapable de faire du mal à quiconque et surtout pas à une adolescente. Et elle est sûre, aussi, que les gendarmes le comprendront. Et qu'ils le laisseront rentrer chez lui.

C'est dans cette certitude que Madeleine Solal a passé sa journée. Vers dix-huit heures – l'heure à laquelle, à Castres, son fils apprenait qu'un témoin l'avait vu quitter la fête en compagnie d'Adeline Costes –, elle a entrepris de préparer une soupe épaisse, à base de poireaux, de pommes de terre, de carottes et de pois secs. Puis elle est montée à l'étage, dans la chambre de son fils. Elle a bassiné son lit d'une bouillotte brûlante pour préparer son retour. Ensuite, tout à coup très lasse, elle a mangé un morceau de pain gris, et du fromage, avant de retourner s'asseoir dans la salle à manger. Tournée vers la fenêtre noire, elle guette la lueur des phares signalant l'arrivée de son enfant.

*

Une aube grise se lève, qui fait entrer dans la pièce une lueur blafarde. Hébété, Christophe Solal se redresse. La tête toujours aussi douloureuse, le front toujours brûlant de fièvre. Il vient de dormir quelques heures dans la pièce réservée aux suspects gardés à vue. La cellule étroite où il a patienté des heures, avant que son interrogatoire commence. Pour la nuit, les gendarmes y ont jeté un matelas, sale et souillé, ainsi qu'une couverture de laine marron, piquante et rêche. Puis, ils ont refermé la porte sur Christophe et ils l'ont laissé là. Sans eau. Sans nourriture. Sans lumière, surtout. Dans l'obscurité totale, le jeune homme s'est allongé à tâtons. Il s'est longtemps tourné et retourné sur son inconfortable couche, avant de sombrer dans un sommeil agité de terribles cauchemars. Et maintenant qu'il se réveille, il se dit que ces rêves peuplés de créatures gluantes, l'entraînant au fond d'abysses inconnus, valaient mieux que la réalité qui l'entoure. Il a faim. Il a soif. Il est épuisé. Il grelotte de fièvre. Il sent mauvais. Ses joues mangées de barbe sont irritées. Un méchant bouton de fièvre pousse au coin d'une de ses lèvres. Et voilà que la porte de sa cellule s'entrouvre. Sur le seuil le capitaine Beau et ses deux acolytes, lavés et rasés de frais.

« Alors, lui dit Martial Beau d'une voix sèche. Vous avez réfléchi, monsieur Solal ? Vous êtes décidé à nous dire la vérité ? La justice vous en saura gré, vous savez. »

Il a fait signe à Christophe de sortir de la pièce, et de gagner le bureau où il a si longuement été entendu la veille. L'interrogatoire a recommencé.

« La nuit de la Saint-Jean, murmure Nicolas Patrel, d'un ton doucereux, vous étiez donc avec

Adeline Costes. Voulez-vous nous expliquer ce qui s'est passé entre vous ? »

*

Madeleine Solal avait raison. La neige, cette nuit, a nappé le Sidobre tout entier. Et elle continue de tomber, comme un épais rideau qui empêche de voir à plus de dix mètres devant soi. Est-ce la tempête qui a empêché Christophe de rentrer, hier soir ? Madeleine veut le croire. Elle laisse un mot sur la table de la cuisine, à l'attention de son garçon.

« Christophe, écrit-elle, je vais à la bergerie aider Marcel. Rejoins-nous là-bas dès que tu seras revenu. »

Chaudement emmitouflée dans son manteau de laine, chaussée de bottes fourrées, ses cheveux emprisonnés dans un bonnet, Madeleine Solal est sortie de chez elle.

*

Journal de Justin Gilles :

C'est Daniel Jonquières qui m'a annoncé l'arrestation de Christophe Solal. Selon lui, le jeune homme avait avoué le meurtre d'Adeline, mais aussi celui des autres disparues. À l'issue de sa garde à vue, le fils de Madeleine avait été présenté au juge Fontaine, pour son interrogatoire de première comparution. Après quoi il avait été écroué à la prison d'Albi, celle-là même où, quelques années plus tôt, Mathilde Bonnet avait attendu son jugement. Quand j'ai demandé à Daniel si la mère de Christophe avait été prévenue, il m'a répondu que non. Je sais bien que tout cela ne me concernait pas, mais j'ai décidé d'aller la trouver, et de lui apprendre ce qui venait de se passer. Tous ceux qui, plus tard, ont prétendu que je ne m'étais rendu chez elle que pour obtenir un « scoop » se sont trompés, bien sûr. Tout ce que je souhaitais, c'était atténuer un peu le choc éprouvé par cette femme, lorsqu'elle apprendrait que son fils unique était en prison, et qu'il allait devoir répondre de trois assassinats.

X

Il ne neigeait plus quand Justin Gilles est arrivé au « Chant de la Vigne ». Un froid sec, piquant, avait gelé le sentier menant au seuil de la porte. Le localier, pourtant rompu aux déplacements les plus improbables, a failli glisser plusieurs fois. Il a finalement atteint le battant de bois, a saisi la lourde poignée de fer, et a frappé fort... Madeleine a ouvert et elle s'est plantée là, devant lui, toute droite dans sa robe grise. Une fois de plus, en la voyant, Justin a pensé à Mathilde Bonnet. Les deux femmes ont le même port de tête altier, la même chevelure sombre nouée en un chignon bien ramassé. Et, surtout, la même lueur au fond des yeux. Une lueur dure, insolente – de celles qui signent les caractères les mieux trempés.

« Elle est forte, a pensé Justin. Tant mieux. Elle va en avoir besoin. »

Ensuite, il a dit à Madeleine, d'une voix très douce :

« Madame Solal, est-ce que je peux entrer quelques minutes ? Je dois vous parler. »

Madeleine Solal a d'abord cillé. Puis, sans un mot, elle s'est effacée. Justin a pénétré dans la maison, s'immisçant du même coup dans son univers. Il a embrassé du regard la salle à manger, grande pièce au sol de tomettes, aux meubles rustiques impeccablement cirés, dans laquelle le sapin de Noël est toujours dressé. Ici, la photo de Louis, jeune homme souriant, à jamais figé dans la fleur de sa jeunesse. À côté, un pêle-mêle, où s'entrecroisent les clichés représentant Christophe à tous les âges. En un bébé joufflu et souriant, aux cheveux drus, au regard malicieux. En un garçonnet timide, à l'expression plus renfermée, mais qui fixe le visiteur de ses grands yeux clairs et francs. En adolescent au front couvert d'acné, à la barbe rare, fièrement campé sur une vieille mobylette.

« C'est le vieux Marcel qui la lui avait donnée, dit Madeleine, qui observe attentivement Justin Gilles. Moi, je ne voulais pas. J'avais peur qu'il se tue, là-dessus. »

Un silence. Justin lève les yeux du pêle-mêle. Sur un signe de son hôtesse, il va s'asseoir dans un grand fauteuil de cuir noir, le fauteuil de Louis.

« Madame Solal, dit-il précipitamment, j'ai une mauvaise nouvelle à vous annoncer. Votre fils vient d'être arrêté pour le meurtre des trois disparues de la Saint-Jean... »

*

Vingt-quatre décembre. À la veille de la Noël, Albi, fière cité médiévale dominée par la cathédrale Sainte-Cécile, est en fête. Dans les rues illuminées, les passants se pressent, pour faire leurs dernières emplettes avant le réveillon. Dans la cité cathare comme dans tout le Tarn, les festivités sont grandioses. Chaque foyer se prépare à déguster un festin. Sur les tables nappées de blanc, richement chargées d'argenterie et de vaisselle fine, se succèderont de délicieuses tourtes au roquefort, du foie gras en terrine, des écrevisses à la nage, le traditionnel chapon gras, mais aussi, parfois, du magret de canard en cocotte. Des mets riches, lourds, goûteux, qui réjouissent les papilles et calent les estomacs. Des plats de fête, cette fête de Noël que le juge Fontaine déteste depuis sa plus tendre enfance. Petit, il cachait sa main infirme pour ouvrir le cadeau que ses parents lui destinaient. Adolescent, il s'éclipsait le plus vite possible dans sa chambre pour éviter leurs invités. Aujourd'hui il n'a plus de famille – son père et sa mère sont morts l'un après l'autre, depuis de longues années –, et il refuse les rares invitations qui lui sont faites. Il préfère travailler. Ce 24 décembre 1960 au soir, comme toutes les autres veilles de Noël, il est à son poste. Seul, dans un palais désert, au milieu d'une foule en liesse. Le dos tourné à la fenêtre, il lit le procès-verbal des aveux de Christophe Solal.

« Le soir de la Saint-Jean, a dit le jeune homme aux gendarmes qui l'interrogeaient, je me suis rendu à la fête en compagnie d'Adeline Costes. J'avais l'intention de déclarer mon amour à cette jeune fille, et comme le veut la coutume, à la fin de la soirée, je lui ai tendu un tison. J'espérais qu'elle le prendrait, et qu'elle m'autoriserait ensuite à l'embrasser. Malheureusement, Adeline a repoussé mon tison. Et comme je m'étonnais, elle m'a dit : "Excuse-moi, Christophe, tu es mon ami. Mais je ne pourrai jamais t'aimer." Ensuite, elle a tourné les talons, et s'est enfuie en direction du village. J'aurais pu en rester là, bien sûr. Mais son attitude m'avait rendu furieux. Je la fréquentais en effet depuis quelques mois, durant lesquels elle m'avait laissé espérer bien des choses. Alors j'ai décidé de la rejoindre, et de lui demander de s'expliquer. C'est d'ailleurs ce que j'ai fait, quelques dizaines de mètres plus loin... »

Charles Fontaine relève la tête. Puis il ferme les yeux. Il reconstitue en imagination la scène que Christophe Solal a décrite aux gendarmes. Deux jeunes gens, seuls dans la nuit, dans une campagne déserte. Le garçon s'approche de la fille, presque une petite fille, encore. Il l'attire contre lui, cherche ses lèvres. Mais elle se dérobe. Elle le repousse. Et, pour finir, comme il tente à nouveau de l'étreindre, elle le gifle. Alors il l'empoigne aux cheveux, la secoue violemment, avant de la frapper à son tour. Et comme elle tombe, il se précipite sur elle.

« J'étais ivre de rage, a dit Christophe Solal aux gendarmes. Je ne supportais pas qu'elle se refuse à moi. Alors, pour l'immobiliser, je l'ai saisie par le cou et l'ai serré très fort. Quand je l'ai relâchée, elle était morte. »

Les yeux clos, dans le secret de son cabinet, Charles Fontaine voit le jeune homme qui se relève, effaré, et qui regarde sa victime. Ensuite, il la soulève, comme on le ferait d'un fétu de paille, elle était légère, Adeline, si légère ! À peine quarante kilos, pour un mètre soixante, a dit son père. Et il l'emporte avec lui. Pour cacher son crime. Comme il a caché les deux autres, les années passées.

« C'est moi aussi qui ai tué Isabelle Thévenin et Clémence Caillet, a avoué Christophe Solal. Elles aussi m'avaient fait des avances, avant de se refuser. Elles aussi, je les ai étranglées. Puis je suis allé enterrer leurs corps dans le Sidobre, tout près du roc de l'Oie. »

Le juge Fontaine en a terminé. Lentement, de sa main infirme, il saisit son téléphone, et compose le numéro du dépôt où se trouve Christophe Solal. Avant de prononcer son inculpation, et de l'envoyer en prison, il se doit de le voir, et de lui demander s'il maintient ses aveux. C'est la loi, Noël ou pas...

*

Un cauchemar. Voilà ce que vient de vivre Christophe Solal ces dernières quarante-huit heures. Lorsque, à la veille de Noël, sa garde à vue a pris fin, il s'est senti comme soulagé, et presque libéré. Bien sûr, il a avoué. Mais au moins le récit des trois crimes a-t-il mis un terme à son interrogatoire. Puis, après qu'il eut signé ses procès-verbaux, les gendarmes lui ont permis de manger. Affamé, malgré la fièvre, le jeune homme a dévoré le pain et le jambon qui lui ont été servis, avant d'ingurgiter un café bien chaud et très sucré. Un festin à l'issue duquel le capitaine Beau en personne l'a conduit au dépôt, l'endroit où il se trouve à présent, assis sur un banc étroit, dans une cellule minuscule, les poignets menottés.

« Solal ! On y va ! »

La porte s'ouvre. Dans l'entrebâillement, Christophe distingue la silhouette d'un garde. À côté de lui, Martial Beau.

Normalement, à cette heure, le capitaine Beau devrait être rentré chez lui. Sa femme l'y attend pour réveillonner en compagnie de quelques amis. Elle a déjà dû dresser la table, elle est certainement à la cuisine, en train de mettre la dernière main aux plats. Martial Beau lui a promis d'apporter la bûche, commandée dans l'une des meilleures pâtisseries d'Albi, ainsi que les huîtres. Au sortir de la garde à vue de Christophe Solal, il avait encore le temps de le faire. Mais il ne s'est pas résigné à lâcher « son » suspect. Trop fier d'avoir si facilement réussi à obtenir ses aveux. Alors, contrairement à tous les usages, le capitaine Beau s'est rendu au dépôt. À présent, il monte les escaliers menant au cabinet du juge Fontaine au côté de Christophe Solal. Et il le lui amène, comme un chien de chasse rapporterait le gibier tombé.

« Monsieur le juge ? »

Le capitaine Beau frappe à la porte du cabinet d'instruction. Puis, ouvrant le battant, il y fait entrer « son » coupable, hâve, dépenaillé, tremblant de fièvre, et bien sûr toujours menotté. En l'apercevant, Charles Fontaine recule un peu dans son fauteuil.

Puis, comme il en a l'habitude en pareilles circonstances, il met en avant sa main infirme, il sait, d'expérience, que cela met mal à l'aise les gens qu'il interroge.

« Approchez, monsieur Solal, dit-il d'une voix douce. Asseyez-vous. »

Au garde, il ordonne :

« Démenottez-le, voulez-vous ? »

Un silence. Le garde s'exécute. Un peu en retrait, le capitaine Beau observe Christophe, qui frotte ses poignets endoloris l'un contre l'autre.

« Monsieur Solal, commence le juge, je viens de lire le procès-verbal contenant vos aveux. C'est bien vous qui avez raconté tout cela aux gendarmes ? »

Assis sur sa chaise de bois, Christophe se tait.

« Monsieur Solal ? demande le juge. Répondez, je vous prie... »

Un silence. Christophe lance un regard furtif au capitaine Beau, qui s'est discrètement approché de lui. Comme un écolier pris en faute, il baisse la tête :

« Oui. C'est bien moi.

– Donc, reprend le juge Fontaine, vous reconnaissez avoir assassiné Isabelle Thévenin, Clémence Caillet, et Adeline Costes ? »

Christophe hésite.

« C'est ce que j'ai dit aux gendarmes », dit-il, d'une voix lente.

Si, à cet instant, le juge Fontaine avait insisté, s'il avait questionné plus avant le fils de Madeleine, sans doute celui-ci aurait-il fini par rétracter ses aveux, malgré la présence de ce gendarme qui, à présent, lui souffle presque dans le dos. Mais Charles Fontaine s'en tient là.

« Très bien, conclut-il. Je me vois donc obligé de vous inculper d'un triple assassinat. Ce soir même, vous serez écroué à la maison d'arrêt d'Albi. J'ajoute que vous allez devoir choisir un avocat, et me communiquer son nom, le plus vite possible. Si vous ne connaissez personne, vous pouvez faire appel au bâtonnier de l'ordre, qui commettra un défenseur d'office. »

Il marque une pause.

« Emmenez-le », dit-il au garde, sèchement.

*

Des grilles. De longs couloirs sombres, éclairés seulement par de chiches veilleuses. Une odeur fade, relents mêlés de crasse et d'encaustique. Des gardiens en uniforme portant à leur ceinture un énorme trousseau de clefs. Il est vingt et une heures, ce 24 décembre au soir. À l'heure où le réveillon commence, Christophe Solal pénètre à l'intérieur de la prison d'Albi. Et lui, le paysan, habitué aux grands espaces, sent l'univers se rétrécir autour de lui. Ici, pas d'horizon, seulement des murs, pas d'air, mais une puanteur qui soulève le cœur. Pas de lumière, mais une pénombre glauque, au sein de laquelle se découpent des silhouettes d'hommes vêtus de gris, aux épaules parfois galonnées d'or. À pas lents, Christophe Solal suit l'un d'eux, jusqu'au greffe, où, obéissant à un rituel immuable, en vigueur dans toutes les prisons de France, il tend ses mains afin qu'on lui prenne ses empreintes.

Une boîte de fer, avec à l'intérieur une grosse éponge bleue. Le gardien de service au greffe y appuie le pouce de Christophe, son index, son médium, et tous ses autres doigts. Ensuite, il les applique, l'un après l'autre, sur une fiche cartonnée. Et il lui tend un vieux chiffon, si crasseux qu'il en est noir, pour qu'il s'essuie. Face à la fiche qu'il vient de remplir, il note un numéro de matricule. 8756. Désormais, ces chiffres tiendront lieu de nom et de prénom à l'homme qui s'éloigne déjà, pour qu'on lui remette son « paquetage ». Un sac de plastique contenant un plateau de fer – ici, la nourriture est servie en cellule –, des couverts de plastique – pour éviter les tentatives de suicide, mais aussi tout risque d'agression –, un bout de savon, et des draps rêches, lavés si souvent qu'ils en sont troués.

Une porte s'ouvre, encore une. Mais ces portes-là rétrécissent de plus en plus l'espace, elles ne l'ouvrent pas. La cellule dans laquelle Christophe entre à présent est minuscule, huit mètres carrés au plafond très bas, aux murs de plâtre couverts de graffitis : Morts aux flics, Sylvie, je t'aime, À ma mère pour toujours, Mort aux vaches, J'encule le juge. Sur la gauche, un lit de ferraille, sur lequel est posé un matelas de mousse jaunâtre. Derrière, une tinette ouverte à même le sol, à la turque, et un robinet. Sous la fenêtre – une minuscule lucarne fermée par de gros barreaux –, une petite table et un tabouret. À droite, une armoire étroite. Le tout donne une impression sordide – mais à cet instant, Christophe Solal s'en moque. Il n'aspire qu'à une chose, une seule : s'étendre sur le bat-flanc, après y avoir tendu un drap. Et s'endormir, enfin, pour oublier les journées qu'il vient de vivre...

Mais une fois couché, dans l'obscurité, le jeune homme ne parvient pas à trouver le sommeil. Tout son corps est endolori. Sa tête le lance. Sa gorge le brûle. Et puis, il pense à sa mère. À cette heure, Madeleine doit être seule, au pied de leur sapin. Elle doit aussi avoir appris qu'il est en prison, inculpé du plus terrible des crimes. Pleure-t-elle ?

Tremble-t-elle ? Comment va-t-elle agir, pour faire tourner leur domaine ? Le vieux Marcel est âgé, il ne peut subvenir à tout. Il y a trop de bêtes à nourrir, à soigner, à tondre et à traire.

Trois petits coups, sur le mur voisin de celui de Christophe Solal. Le détenu qui y est enfermé cherche à communiquer. Christophe ne lui répond pas. Recroquevillé sur lui-même, il sent les larmes emplir ses yeux. Et malgré tous ses efforts – allons ! Est-ce que tu n'es pas un homme ? dirait Madeleine –, il éclate en sanglots. Sur ses lèvres, les mots que disent tous les hommes, lorsqu'ils sont désespérés.

« Maman, murmure Christophe. Maman, s'il te plaît, viens me chercher… »

*

Minuit, ce 24 décembre. La messe va bientôt commencer dans la très vieille église de Lacroze. Madeleine Solal entre dans la nef, au milieu des villageois endimanchés. Bravant sa peur de conduire, elle est montée dans sa voiture, et elle a gagné le village, en dépit de la neige et du verglas. À plusieurs reprises, elle a dérapé. Mais, à chaque fois, elle a réussi à redresser son véhicule, et a continué sa route. Elle s'assied, au premier rang, face à la statue de la Vierge. Elle se met à prier. Autour d'elle, on se pousse du coude. Car ici, bien sûr, tous sont au courant. Mais Madeleine ne tient aucun compte des regards curieux, et des murmures mi-étonnés, mi-indignés. Elle répète, mot après mot, les paroles du « Je vous salue Marie » tout en égrenant son chapelet. Et lorsque l'office commence, elle ne s'arrête pas. Trop occupée à supplier la mère du Christ de lui rendre son fils.

*

Journal de Justin Gilles :

C'est au lendemain de la Noël que les fouilles ont recommencé dans le Sidobre. Les militaires, menés par le capitaine Beau lui-même, ont quadrillé la zone dans laquelle Christophe Solal avait assuré avoir enterré les cadavres de ses trois victimes. Le sol était gelé, mais ça ne les a pas arrêtés. Ils ont fait venir des engins lourds, des pelleteuses, et ils ont aussi embauché l'armée. Il y avait des hommes en treillis et en uniforme partout, l'on aurait dit, tout à coup, que ce coin de campagne paisible était en guerre. Et c'était bien le cas, en quelque sorte. Car le pays, en état de choc, découvrait qu'un assassin avait tué trois de ses filles. Et rien n'était plus important que de retrouver leurs corps.

Les Disparues de la Saint-Jean

Les militaires ont creusé, pelletée après pelletée. Et le roc de l'Oie et ses environs se sont mis à ressembler à un champ de bataille, aux tranchées largement ouvertes – mais qui ne livraient aucune dépouille, aucun vêtement, aucun ossement.

XI

DEPUIS UNE BONNE QUINZAINE DE JOURS, les militaires fouillent les environs du roc de l'Oie. Et depuis quinze jours, Martin Costes ne fait plus l'école. Lui, l'instituteur consciencieux, qui n'a jamais manqué un seul jour de classe, même lorsqu'il a été malade, a cette fois sollicité son remplacement. Car il veut être là quand, enfin, on retrouvera au plus profond de la terre le corps d'Adeline.

Lorsque Daniel Jonquières l'a convoqué pour lui donner connaissance des aveux de Christophe Solal, Martin n'en a tout d'abord pas cru ses oreilles. Christophe, il le connaît bien. Il l'a vu à de nombreuses reprises à la bibliothèque de l'école communale de Lacroze. Les derniers temps, le fils Solal se trouvait en compagnie d'Adeline. Il évoquait avec elle les derniers livres qu'ils venaient de dévorer, l'un comme l'autre. Martin Costes se souvient de l'une de leurs dernières discussions. Adeline parlait de *Germinal*. Christophe, lui, s'enflammait pour *Notre-Dame de Paris*. En évoquant l'amour désespéré de Quasimodo pour Esméralda, il dévorait Adeline des yeux. Mais la flamme qui brillait dans son regard était à mille lieues de toute perversité, de toute turpitude… Comment imaginer, dès lors, que ce garçon-là ait pu assassiner tour à tour trois adolescentes ? Comment envisager qu'ensuite il soit allé les enterrer, avant de rentrer tranquillement chez lui, et d'embrasser sa mère, comme si de rien n'était ? Pour commettre pareil crime, il faut être un déséquilibré, un pervers. Et Christophe Solal, le fils de Madeleine, le fils de Louis, semblait être un garçon sain d'esprit.

Lorsque Martin Costes a fait part de ses réflexions à Daniel Jonquières, celui-ci a hoché la tête.

« Je sais, monsieur Costes. À moi aussi, tout cela me paraît bien étrange. Ni le profil psychologique, ni l'âge de ce garçon ne paraissent coller avec l'homme que nous cherchions. Mais, croyez-moi, il ne faut pas se fier aux apparences. »

Daniel Jonquières s'est interrompu. À cet instant, il pensait à l'un de ses clients, qu'il venait tout juste de sauver de la guillotine. Un jeune homme âgé de vingt-deux ans à peine, aux allures encore adolescentes, au visage imberbe, au regard candide. Lucien

Palis était accusé d'avoir assassiné sa jeune amie d'une cinquantaine de coups de couteau. Quand on l'avait retrouvé, près d'elle, hagard, son arme ensanglantée à la main, il souriait. À chaque fois que Daniel Jonquières avait évoqué le crime avec lui, il avait esquissé ce même sourire, mi-extatique, mi-ironique. Et quand l'avocat lui avait demandé pour quelle raison il avait assassiné cette jeune fille qu'il devait épouser, il avait simplement répondu qu'une voix s'était glissée dans sa tête, qui le lui avait ordonné. Peut-être les mêmes voix s'étaient-elles emparées par trois fois de l'esprit de Christophe Solal. Peut-être avaient-elles, elles aussi, fait du fils de Louis et de Madeleine un meurtrier. Mais peut-être, aussi, le capitaine Beau lui avait-il arraché des aveux. À ce stade de ses réflexions, Daniel Jonquières a planté son regard dans celui de Martin Costes. Et, d'une voix lente, réfléchie, il lui a dit :

« Dans ses aveux, Christophe Solal a indiqué l'endroit où il aurait enterré ses trois victimes. Attendons donc le résultat des fouilles pour tenter d'y voir plus clair. »

Et c'est ainsi que l'instituteur a décidé de se joindre aux militaires qui, pierre après pierre, motte après motte, creusent, retournent, sarclent, dévastent les abords du roc de l'Oie. Tous les matins, très tôt, il avale un grand bol de café noir, avant de s'habiller le plus chaudement qu'il peut, il sait, d'expérience, que la journée sera longue et froide. Puis, chaussé de lourdes bottes de cuir, vêtu d'un épais manteau de laine, les mains gantées, la tête recouverte d'un bonnet, le cou enserré dans l'écharpe qu'Adeline lui a tricotée, il y a seulement deux ans, il sort de chez lui. Et, laissant sa classe à son remplaçant, se dirige vers le lieu des recherches.

Pour lui commence alors un calvaire teinté d'espoir. À chaque pelletée de terre retournée, l'instituteur de Lacroze imagine que cette fois sera la bonne. Qu'après de si longs mois d'attente, Adeline va surgir du sol où elle repose, pauvre squelette enfoui dans sa robe blanche de bal. Martin Costes n'a aucune idée du désespoir qui l'étreindrait si tel était le cas. Tout ce qu'il veut, et il le veut de toutes ses forces, c'est la petite fille qu'on lui a volée, par une chaude nuit de juin. Afin de pouvoir lui donner une sépulture décente, auprès de la mère qu'elle a trop peu connue.

*

Après un brusque redoux, aussi inattendu que spectaculaire, la neige a fondu. Mais la revoilà déjà, toute proche, menaçante après trois jours de répit. Brusquement, ce 15 janvier, le vent est monté de la mer. Le Marin a longé la Montagne noire, et enveloppé le piémont en se chargeant de nuages. Dans combien de temps les flocons vont-ils se remettre à tomber ? Le vieux Marcel est incapable de le dire. Mais il se serait bien passé de ce nouveau coup du sort. Il le pressent, plus qu'il ne le voit : son troupeau va mal. Six brebis ne se sont-elles pas mises à boiter ? Leur marche est douloureuse, elles mangent peu, et se couchent dès que le troupeau se pose. « C'est le piétin », dit Marcel à haute voix et il est contagieux. Il va falloir traiter, et vite, pour éviter l'épidémie. Dans la bergerie, Marcel va devoir échafauder tout un labyrinthe pour canaliser les bêtes, constituer un couloir de planches et obliger le troupeau à passer en file indienne dans les pédiluves. C'est le seul moyen de désinfecter tout le monde. Le sulfate de cuivre, le formol et l'ammonium feront le reste. Dilués dans l'eau, ils éradiqueront la maladie, toutefois les moutons les plus atteints doivent être traités à la main, et Marcel va passer la soirée à la bergerie – car il est seul, bien sûr. Christophe, son Christophe, ce gamin qu'il tenait pour son fils dans le secret de son cœur, est en prison. Et Madeleine Solal est partie à Paris, pour lui trouver un avocat à la mesure d'un dossier particulièrement difficile... « Un vrai carnaval, dit Marcel, désemparé. Comment est-ce que je vais faire ? » Puis, tout de même, en bon berger qu'il est, il décide de s'y mettre. Le plus dur, c'est d'immobiliser l'animal, et de dégager les pattes malades. Le couteau à piétin est à lame légèrement courbe. D'un geste sec, Marcel sectionne la partie de corne souillée par l'infection. Une chirurgie précise, méticuleuse, fastidieuse. Marcel n'aime guère jouer les soigneurs au milieu des bêlements et de la bousculade. Les bêtes craignant d'être repérées puis attrapées ne cessent de courir et de bondir en sauts de cabri, s'agglutinant lourdement dans les recoins de l'enclos. Une vitalité apparente car le souffle est court. Les brebis haletantes ont l'œil hagard et apeuré. Marcel soulève sa casquette qu'il pousse vers l'arrière du crâne, pour mieux se gratter le haut du front. Ses soupirs en disent long sur la crainte que lui inspire son troupeau. Car le piétin n'est pas tout. Une maladie plus grave encore le menace et Marcel se demande si elle n'est pas déjà là ! Depuis deux mois, les avortements se multiplient. Tous entre le troisième et le cinquième mois de gestation. Marcel, en homme d'expérience, craint le pire : c'est-à-dire la brucellose. Le mal est hélas d'actualité. La direction départementale de l'Agriculture vient de demander qu'une nouvelle loi soit promulguée, obligeant les éleveurs à déclarer en mairie les avortements suspects, à isoler les malades pour les désinfecter et même à abattre les animaux atteints. Marcel a eu connaissance de ces consignes.

Mais il ne s'est pas encore résigné à avertir les autorités de ce qui se passe dans son troupeau. Il préfère tabler sur une série malencontreuse de fausses couches, et n'ose lancer l'énorme machine prophylactique. « Dieu ! que les temps sont durs », dit-il, promenant son regard par la fenêtre de la bergerie. Au fond, la montagne semble endormie, couverte des pieds à la tête par une fourrure de sapins noirs. Levant la tête, Marcel aperçoit, là-haut, coulant vers la terre comme autant de peluches blanches, les flocons de neige qui recommencent à tomber. Et le froid, soudain plus vif, semble faire fumer le vent...

*

Très tôt, ce même matin du 15 janvier, Madeleine a quitté la bergerie au volant de sa Simca. À l'arrière, dans le coffre, la valise qu'elle a préparée la veille, et qui contient du linge de rechange pour trois jours, ces trois jours qu'elle compte passer à Paris. C'est Justin Gilles qui lui a donné l'idée de s'y rendre pour y trouver un avocat. Ici, dans la région, aucun défenseur n'est en effet de taille à se mesurer à Daniel Jonquières. Mais dans la capitale, Justin le lui a assuré, ce n'est pas pareil. Il lui a même fourni deux ou trois noms de conseils réputés pour leur pugnacité. Madeleine Solal ne s'est pas demandé pour quelle raison ce journaliste, ami de Martin Costes, et dont les articles ont déclenché toute l'affaire, lui a rendu ce service. En d'autres temps, bien sûr, elle se serait posé la question. Mais aujourd'hui, elle est trop préoccupée par le sort de son Christophe pour s'arrêter à ce genre de détail.

Elle passera par Albi, puis prendra le train pour Paris. Madeleine ne pense qu'à ce fils qu'elle n'a toujours pas revu, depuis que les gendarmes le lui ont pris, il y a maintenant trois semaines. Bien sûr, au lendemain de son arrestation, quand elle a enfin compris qu'il ne rentrerait pas au « Chant de la Vigne », elle n'a eu qu'une idée en tête. Lui rendre visite. Le lendemain de Noël, elle s'est présentée à la maison d'arrêt d'Albi, mais un gardien revêche lui a dit qu'elle devait, pour voir Christophe, obtenir l'autorisation du juge Fontaine. Alors, Madeleine Solal, vêtue de son plus beau manteau noir, chaussée de ses seuls souliers à talons, ceux qu'elle ne porte que pour les mariages ou les enterrements, s'en est allée au palais de justice, juste en face de la prison. Elle est entrée dans le bâtiment, a traversé la salle des pas perdus, avant de passer devant l'imposante salle du chapitre, où se déroulent les procès civils. Elle a accosté un avocat, qui déambulait, l'air affairé, auquel elle a demandé où se trouvait le bureau du juge Fontaine.

« Première à droite, ensuite, montez les marches », a-t-il lancé, sans même s'arrêter.

Une porte de bois sombre. Un garde qui s'avance. Madeleine explique qui elle est, et qui elle veut rencontrer. Le garde la fait asseoir sur un vilain banc, puis frappe chez le juge. Il entre, referme sur lui le battant de bois. Il ressort enfin, fait signe à Madeleine d'entrer.

Un petit homme à la main estropiée, qui la fixe, derrière un bureau impeccablement rangé. Voilà ce que Madeleine a aperçu, en entrant pour la première fois chez le juge Fontaine. Un rien interloquée, elle s'est immobilisée au seuil de la pièce. Ainsi, c'est lui, ce fameux juge, cet homme qui a défrayé la chronique au moment de l'affaire Bonnet. Celui qui, aujourd'hui, se dit persuadé de la culpabilité de son garçon, au point de le faire incarcérer.

« Je voudrais voir Christophe », a simplement dit Madeleine Solal, le regard fixé sur Charles Fontaine, attendant que le juge lui donne la fameuse autorisation.

Mais le magistrat, après l'avoir dévisagée quelques secondes, a hoché négativement la tête. Et d'une voix douce, tranquille, il a dit :

« Malheureusement, madame, c'est impossible. »

Impossible ? D'abord, Madeleine a cru avoir mal entendu. Pour quelle raison ce juge lui interdirait-il de rendre visite à Christophe au fond de sa prison ? Elle est sa mère. Et les mères ont toujours le droit de rencontrer leurs enfants, où qu'ils soient.

« Pour le moment, a poursuivi Charles Fontaine, toujours aussi serein, au moins en apparence, Christophe Solal est au secret. Nul n'est autorisé à le rencontrer, sauf bien sûr son avocat. Mais il n'en a pas désigné. »

Bien sûr, Madeleine aurait pu protester, crier, pleurer, supplier. L'espace d'un instant, elle a été tentée de le faire, mais elle y a vite renoncé. Car elle a lu, dans les yeux du juge, une réelle détermination. Et elle a compris qu'elle ne le ferait pas changer d'avis. Alors, elle a simplement hoché la tête, sans prononcer un mot, sans dire au revoir, elle s'est détournée, farouche. Et elle a quitté la pièce.

Assise dans le train qui la mène d'Albi à Toulouse, elle regarde défiler la campagne. Des champs gelés, à la terre noire et dure où, semble-t-il, plus rien ne poussera. Mais peu lui importe. Et peu lui importe, aussi, que ses bêtes soient malades.

« Fais pour le mieux, a-t-elle dit à Marcel. Moi, il faut que je m'occupe de Christophe. »

Le troupeau, les champs, la bergerie, le « Chant de la Vigne », rien ne l'intéresse plus que ce fils qui est peut-être un assassin, mais qu'elle entend sortir, envers et contre tout, de la prison dans laquelle il se trouve. Même si, pour cela, elle doit se ruiner à payer les honoraires de François Delmas, l'un des avocats les plus célèbres de la capitale.

*

C'est l'une des plus belles rues de Paris. Là, tout près du musée Rodin, à deux pas du dôme doré des Invalides, se dressent des immeubles de pierre de taille aux escaliers immenses, et dont les appartements ont des allures de chapelle. François Delmas occupe l'un d'eux, celui du deuxième étage. Il le loue pour une petite fortune mais il en a les moyens. À quarante-cinq ans seulement, il est l'un des avocats les plus riches de Paris, et peut-être même de toute la France.

Et pourtant, l'argent, François Delmas s'en moque. Ce qui compte, pour lui, c'est d'arracher ses clients à la prison, de les éloigner, à tout jamais, de tout enfermement, qu'ils soient innocents ou coupables. Une vocation ? Oui, bien sûr. Mais qui vient du plus loin de son enfance, de ce moment où, pour lui, tout a basculé dans un cauchemar dont il n'est jamais véritablement sorti... Il n'avait que quatre ans quand c'est arrivé. Il se souvient du drame comme si c'était hier. Ce jour d'hiver, sa mère était seule, avec lui, dans leur grand appartement du seizième arrondissement de Paris. Elle faisait chauffer du lait pour le chocolat de son goûter. Soudain, on a sonné à la porte. Qui était-ce ? Le facteur, apportant un pli recommandé ? La concierge, venue réclamer ses étrennes, puisque Noël approchait ? Quoi que ce fût, Mme Delmas, oubliant son lait sur le feu, s'est attardée sur le seuil. Et François, resté seul, a voulu faire son chocolat lui-même. Se hissant sur la pointe des pieds, il a attrapé le manche de la casserole, qui a basculé, répandant un flot de lait bouillant sur lui.

L'hôpital, pendant des mois. Des pansements sur le visage, sur les mains, sur les avant-bras. Le regard navré de sa mère, à chaque fois qu'elle vient le voir. Une douleur constante, parfois insoutenable, parfois sourde, lancinante, mais qui ne le quitte pas. François Delmas a quitté le monde de son enfance heureuse, peuplé de jeux et de rires, pour entrer dans celui de la souffrance. Au fil des mois, celle-ci a fini par s'atténuer. Mais il lui a fallu, ensuite, découvrir son nouveau visage, un visage qui ressemble à un masque, tant il est couturé de cicatrices, et où seuls deux yeux d'un noir profond semblent vivants.

Plus jamais, par la suite, François n'a été comme les autres. Pour lui éviter les regards moqueurs de ses camarades de classe, et la commisération de ses maîtres, il a reçu les cours d'un précepteur. Il a grandi seul, hormis lors des séjours à l'hôpital, au cours desquels les médecins ont tenté, intervention après intervention, de réparer les dommages subis. Ils n'y sont pas totalement parvenus. Pourtant, loin de se replier définitivement sur lui-même, François Delmas a décidé à vingt ans de s'inscrire en faculté de droit, et de devenir avocat. Une provocation ? Peut-être. Mais la première fois qu'il est entré dans un parloir de prison, il a compris qu'il avait bien fait. Car lorsque l'homme qu'il devait défendre, en vertu d'une commission d'office, est arrivé dans la pièce où il l'attendait, il n'a même pas cillé en voyant son visage. Bien au contraire, il lui a tendu la main. Puis, levant vers lui des yeux confiants, il a dit :

« Alors, c'est vous, mon avocat ? »

C'est à cet instant que François Delmas a compris qu'il avait trouvé sa voie.

Dix-sept heures. La sonnette de la porte retentit. Madeleine Solal, ponctuelle, arrive à son rendez-vous. Dans son bureau, Delmas l'attend. Il sait qui elle est, et quel dossier elle lui apporte. Il sait, aussi, qu'il l'acceptera. Innocent ou coupable, Christophe Solal est, comme lui, un blessé de la vie. Il le défendra. Comme il a défendu tous les autres. Soucieux d'oublier, dans leurs défaillances, dans leur duplicité ou leurs crimes, la brûlure qui a fait de son visage une plaie à jamais ouverte.

*

Voilà. C'est fait. Madeleine est rentrée chez elle, après son bref séjour à Paris. Et même si elle n'a reçu aucune nouvelle de Christophe, elle se sent mieux. Réconfortée par son entretien avec François Delmas. Un homme bien, et un grand avocat, elle l'a compris d'instinct. Quand elle est entrée dans son bureau, elle a été frappée par son visage, un masque de cire où seuls les yeux très noirs semblaient animés. Mais dès que la voix chaude, douce, persuasive, du défenseur s'est élevée, elle s'est sentie rassérénée. À mots lents, à phrases brèves, elle s'est mise à lui parler de son fils. Et tout lui est revenu, pêle-mêle. Le premier sourire, les premiers pas, les premiers mots, les premières promenades sur le Causse, avec les bêtes. Les livres qu'il dévorait le soir, à la lueur d'une petite lampe de poche, pour que Madeleine ne le surprenne pas. L'instituteur, qui voulait qu'il fasse des études. Et tous les Noëls, tous les anniversaires.

« Regardez, a dit Madeleine à François Delmas. Je vous ai apporté des photos. »

Elle a attrapé son sac, un lourd cabas de cuir noir, et avec des gestes gauches, tant elle est émue, elle en a tiré une enveloppe, qu'elle a tendue à l'avocat. Celui-ci a examiné les clichés qu'elle contient un à un. Enfin, pour apaiser Madeleine qui le regardait tout à coup éperdue, il a dit, avec un hochement de tête rassurant :

« Ne vous inquiétez pas, madame. Je vais écrire à votre fils, pour lui dire que vous souhaitez que j'assure sa défense. Dès qu'il en aura averti le juge, je me procurerai un permis de communiquer, et lui rendrai visite. »

C'est sur ces mots que l'entretien s'est terminé. Et, pendant tout le voyage de retour, Madeleine se les a répétés, encore et encore, comme une litanie destinée à chasser le chagrin et le désespoir. À présent, seule dans sa maison dont elle a tiré la porte et claqué les volets, sans une pensée pour le troupeau haletant dans la bergerie, elle continue à les murmurer. Alors que la nuit commence à tomber, dehors, et que l'autan siffle et gémit.

Trois petits coups à la porte. C'est Marcel. Il en a terminé avec les moutons et vient demander des nouvelles. Contente tout à coup d'avoir de la visite, Madeleine le fait asseoir dans sa cuisine. Tout en lui parlant, elle se dirige vers la panière, pleine de vieilles miches. Ce sera leur repas du soir mais il aura la saveur des « pains perdus » de son enfance. « Pas perdus pour tout le monde », disait immanquablement son père. Un humour qui ne faisait rire personne à la maison. La poêle en cuivre est déjà sortie. Elle casse un œuf qu'elle bat avec un verre de lait. D'une main légère, elle trempe le pain dans le mélange, le retirant très vite avant qu'il ne s'imbibe. Là est le secret de la réussite. Une noisette de beurre au fond du plat, deux minutes de cuisson, recto verso, et voilà. Le repas est prêt, à manger chaud et sucré. Avant de s'attabler, et pour revivre pleinement les soirées de sa jeunesse, Madeleine jette une brassée de bois sec dans la cheminée. La flamme tire sa langue bleue, puis siffle avant de s'écraser sur les bûches, comme pour mieux les envelopper. C'est seulement quand le feu se met à chanter que Madeleine et Marcel approchent leurs assiettes...

Ils ont dîné en silence, Madeleine observant son garçon de ferme du coin de l'œil. Christophe lui voue une véritable admiration. Un homme capable de soulever sans sourciller les sacs de grain ou de retourner d'une main le brabant tout en menant l'attelage force le respect. Et puis il sait tout sur la vie, la nature, le ciel, les oiseaux, les moutons et même les bleus de l'âme. Ce soir-là, Madeleine a mesuré toute la chance qu'elle avait d'avoir Marcel à ses côtés. Mais elle n'a rien laissé paraître. Ici, dans ce coin du Tarn, les gens se taisent, c'est le royaume du non-dit. Et à y vivre, elle a fait siennes, peu à peu, leurs habitudes...

XII

Journal de Justin Gilles :

Tout le mois de janvier s'est écoulé au rythme des fouilles effectuées dans le Sidobre. Comme ils ne trouvaient aucun corps autour du roc de l'Oie, les gendarmes ont décidé d'élargir leur champ d'investigations. Le redoux leur a d'ailleurs facilité la tâche. La terre étant plus meuble, ils ont pu creuser comme bon leur semblait. Puis la neige est revenue, mais elle n'a pas arrêté leurs recherches. Aussi étrange que cela paraisse, le spectacle de ces dizaines de terrassiers improvisés a fini par devenir familier aux habitants de la région. Les fouilles qui faisaient la une de *La Montagne noire* ont été reléguées en seconde page. Puis en troisième, en quatrième et pour finir, le rédacteur en chef a choisi de cesser d'en parler, au moins tant qu'on n'aurait rien trouvé. Il a décidé de m'envoyer à Dourgne, pour préparer les fêtes de la Septuagésime. Pour m'y être rendu à plusieurs reprises, je connais bien ce village serti dans la partie déclinante de la Montagne noire, à trente kilomètres seulement de Mazamet. L'endroit est réputé pour être au cœur d'un ensemble de lieux magiques. Sur ordre, j'ai donc repris le chemin de Notre-Dame-de-la-Drèche, où les femmes venaient jadis chercher la fécondité, puis j'ai gagné la forêt de la Grésigne, où des centaines de pèlerins viennent implorer la Vierge, à Notre-Dame-de-Mespel. Enfin, j'ai assisté à la fête donnée comme chaque année à Dourgne. Et j'ai regardé les garçons et les filles vêtus de costumes moyenâgeux faire le tour du bourg, sur des charrettes décorées...

Mais tous les soirs, j'ai pris soin de téléphoner à Daniel Jonquières, pour m'assurer qu'il n'y avait rien de nouveau dans l'affaire Solal. Puis, en rentrant, Lucien Voile, le contremaître de l'usine de laine Sagnes, est venu me trouver.

*

Un journal, ce n'est pas seulement du papier. C'est aussi, c'est surtout, le résultat des efforts accomplis par des dizaines d'hommes, qui forment une chaîne fine et serrée. Parfois, dans une rédaction, on se croirait dans une ruche, tant l'agitation et la fébrilité sont grandes... C'est le cas, en ce début février, à *La Montagne noire*. Une fois encore, l'Algérie fait la une. Penchés sur leur machine à écrire, les trois localiers du quotidien terminent leurs articles. Alain Faguet s'escrime sur le compte rendu des noces d'or de Ghislaine et Robert Boussuges, qui ont réuni hier dans la salle des fêtes de Lacroze plus de cent personnes. Michel Ourderaux, lui, s'interroge sur la brucellose, qui a frappé plusieurs exploitations ovines de la région et qui pourrait bien causer la faillite de nombreux petits éleveurs. Quant à Justin Gilles, pour une fois, il s'est vu attribuer un reportage sur le rugby dans la région. Voilà deux bonnes heures déjà qu'il potasse les archives, pour rédiger son « papier »...

« Justin ! Le rugby, tu le rends quand ? »

Justin relève la tête. Face à lui se tient Pascal, l'un des secrétaires de rédaction chargés de revoir la « copie », de la calibrer, de la coter, avant qu'elle soit envoyée à l'impression. Ils sont toujours pressés, ceux-là et pour cause. Ce sont eux qui régulent les localiers, qui ne commencent à travailler que le couteau sur les reins. Comme Justin, aujourd'hui.

« Je te rendrai mon papier dans deux heures, Pascal, répond-il.

– Deux heures ! Pas une minute de plus ! »

Le secrétaire de rédaction est déjà reparti. Avec un soupir – écrire est parfois une corvée, même quand cela vous passionne –, Justin Gilles s'empare d'une feuille blanche, et la glisse dans sa machine. Puis il commence.

Toute la ville de Mazamet, toute la région même vivent aux heures de leur équipe de rugby : le Sporting. Adulant l'homme qui a fait exploser le rugby mazamétain, Jean Fabre, le « président au béret », industriel délaineur. Discret, solitaire, mais proche de tous. Il a géré son club comme on s'occupe de sa famille, plaçant les joueurs dans les commerces de la ville. Masbou au service des eaux, par exemple. « Au moins quelqu'un qui ne touchera pas à la marchandise », disait le président en riant. Faure, lui, tient la boucherie de la rue Basse. Quaglio, Manterola se sont mis à la laine et au cuir. Mais tous ces joueurs, aussi talentueux soient-ils, ne suffisent pas à faire une grande équipe et c'est l'arrivée en 1956 d'un jeune médecin qui va tout changer : Lucien Mias deviendra en quelques années la coqueluche du rugby mondial, battant même à la tête de l'équipe de France les fameux Springboks sur leur terrain. À Mazamet, il est le capitaine intelligent, humain et volontaire. Le Sporting ratera de peu la finale du championnat en 1958 face à Lourdes, mais gagnera le « Du Manoir » contre Mont-de-Marsan, trois à zéro !

Cette année suscite les pires inquiétudes : les grands du Club parlent de raccrocher. Les retraits de Dufour, Lepatey, Jouclas, et surtout de Lucien Mias sont annoncés à demi-mot. Toute la vallée du Thoré prend le deuil d'une équipe dont elle sait qu'elle n'atteindra plus les sommets. Sur le stade, à la « Chevalière », les rencontres sont de plus en plus agitées. Les arbitres ont peur, la foule s'enflamme, les débordements se multiplient. Tout ceci préfigure déjà la descente en deuxième division, et une région qui perd espoir.

« Justin ? »

Pascal, le secrétaire de rédaction, se tient de nouveau dans l'encadrement de la porte.

« Mais ça ne fait pas deux heures ! proteste le localier. Je n'ai pas terminé !

– Il y a quelqu'un qui veut te voir. Un certain Lucien Voile. Il dit que ça a un rapport avec l'affaire des disparues de la Saint-Jean. »

C'est ainsi que Justin Gilles a fait la connaissance du contremaître de l'usine de laine. Un grand gaillard à l'air timide, aux cheveux bruns parsemés de gris, au visage carré barré d'une grosse moustache, aux mains noueuses.

« Monsieur Gilles, a soufflé Lucien Voile, à peine assis, il faut que je vous parle de la petite Clémence. »

Ensuite, à voix basse, comme on se confesse, l'homme a entamé un long monologue. Et Justin, face à lui, l'a écouté évoquer sa liaison avec l'une des trois jeunes disparues.

C'est quelques semaines seulement après l'embauche de Clémence que c'est arrivé. Jusque-là, Lucien Voile n'était jamais sorti du droit chemin. C'était un bon mari, et un excellent père pour Jacques et Martine, les deux enfants que lui avait donnés Brigitte, son épouse. Un homme honnête, respectable, de ceux qui vont tous les dimanches à la messe, et qui mettent chaque mois de côté une partie de leur salaire, pour se constituer un solide bas de laine. À l'usine, Lucien était considéré comme un excellent contremaître, à la fois juste, sérieux, et compréhensif quand il le fallait. Bien sûr, il ne lui serait jamais venu à l'idée de séduire l'une des ouvrières se trouvant sous sa coupe et pourtant, ce n'était pas les occasions qui lui avaient manqué. Mais avec la jeune Clémence, tout a changé.

« À l'époque, dit Lucien à Justin Gilles, qui l'écoute, figé sur son siège, elle n'avait que dix-sept ans. Mais c'était déjà une femme, et elle le savait bien. Elle avait une manière de vous regarder, droit dans les yeux, qui ne laissait aucun doute sur ses intentions. Elle n'était pas effrontée, non. Plutôt volontaire, têtue. Elle savait ce qu'elle voulait, quoi. Ce qu'elle voulait, c'était moi. »

Un silence. Puis, à phrases lentes, Lucien Voile poursuit :

« Je n'ai jamais compris pourquoi je l'attirais. Il y avait à l'usine bien d'autres gars plus jeunes et plus beaux. Mais c'est moi dont elle est tombée amoureuse. Elle s'est arrangée pour m'aguicher, pour me rendre fou. Et j'ai fini par coucher avec elle. La première fois, ça s'est passé dans un champ, tout à côté de l'usine. Après, quand ça a été terminé, elle a passé sa main dans mes cheveux, et elle m'a dit : "Ne t'inquiète pas pour ta femme. Entre nous, ça ne durera pas. Bientôt, je partirai pour Paris, et plus personne n'entendra jamais parler de moi." Moi, j'ai cru que c'était une boutade. Je lui ai répondu : "Mais qu'est-ce que tu vas bien pouvoir faire, à Paris ? Tu ne connais personne, là-bas." Alors, elle a souri d'un air malin, et elle m'a dit : "J'ai trouvé une annonce, dans un journal. Un bar, qui demande des serveuses. Je leur ai écrit, et ils m'ont dit que c'était d'accord, que je pouvais venir. Avec le salaire que je vais toucher, je pourrai bientôt m'habiller chez les grands couturiers." »

Lucien Voile s'interrompt. Hochant la tête, il reprend, d'une voix toujours aussi lente :

« Moins d'une semaine plus tard, j'ai appris qu'elle avait disparu. Alors je me suis dit qu'elle était montée à Paris, comme elle avait prévu de le faire.

— Mais pourquoi, à l'époque, n'en avez-vous pas parlé aux gendarmes ? demande Justin Gilles, interloqué. Tout le pays a cherché cette jeune fille !

— Elle m'en aurait voulu, si je l'avais dénoncée, répond Lucien Voile. Puis, surtout, j'avais peur qu'on apprenne notre liaison. Ma femme, je la connais, elle ne l'aurait pas supportée. »

Une dernière pause, avant que Lucien Voile termine sa confession.

« Après vos articles, les gendarmes sont passés à l'usine, et ils m'ont interrogé. Moi, j'ai fait celui qui n'était au courant de rien. De toute façon, Clémence, je ne pouvais pas l'avoir tuée, vu qu'à l'époque de sa disparition, j'étais en Bourgogne, avec toute ma famille. C'est bien ce que j'ai dit aux enquêteurs, et j'ai cru que tout en resterait là. Mais après, ils ont arrêté le fils de Madeleine Solal, et vous avez écrit, dans votre journal, qu'il avait avoué avoir assassiné Clémence. Ça, ça m'étonnerait, vous voyez. Parce que Clémence, elle est partie à Paris. »

*

Lorsque François Delmas s'est présenté à la prison d'Albi, pour rencontrer son client, Christophe Solal était au secret depuis de longues semaines déjà. Sur ordre de Charles Fontaine, il avait en effet été placé en isolement. Enfermé dans l'une des cellules situées au fin fond de la prison, à l'étroite fenêtre barrée d'un grillage doublé de barreaux, le jeune homme était seul, de jour comme de nuit. Et il ne sortait de son réduit que pour faire quelques pas dans une cour minuscule, désertée par tous les autres prisonniers…

Sept heures. La prison s'éveille. Un gardien s'approche de l'œilleton qui troue la porte de fer de la cellule, puis il toque contre la porte, à l'aide de l'une des clefs de son trousseau. Il attend, pour être sûr que Christophe se lève bien et qu'il plie sa couverture de laine rêche, puis l'œilleton se referme. Christophe avance alors jusqu'au lavabo scellé au mur – quatre pas en avant – et il se passe un peu d'eau sur le visage, avant d'aller se rasseoir sur son lit – quatre pas en arrière. Quelques minutes plus tard, la porte s'ouvre sur un chariot contenant de lourdes gamelles de café et du pain sec. Puis elle se referme. Et une longue, une interminable journée commence, rythmée seulement par les repas – douze heures, dix-huit heures –, la distribution du courrier – mais sur les ordres de Charles Fontaine, les nombreuses lettres que Madeleine a adressées à son fils ne lui sont pas remises –, et une courte promenade dans une petite cour grillagée – un camembert, dit-on en argot pénitentiaire. Christophe n'a pas pour autant vue sur le ciel. D'ailleurs, il lui semble que l'horizon n'existe plus, remplacé par des murs de fer, grillages, portes, barreaux, barbelés, qui enserrent, étouffent, tassent, désespèrent. Pour fuir, Christophe, utilisant d'instinct le stratagème de tous les prisonniers du monde, se recroqueville sur son bat-flanc, genoux contre menton, et ferme les yeux. Dans le silence absolu qui règne autour de lui – sa cellule est située dans un endroit si reculé qu'il n'entend même pas les bruits de la prison –, il se remémore sa maison, sa bergerie, son troupeau. Et, tout à coup, le voilà de nouveau dehors, l'été, dans la nuit éclairée d'un croissant de lune. Marcel et lui sont accoudés à la barrière de l'enclos. La lueur lunaire s'auréole en glissant sur la laine blanche du troupeau. Les deux hommes ne parlent pas. Ils observent, ils guettent chaque bête, toujours inquiets du bobo que l'on décèlera trop tard. Les tiques sont nombreuses. Les acariens font des ravages.

Un bruit de pas dans le couloir. L'œilleton qui se soulève. C'est un gardien qui vérifie que le prisonnier ne cherche ni à se suicider, ni à s'évader. Dérangé dans son rêve, Christophe ferme un peu plus les yeux. De toute la force de son imagination, il se projette de nouveau dehors. Le voilà sur le sentier de terre battue qui mène de la Vitarelle au causse de Labruguière. Il fait chaud. Si chaud ! Le bruit sourd des pattes sur le sol sec est rassurant. Le troupeau est bien compact. La poussière monte, enveloppe les petits chênes verts et les genêts. Après le départ de la bergerie, les choses sont toujours ainsi : en ordre, mais en mouvement. Puis lorsque le petit pont du moulin Lautié est passé et que le chemin se met à descendre, le troupeau dévale, il éclate en bêlant. Et les agneaux sautent, bondissent, sous l'œil placide des mères jamais surprises de ces folies furieuses... À l'arrière, Christophe jette un œil sur les brebis à la traîne. Il lance le chien. « Bai lou Caire », et Joufflu s'exécute. Parfois même, il anticipe sur son maître, sachant bien qu'un troupeau émietté est un troupeau égaré. Mais c'est rare car Christophe est toujours d'une vigilance extrême.

C'est ainsi que, pour le jeune prisonnier, le temps s'écoule. Puis, un jour – quel jour ? il n'en sait rien, perdu qu'il est dans ses songes – la porte s'ouvre à seize heures, un horaire pour le moins inusité. Et un gardien lui annonce que son avocat l'attend.

*

En cette fin janvier, la nuit tombe vite. « Elle est chaude dès cinq heures du soir », dit joliment Madeleine. Et ce n'est pas un brin de lune qui va la refroidir. La maisonnette s'est repliée sur elle-même, les volets fermés. La solitude semble grandir avec l'obscurité. Madeleine éteint les lampes, et allume quelques bougies avant de s'asseoir dans la cheminée. À l'intérieur même du foyer encadré par deux bancs de granit adoucis par des coussins. L'âtre est immense et la crémaillère paraît pendue sous le ciel tant on l'imagine s'échapper par le conduit. La boîte à sel, petite caisse en merisier, ne sert guère. Jules en a fait son refuge. Jules, c'est le chat de Madeleine, son garçon, dit-elle, un gouttière aux rayures brunes et blanches, qui lui donnent un air bonhomme. Ils s'observent tous deux, stoïques et réservés. Et, soudain, sur les lèvres de Madeleine, un sourire s'esquisse. Un mince sourire, interrompu par un miaulement de tendresse du gros Jules. Sa gueule s'entrouvre mollement, ses yeux papillonnent, et sa tête se redresse en cadence comme pour un discours amoureux. Une litanie de regards tristes, dans une maison qui ne vit plus. Seule la soupe lâche encore une épaisse odeur de poireaux, navets et choux. En emplissant la cuisine, elle donne l'illusion d'un lieu habité, mais elle augmente encore la tristesse de Madeleine. À humer son odeur, elle se souvient de ce mariage auquel Christophe et elle avaient été invités, il y a moins d'un an. Des noces au cours desquelles son fils était allé voler des choux, comme le veut la tradition, avant de les remettre à la mère de la mariée. Celle-ci en avait fait un beau potage, destiné à donner de la force aux jeunes époux et à leur offrir ainsi une belle nuit de noces. Elle revoit encore le visage radieux de son garçon, revenu des champs, des choux plein les bras, et ce sourire qu'il lui avait adressé, avant d'aller porter son butin. Et à ce souvenir, elle, pourtant si forte, se met tout à coup à pleurer...

Mais Madeleine Solal n'est pas de celles qui s'attendrissent trop longtemps. D'un geste brusque, elle essuie de la main les larmes perlant le long de ses yeux. Puis elle va s'asseoir à son bureau. Toute sanglotante, elle prend une feuille de papier et un stylo.

« Mon cher Christophe, écrit-elle, je suis sûre que les choses vont bientôt s'arranger. Me François Delmas est allé consulter ton dossier, et il m'a écrit, pour me dire qu'il avait de bonnes raisons d'espérer. Prends patience, mon fils. Bientôt, j'en suis sûre, tu seras rentré... »

*

« C'est forcément moi qui les ai tuées. »

François Delmas exerce la profession d'avocat depuis très longtemps. Mais jamais encore il ne s'est trouvé face à un client aussi pathétique. Lorsque Christophe Solal est entré dans le parloir où il l'attendait, il avait l'air hagard. D'une maigreur extrême – à croire qu'il n'a rien avalé depuis qu'il a été placé en détention –, il a les yeux injectés de sang, les mains tremblantes. Puis, surtout, il paraît terriblement abattu. Un jeune homme à bout de forces, qui, d'emblée, jette sa culpabilité au visage de son défenseur.

« Elles ne voulaient pas que je les embrasse, ajoute-t-il, tête baissée, paupières clignant comme celles d'un oiseau de nuit, une ampoule éclaire la pièce d'une lumière crue, à laquelle il n'est plus habitué. Alors je les ai étranglées. Ensuite, je suis allé enterrer leurs corps, dans le Sidobre, tout près du roc de l'Oie. »

Un silence. François Delmas observe longuement son jeune client. Dit-il vrai ? Ment-il ? Ce qui est sûr, c'est qu'il faut absolument que Christophe Solal revienne sur ses aveux s'il veut sauver sa tête.

« Monsieur Solal, dit lentement François Delmas, je ne suis ni policier, ni gendarme, ni juge d'instruction. Mon rôle à moi, c'est de vous défendre le mieux possible. Alors nous allons reprendre ce dossier depuis le début. »

L'avocat ouvre la chemise qu'il a posée sur la petite table de bois qui le sépare de Christophe.

« Pour commencer, dit-il, parlez-moi un peu des conditions dans lesquelles s'est déroulée votre garde à vue. »

*

Chaque jour qui passe, Charles Fontaine enrage un peu plus. Chaque jour, il presse Martial Beau d'accélérer les fouilles. La semaine dernière, il a reçu la visite de François Delmas, l'avocat désigné par Christophe Solal. Et celui-ci ne lui a pas caché qu'il allait demander la liberté provisoire de son client.

« M. Solal a fait l'objet de multiples pressions, a expliqué Delmas, de sa voix rauque, reconnaissable entre mille. Il m'a expliqué qu'au cours de sa garde à vue, les gendarmes l'ont empêché de manger, de boire, et même de dormir. Pire encore. Ses interrogatoires se sont déroulés alors qu'il souffrait d'une forte fièvre, et je considère, pour ma part, que les procès-verbaux qu'il a signés ne contiennent que des propos relevant du pur délire. »

Me Delmas s'est interrompu une seconde puis, avec un haussement d'épaules méprisant, il a conclu :

« Oh ! Bien sûr ! Vous allez me dire qu'il a réitéré ses aveux devant vous. Et je reconnais que c'est la vérité. L'ennui, voyez-vous, c'est que le capitaine Beau, qui a procédé aux interrogatoires, était là, lui aussi. Et sa présence suffit à entacher les déclarations de mon client de nullité… »

Face à l'avocat, Charles Fontaine n'a pas bougé, pas cillé. Il a simplement pris acte des déclarations de François Delmas, et lui a assuré qu'il entendrait très prochainement son client. Mais à peine Delmas sorti, il a décroché son téléphone, pour appeler le capitaine Beau.

« Élargissez encore le champ des recherches, a-t-il ordonné. Et trouvez ce qui reste de ces trois jeunes filles, avant que je ne sois obligé de relâcher le jeune Solal ! »

*

Sale temps, ce mardi de la mi-mars. La pluie agace le troupeau des Solal, un troupeau qui a jusqu'à présent échappé à l'épidémie de brucellose qui sévit dans la région. « Elle est froide, quand elle vient du nord », dit Marcel, à haute voix, en essuyant l'eau qui tombe sur ses joues. Les fronts nuageux ont franchi les monts de Lacaune, et sont venus se coller sur la Montagne noire pour s'y déverser. « Nous, on dérouille ! Macarel ! » ajoute Marcel en criant. Le propos a couru le long du troupeau. Quelques brebis ont bêlé, faisant mine d'acquiescer. Marcel les mène au Pradel de la Châtaigneraie, près de Trémengous. Une heure de marche et de sautillements. « Diable, pense-t-il, heureusement que les forestiers ont ouvert les chemins ! On y gagne un temps ! Enfin le Pradel ! » Les bêtes s'écartent très vite comme pour reprendre leur respiration, mais c'est pour aller occuper en priorité le bon coin. Marcel va devoir les garder et rester là. Un chien errant qui traîne dans les parages a déjà tué deux agnelles chez les Baveu, à deux bois d'ici. Le berger s'accroupit derrière le tas de bûches rangées au fond du pré. Le vent du nord prend élan et saute le bûcher. Tant mieux, sur cette prairie doucement ondulée, affûtée par le soleil et le vent, on est à l'aise et à l'abri. Marcel tire la boîte en fer coincée sous le stère, il l'ouvre. Tirettes successives. Puis tout vient, brusquement, faisant sauter sur ses genoux le saucisson, ainsi qu'une grosse gousse d'ail de Lautrec. L'ail rose que Marcel pèle, avec application, et applique sur son pain, avant de le porter à sa bouche et d'y mordre, goulûment, en pensant à Christophe, dont c'était le mets favori…

Malgré la demande de mise en liberté déposée par son avocat, Christophe croupit toujours en prison. Et Madeleine, elle, n'a toujours pas obtenu la permission d'aller le voir. Est-ce digne d'un pays civilisé, d'enfermer comme ça les gens, juste parce qu'ils ont raconté n'importe quoi aux gendarmes qui les interrogeaient ? Marcel se le demande mais au village, on ne se pose pas autant de questions.

« Quand on avoue, c'est bien qu'on est coupable, a lancé l'autre jour le boulanger au vieux Marcel. Pourquoi est-ce qu'il serait allé raconter tout ça aux gendarmes, ton Christophe ? Allons. C'est bien lui qui les a tuées, les trois petites. Et je vais te dire. Ils n'ont pas intérêt à le relâcher. Parce que sinon, à Lacroze, on va lui faire sa fête... »

*

Journal de Justin Gilles :

Le récit que m'a fait Lucien Voile m'a troublé, bien sûr. S'il ne m'a pas totalement convaincu – après tout, la petite Clémence avait bien pu être assassinée par un autre homme que son amant –, j'ai eu un doute, tout à coup, sur la thèse que j'avais moi-même échafaudée, celle d'un maniaque, tuant l'une après l'autre de très jeunes filles. Et si, par hasard, je m'étais trompé ? Si j'avais lié des affaires n'ayant rien à voir l'une avec l'autre ? Après tout, mis à part l'affaire Bonnet, je n'avais jamais eu à traiter aucun fait divers d'envergure...

Voilà pourquoi j'ai supplié Lucien Voile d'aller voir le juge Fontaine, pour lui raconter tout ce qu'il venait de me dire. Il ne m'a répondu ni oui, ni non, seulement qu'il allait réfléchir. Mais moi, de mon côté, j'ai décidé de reprendre l'enquête de zéro. Pour cela, j'ai demandé un congé, et je suis monté à Paris, pour la première fois de ma vie. Là, j'ai essayé de retrouver Clémence...

XIII

Une aiguille dans une botte de foin. Voilà ce que cherche Justin Gilles, dans une capitale qu'il apprend à découvrir, pas à pas, rue après rue. Mais pour retrouver la jeune Clémence, le localier n'est pas seul. À peine arrivé, il est en effet allé quêter de l'aide auprès de l'un de ses confrères, rencontré dans le Tarn au moment de l'affaire Bonnet. Un vieux routier du fait divers, enquêteur à *Détective*, le journal fondé par Joseph Kessel...

Gérard Pasquet a été embauché comme reporter dans cet hebdomadaire spécialisé dans le crime il y a douze ans. À cette époque, ce jeune homme rondouillard, à la mine joviale, aux yeux pétillant d'intelligence, a tout juste vingt-deux ans. Abandonné par sa mère à l'âge de trois mois, il a grandi à l'Assistance publique, et est sorti de l'école quasiment inculte. Mais le petit Gérard a d'autres qualités. Il excelle en effet dans l'art de nouer le contact et de faire parler les gens. Toutes choses fort utiles à *Détective*, puisque les reporters envoyés sur le terrain se contentent de récolter les informations, avant de les transmettre à des « nègres », écrivant des articles qui, pour être quelque peu romancés, n'en reflètent pas moins scrupuleusement la réalité. Entré au journal comme simple coursier – un point commun avec Justin Gilles qui, plus tard, rapprochera les deux hommes –, Pasquet a rapidement gagné ses galons de grand reporter. Au cours de ses douze années d'enquêtes, il a côtoyé tous les univers, des plus huppés aux plus sordides. Et grâce à sa gouaille et à sa jovialité, il s'est fait l'ami des policiers, mais aussi de nombreux truands de la capitale.

« Ton histoire m'intéresse, a-t-il dit à Justin, après l'avoir écouté raconter l'affaire des disparues de la Saint-Jean. Je vais t'aider à retrouver ta Clémence, mais attention, si on y arrive, tu me réserves la primeur de son interview. D'accord ?

Et c'est ainsi que Justin a commencé une longue, une interminable quête, qui l'a mené de Pigalle à Barbès, en passant par la Madeleine, les Champs-Élysées, et Saint-Lazare. Pour Gérard Pasquet, en effet, la fameuse annonce dont la jeune fille avait parlé à Lucien Voile visait sans doute à recruter des « hôtesses montantes » soit, en termes clairs, des prostituées. De bars en cabarets, de restaurants en cafés louches, de cercles de jeu en hôtels de passe, Justin Gilles visite donc un Paris bien particulier. Il fait ami-ami avec le patron du Chat Noir. Il sourit à des dizaines de prostituées, des blondes, des rousses, vêtues de cuir ou de satin, fardées comme des princesses. Il fait semblant de boire quantité de coupes de champagne, trempant les lèvres dans le liquide mousseux avant de reposer le verre, sans en avaler la moindre gorgée. Aux côtés de Gérard Pasquet, il rencontre des flics, des truands, de petites gouapes, des demi-sels pleins d'assurance – et, bien sûr, toutes sortes d'indics. Mais aucun d'entre eux ne reconnaît la jeune Clémence sur la photo qu'il leur présente. Et personne, non plus, ne semble avoir entendu parler d'une toute jeune fille débarquée sur le pavé parisien, il y a trois bonnes années.

« Patience, Justin, dit Gérard Pasquet, après chaque nouvelle déconvenue. Patience. Pour le moment, nous ne faisons que lancer les hameçons. La pêche se révélera peut-être meilleure que tu ne penses. »

*

La douceur de mars s'est installée, Marcel l'attendait pour procéder aux semis de printemps. L'orge et le blé surtout, qui servent à engraisser les moutons, à « finir » les broutards quand ils sont sevrés et que l'herbe les a gavés, mais sans les faire grossir. Une bonne poignée de graines chaque soir, et les voilà qui s'épanouissent. Ici, on dit qu'ils « profitent ». C'est meilleur pour la vente mais aujourd'hui, le semis ne sera pas possible. Trop de vent. Trop de rafales surtout. Des rafales versatiles, tantôt d'un côté tantôt de l'autre. « Ça vous entraîne les graines au même endroit ou ça vous les vole au creux de la main », ronchonne Marcel. C'est l'autan qui souffle. Il vient de l'est, va butter sur la colline des Raynaud puis revient en tourbillonnant, échevelé, agaçant. Et cependant dans le haut du ciel, les nuages ne bougent pas. C'est le propre de ce vent venu de la mer, distante de soixante kilomètres. Il balaie les basses couches et vous gâche la vie dans les cinq cents premiers mètres de l'atmosphère. Parvenu au-delà, il se fait tout paisible. Marcel renonce donc aux semis, et entreprend de commencer la tonte. Une sale besogne quand on est seul. Elle réclame une souplesse et une dextérité que le vieux berger a perdues depuis longtemps. Heureusement, Madeleine a investi dans une tondeuse électrique. Une petite prouesse technologique que cet outil. Il transforme le mouvement rotatif en mouvement alternatif, les peignes et les contre-peignes glissent au moyen d'une biellette, le tout en acier. Dur à l'usure. Toutes les trente brebis, il faut affûter la tondeuse après en avoir trempé la tête dans de l'eau chaude et huilée.

Mais le plus acrobatique dans la tonte, c'est d'abord de récupérer la brebis, de l'arracher au sol par la patte, puis de la basculer sur le train arrière en équilibre sur la colonne vertébrale. Marcel maîtrise l'exercice mais il s'épuise vite quand il s'agit de coincer l'animal entre les jambes, l'immobiliser, tendre la peau d'une main et tondre de l'autre. Au moindre sursaut, la tondeuse blesse la bête. Voilà pourquoi Marcel peste contre tant de solitude et repousse sans cesse l'échéance des tontes. Mais aujourd'hui, il faut y aller. Il s'arrêtera à la dixième brebis, c'est tout ce que son corps fatigué peut supporter. Et il ne peut pas compter sur Madeleine, toujours aussi absente, aussi lointaine. Il y a deux semaines, le juge Fontaine a enfin autorisé Christophe à lui écrire.

Depuis qu'elle a reçu la première lettre de son fils, elle ne vit plus que pour le moment où le facteur, Gustave Bruges, arrive à la bergerie. Et si elle accomplit les gestes familiers du ménage, elle s'interrompt, toutes les trois minutes, pour aller à la fenêtre et le guetter. Ce matin, elle est en train de laver sa cuisine à grande eau quand elle l'aperçoit qui marche sur le sentier, son gros sac en bandoulière. Alors, rejetant de la tête une mèche rebelle qui lui tombe sur les yeux, elle plante là son seau et sa serpillière, essuie d'un geste brusque ses mains à son tablier, puis court jusqu'au seuil de sa porte.

« Le courrier, madame Solal. »

Le vieux Gustave – bientôt soixante ans, dont quarante passés au service exclusif de la Poste – vient de sortir du sac une liasse de lettres dont Madeleine s'empare vivement. Elle le remercie. Mais, trop impatiente de savoir si une lettre de Christophe s'y trouve, elle ne lui propose pas le petit verre de goutte habituel. Et Gustave s'en va, hochant la tête, mi-vexé, mi-furieux de se voir traité de la sorte… Avant l'arrestation de son garçon, Madeleine Solal était déjà à demi sauvage, bien trop fière à son goût. Aujourd'hui, elle ne prend même plus la peine d'être polie. Trop occupée à défendre le fils de Louis. Tout en hochant la tête d'un air désapprobateur, Gustave Bruges rebrousse chemin. Madeleine, elle, dans sa cuisine, détaille hâtivement les enveloppes. Une facture d'électricité. L'exemplaire du jour de *La Montagne noire*. Un faire-part de décès, bordé de noir. Qui est mort ? Madeleine le saura plus tard. Car, enfin, elle découvre une enveloppe de méchant papier grisâtre, sur laquelle s'étale l'écriture de son fils. Vite, très vite, elle la décachette, puis en parcourt le contenu.

« Chère maman, écrit Christophe. Me Delmas est venu me voir ce matin. Il m'a annoncé que ma mise en liberté avait été refusée. Mais il ne désespère pas de l'obtenir. J'espère que ce sera pour bientôt, parce que Marcel doit être bien fatigué, avec tout le travail qu'il y a à abattre en ce moment, chez nous. Rassure-toi. Je serai bientôt là. Tu me manques. Je t'embrasse. Christophe. »

Madeleine a terminé sa lecture. Sans plus se préoccuper de sa cuisine en chantier, seau d'eau d'un côté, serpillière de l'autre, elle monte vivement les escaliers, et gagne la chambre de son fils. C'est là, assise au petit bureau sur lequel il faisait ses devoirs d'écolier, qu'elle répond à son courrier.

« Mon cher Christophe, toi aussi, tu me manques. Ici, sans toi, tout paraît très vide. J'espère que Me Delmas va bientôt te sortir de prison. Il m'a écrit récemment pour me dire que cela ne devrait plus trop tarder à présent. Même le juge Fontaine va bien finir par comprendre que les gendarmes t'ont fait avouer des crimes que tu n'as pas commis. »

Madeleine s'arrête. D'un geste lent, elle prend un petit mouchoir, pour essuyer ses yeux mouillés de larmes. Puis elle termine sa lettre.

« *Je t'embrasse, mon fils chéri. Tiens bon. Il n'y en a plus pour longtemps.* »

*

Journal de Justin Gilles :

Je suis resté une bonne quinzaine de jours à Paris. Deux semaines bien employées, mais qui n'ont malheureusement rien donné. Contrairement à ce que j'espérais, je n'ai pas retrouvé Clémence Caillet. Plus le temps passait, plus je désespérais d'y réussir. Après tout, si elle était encore vivante, elle ne se cachait peut-être pas forcément dans les bas quartiers. Ou bien elle n'était jamais « montée » dans la capitale, préférant aller tenter sa chance à Toulouse, à Marseille, à Lyon, ou ailleurs. Ou encore, elle était morte, comme je l'avais supposé au début. Une hypothèse de nouveau d'actualité, malheureusement. En effet, mon rédacteur en chef m'a rappelé d'urgence. Car les hommes du capitaine Beau, qui s'obstinaient à creuser çà et là dans le Sidobre, avaient retrouvé des restes humains.

*

À la mi-avril, après plus de quatre mois de fouilles – un record, dû à l'obstination du juge Fontaine, qui se refusait à suspendre les opérations –, Bernard Houchard, l'un des militaires creusant le sol, a découvert des ossements. Ce jour-là, un pâle soleil brillait au-dessus du Sidobre, et la terre était redevenue complètement meuble, ce qui facilitait grandement les recherches. Houchard, un grand homme massif, à la carrure de bûcheron, creusait donc avec énergie, quand il a ramené dans sa pelle un fémur humain. À peine avait-il signalé sa découverte que tout le secteur était bouclé, et que les fouilles reprenaient, cette fois avec d'infinies précautions. Au cours des heures suivantes, les militaires ont ramené au jour les pièces d'un véritable puzzle macabre. Une bonne dizaine d'os, dont un crâne aux orbites vides, à la dentition parfaite, portant deux fractures au moins, la première au pariétal, la seconde à l'arrière de la tête. Bien sûr, rien n'était encore certain mais il y avait fort à parier que l'on venait enfin de découvrir ce qui restait des trois disparues de la Saint-Jean. Avant même que les laboratoires spécialisés se soient prononcés, l'émoi a de nouveau gagné la région. Et bien sûr, *La Montagne noire* en a fait sa une sous la plume de Justin Gilles.

Trois portraits barraient la page, bordée d'un filet noir, comme pour un faire-part de décès. Ceux des trois jeunes disparues dans tout l'éclat de leur jeunesse. Isabelle souriait, jolie brunette aux yeux clairs, bordés de cils immenses. À côté d'elle, Clémence, avec son air volontaire, puis Adeline, la plus fine, avec ses joues rondes d'enfant, et ses lèvres pulpeuses entrouvertes, laissant apercevoir les « dents du bonheur ». Sous les trois clichés, des prénoms, et des dates de naissance. Puis ce titre, barrant toute la page : « Priez pour elles. »

Ainsi, ce que nous craignions était vrai. Les trois jeunes disparues de la Saint-Jean sont bien mortes, écrit Justin Gilles. Elles ont été assassinées, de la plus effroyable des manières, à quelques années d'intervalle, et par un enfant du pays. Les experts psychiatres devront déterminer si, oui ou non, Christophe Solal était sain d'esprit au moment où il a commis ses crimes. Mais il appartient au juge d'instruction Fontaine de déterminer la raison pour laquelle ce jeune garçon n'a pas été interpellé plus tôt et d'en tirer toutes conséquences utiles. Car nous n'oublierons jamais que si la première disparition, celle de la jeune Isabelle, avait été prise au sérieux, son meurtrier n'aurait bien sûr pas été en mesure de récidiver…

*

Une instruction, c'est une sorte d'immense toile d'araignée, tissée fil après fil, à l'aide de dizaines, parfois de centaines de témoignages, de documents scientifiques, de procès-verbaux de gendarmerie. Depuis quelques mois, tous ces documents arrivaient les uns après les autres sur le bureau du juge Charles Fontaine qui les lisait, les annotait, les triait, les classait, enfin, dans un dossier de plus en plus épais. Et il devait bien reconnaître qu'ils ne comportaient guère d'éléments à charge contre Christophe Solal. Certes, celui-ci était décrit comme un enfant timide, solitaire, voire replié sur lui-même. Petit, il n'avait pas d'ami. Adolescent, il n'avait aucune relation féminine. Mais rien de tout cela ne constituait une charge. En fait, après des semaines d'instruction, Charles Fontaine ne disposait contre lui que de ses aveux, des aveux que François Delmas mettrait sans aucun doute en pièces, devant les jurés de la cour d'assises. C'est dire si la découverte des ossements enterrés dans le Sidobre a comblé le magistrat d'aise. Certes, au cours de sa garde à vue, le jeune Christophe a déclaré que les corps gisaient tout près du roc de l'Oie, ce qui n'était pas le cas, mais ce qui comptait, c'est qu'on les ait retrouvés.

Peu après la découverte de ces restes macabres, Charles Fontaine a reçu une lettre de Lucille Sinclair, la fille de riches fermiers de Lacroze. D'une écriture malhabile, et dans un français pour le moins approximatif, Lucille sollicitait un entretien avec lui.

« *J'ai des choses à vous apprendre sur Christophe Solal* », écrivait-elle.

*

Ici, à Lacroze, tout le monde connaît la petite Lucille, comme on l'appelle, même si elle vient de fêter ses vingt et un ans. Et tout le monde sait que cette jeune fille malingre, au visage ingrat, à la poitrine trop lourde pour son corps frêle est une double miraculée. D'abord parce que sa mère, Marcelline, a failli la perdre au cours d'un accouchement particulièrement difficile. Ensuite parce que l'enfant, une fillette rachitique, aux lèvres bleues, au souffle court, était atteinte d'une malformation cardiaque rarissime. Au cours de ses cinq premières années, elle passa le plus clair de son temps allongée. Sa mère, déterminée à la sauver, la traînait d'un hôpital à l'autre à la recherche d'un chirurgien capable de la guérir. Finalement, Lucille fut opérée par un grand ponte de la chirurgie cardiaque, le professeur Maini.

Une chambre d'hôpital, à demi plongée dans l'obscurité. Lucille ouvre les yeux. Elle tente de se redresser. Peine perdue. Un étau serre sa poitrine. Elle ne peut remuer, ne serait-ce qu'un doigt, sans qu'une onde de souffrance la traverse. Depuis son opération cardiaque, elle est clouée dans ce lit, à la merci des infirmières qui viennent lui rendre visite... C'est à cet instant, pour échapper à la solitude, à l'ennui, à la souffrance, que Lucille a commencé à « rêver ». Ou, plutôt, à s'évader d'elle-même, en se racontant des histoires merveilleuses, dont elle était toujours l'héroïne. Un jour, elle courait dans la campagne, ramassant des fleurs pour en faire d'immenses couronnes. Une autre fois, elle nageait dans un lac, aux eaux douces, chaudes, caressant sa poitrine et son ventre. Une autre fois encore, elle chevauchait un petit poney qui trottinait gaiement, sur un sentier bordé de chèvrefeuilles.

Au cours des années suivantes, la fillette continue, à chaque occasion, de se réfugier dans un univers onirique. Sans que personne s'en rende compte, elle se met à fuir la réalité dans des songes de plus en plus extraordinaires. Écolière médiocre, enfant repliée sur elle-même, adolescente plutôt laide et timide à l'extrême, elle s'imagine sauvant des vies, bravant les dangers les plus fous et, bien sûr, trouvant l'amour auprès de jeunes hommes toujours plus beaux. Et chacune de ses lectures lui fournit une occasion supplémentaire de s'éloigner encore un peu plus du monde réel.

C'est au cours de sa dix-huitième année que Lucille Sinclair s'est éprise de Christophe Solal. Un amour aussi ardent qu'inattendu, né d'une banale rencontre sur le Causse. Ce jour-là, un jour d'été, il faisait beau et chaud, une chaleur intense qui faisait craquer l'herbe, tant elle était sèche, et rendait l'air si dense que l'on avait peine à respirer. Lucille, dont les parents sont occupés à la moisson, est partie se promener seule, un gros bâton à la main. Et elle avance, un pas après l'autre, sur la terre caillouteuse, quand elle perçoit les grelots des moutons des Solal. Tout à coup, le troupeau débouche, énorme, avec à sa tête le gros Joufflu, qui déboule sur elle, et, d'un mouvement amical, mais brusque, la fait trébucher. L'instant d'après, Lucille est par terre, le genou écorché, la cheville douloureuse. Christophe accourt, un beau garçon, aux yeux très bleus, qui s'excuse, lui demande s'il peut l'aider puis, voyant qu'elle souffre, la soulève comme une plume, et s'en va la déposer quelques mètres plus loin, sous un arbre, avant de tâter expertement son pied, pour vérifier qu'il n'est pas cassé.

Un incident banal ? Pas pour Lucille. Car la jeune fille a beau être presque adulte, elle est toujours perdue dans son monde si particulier. Et cette solitaire, qui n'a encore jamais approché un garçon, transforme sa chute et l'intervention du berger en une sorte de roman, qu'elle revit, les yeux grands ouverts, des dizaines de fois. Elle se rappelle l'odeur de Christophe, une odeur mâle, faite d'un mélange de transpiration, d'eau de Cologne et de tabac brun, la douceur de ses mains sur sa peau, ses mots presque tendres, sa sollicitude. Bientôt, le jeune Solal devient le héros de ses rêves éveillés mais aussi l'objet de ses convoitises les plus secrètes. Et Lucille, oubliant sa laideur, se met à rechercher toutes les occasions de le rencontrer.

*

L'air embaume. Un parfum de feuilles, alors que les arbres sont encore dénudés. C'est qu'avant de sortir, la sève doit inhaler puis rejeter son élixir. On dit que la campagne respire le printemps. Marcel rêve des soirées d'été qui lui paraissent encore bien lointaines. En sortant de la bergerie, ce dimanche soir, il a levé les yeux au ciel pour s'assurer que la Montagne noire n'a pas profité de la nuit pour disparaître. Non, elle est toujours là. Moins proche bien sûr, mais plus imposante. Elle ondule avec élégance, chaque mamelon semblant s'appuyer sur l'épaule de l'autre. L'on songerait en voyant ses rondeurs s'élever côte à côte dans le ciel à quelque colonne d'éléphants en marche. Comme tous les soirs, Marcel prend plaisir à cheminer avec Joufflu. Quand il le pousse à courir dans le champ, le chien s'élance en sauts de cabri, puis s'arrête et attend son maître. Il pose alors son museau sur sa jambe. Marcel adore ces balades nocturnes sous le toit des étoiles. Il a pris l'habitude de les regarder, et jamais il ne rentre avant d'avoir salué celle du Berger. « Celle-là, dit-il toujours, elle fait partie de ma vie. C'est la première qui se lève, et la dernière qui se couche. » La nuit force l'imagination. L'esprit chemine. C'est un exercice qui plaît bien à Marcel. « Pas trop longtemps, dit-il. Autrement, on désire retrouver dans le réel ce qu'on a inventé dans le rêve et la déception fait tomber de haut ! » Mais tout de même. Ce soir, nez aux étoiles, Marcel rêve. Il en oublie pour une fois Christophe et Madeleine et la tragédie qui a frappé, en plein cœur, le domaine autrefois si paisible du « Chant de la Vigne ».

XIV

QUAND LUCILLE SINCLAIR EST ENTRÉE pour la première fois dans son cabinet, le juge Fontaine a d'emblée été frappé par sa silhouette maigre, son dos courbé, sa poitrine trop ronde, mais aussi par son visage ingrat, au nez busqué, aux petits yeux sombres, aux lèvres minces. Cette fille-là ne trouvera jamais de mari, a pensé le magistrat. Au même instant, de sa voix la plus courtoise, il a demandé à Lucille de s'asseoir en face de lui. Puis, après avoir saisi son stylo, et soigneusement disposé devant lui plusieurs feuilles de papier, il lui a demandé :

« Mademoiselle Sinclair, qu'avez-vous donc de si important à me dire, au sujet de Christophe Solal ? »

Un silence. Lucille serre ses mains l'une contre l'autre. Puis, la tête légèrement penchée, les yeux plantés dans ceux du juge, elle commence :

« Il a failli me tuer, moi aussi. »

Si Charles Fontaine est étonné, il ne le montre pas. Toujours aussi calme, il se penche légèrement au-dessus de son bureau.

« Comment est-ce que c'est arrivé ? demande-t-il. Dites-le-moi… »

Et c'est ainsi que Lucille entame une longue confession dans laquelle elle raconte comment, un jour d'orage, Christophe Solal aurait cherché à l'étrangler.

« Je me promenais sur le Causse, dit-elle. Vers quinze heures, j'ai été surprise par une grosse pluie. J'ai donc couru jusqu'à la bergerie des Solal pour trouver un abri. Christophe était là, tout seul. Il m'a ouvert. Ensuite, il m'a conseillé d'enlever mes vêtements mouillés. Moi, je n'ai pas voulu lui obéir, bien sûr. Se mettre nue devant un homme que je ne connaissais pas, je ne l'aurais pas pu ! Alors il s'est approché, et il a ôté sa veste, avant de la glisser autour de mes épaules. Dans le même mouvement, il a cherché à m'embrasser. Je me suis reculée, et je l'ai repoussé. C'est à ce moment-là que son regard a changé. Il est devenu plus dur, plus fixe. Il m'a reprise aux épaules, il m'a plaquée contre lui, et comme je me débattais, il a mis ses mains autour de mon cou. Il a crié : « Laisse-toi faire ! Bon Dieu ! » Mais je n'ai pas cédé. Je lui ai donné un grand coup de genou dans le bas-ventre, pour l'obliger à me lâcher. Ensuite, je me suis sauvée. »

Lucille s'interrompt.

« Je n'ai pas osé parler de tout ça à mes parents, conclut-elle. Je ne voulais pas les effrayer. Mais quand j'ai appris que Christophe avait tué ces trois filles, je me suis décidée à vous écrire... »

*

« Mais c'est elle qui m'a provoqué ! »

François Delmas est face à son client, dans le parloir de la maison d'arrêt. Il vient de lui donner connaissance de la déposition de Lucille Sinclair. Pour la première fois depuis qu'il le connaît, Christophe Solal perd son sang-froid. Le jeune homme se lève brusquement, rejetant sa chaise en arrière dans sa précipitation. Et il se met à parler, ou plutôt à vociférer :

« La seule chose de vrai, dans ce que cette fille raconte, c'est qu'elle était blessée la première fois que je l'ai vue. Je l'ai aidée à se relever, et je me suis excusé, parce que Joufflu l'avait bousculée. Ensuite, c'est elle qui a cherché à me revoir. Elle était toujours là à traîner sur le Causse. Elle me faisait un brin de causette, puis elle repartait. Moi, je n'y voyais pas de mal. Mais un jour, alors qu'il faisait de l'orage, elle est venue frapper à la porte de la bergerie. Elle était trempée, et elle m'a demandé si je pouvais lui prêter des vêtements, pour rentrer chez elle. J'ai dit que oui. Alors, là, sous mon nez, elle s'est déshabillée. Puis, comme je me détournais, elle est venue vers moi et a passé ses bras autour de mon cou.

– Et vous l'avez repoussée ? demande Delmas.

– Évidemment que je l'ai repoussée ! s'exclame Christophe, ulcéré. D'abord, elle ne me plaisait pas. Ensuite, j'étais amoureux d'Adeline, je ne pouvais pas imaginer coucher avec une autre fille... »

Il se tait, et fixe son avocat.

« Vous ne me croyez pas ? », demande-t-il, tout à coup inquiet.

Puis, comme François Delmas hésite à lui répondre, il se rassoit, enfouit sa tête dans ses mains.

« Vous ne me croyez pas ! geint-il, la voix tout à coup plaintive. Mais qu'est-ce que je vais faire, moi, si même vous, vous ne me croyez pas ? »

*

Nuit noire. Tout est silence, dans la prison. Vaille que vaille, les détenus se sont endormis, les uns après les autres. Christophe Solal, lui, garde les yeux grands ouverts. Voilà déjà plusieurs heures qu'il a quitté le parloir « avocat ». En sortant, il a accepté l'habituelle fouille à corps sans broncher. Même les mains du gardien, palpant sans pudeur son entrejambe, ne sont pas parvenues à lui arracher un tressaillement. Ensuite, il a regagné sa cellule comme un automate, et est allé s'asseoir sur son lit. Il est resté là, sans bouger. Tellement immobile que c'est à peine si les gardiens, par l'œilleton, pouvaient le voir respirer. Le soir venu, Christophe a refusé la « gamelle ». Il a préféré prendre une feuille de papier et un crayon, et se mettre à écrire. Longtemps, il est resté là, à tracer des mots avec application. Sa lettre enfin terminée, il l'a pliée, avant de la glisser dans une enveloppe. Il s'est déshabillé, a soigneusement rangé ses vêtements, comme Madeleine le lui a appris, avant d'enfiler un pyjama. Enfin, il s'est allongé, sous la couverture de laine rêche. Mais il ne s'est pas endormi. Il a ouvert le minuscule couteau que les gardiens lui avaient laissé, comme à tous les autres détenus, pour couper sa viande. Et d'un geste violent, il l'a plongé dans sa gorge, tailladant profondément les chairs...

C'est vingt minutes plus tard qu'un gardien a découvert Christophe Solal baignant dans son sang, la gorge ouverte. Le jeune homme respire encore faiblement. Mais ses lèvres bleuies, sa peau exsangue, sa respiration saccadée signent la gravité de son état.

« Solal s'est suicidé ! Solal s'est suicidé ! »

Le gardien hurle, sort de la cellule sans même prendre le temps d'en refermer la porte. Puis il court, à pas lourds, dans le couloir, franchit une première grille, une seconde, arrive au rond-point où se trouve le téléphone grâce auquel il pourra avertir les gradés. Et déjà, de toute la prison, réveillée par sa course folle, des cris s'élèvent. Les détenus, avertis que l'un des leurs a tenté de se donner la mort, se mettent à crier, à taper du poing sur les lourdes portes de fer de leurs cellules. Une véritable houle de fureur et de désespoir s'élève dans la nuit, alors qu'au rond-point, le gardien téléphone. Christophe, lui, n'entend rien. Il se vide peu à peu de son sang, plongeant de plus en plus profondément dans une inconscience qui l'emmène aux portes de la mort, cette mort qu'il appelait de tous ses vœux, au moment où il a planté le couteau dans sa gorge.

*

Il pleut sur Lacroze et ses environs. Une pluie de printemps lourde et drue, qui transforme le sol en bourbier. Impossible de travailler. Difficile, même, de sortir les bêtes. D'ailleurs, en ce dimanche des Rameaux, Marcel a décidé d'aller à la messe. Certes, il n'est pas vraiment croyant. Mais ici, dans le Tarn, apporter un brin de buis ou de laurier à l'église, pour le faire bénir par le prêtre, c'est une coutume. Les brins iront rejoindre les images pieuses posées sur les buffets – des porte-bonheur qui, selon certains, éloignent les loirs des treilles. Marcel, de son côté, espère que le brin qu'il rapportera à la bergerie éloignera, d'un coup d'un seul, tous les ennuis qu'il connaît depuis quelques mois. Il y a eu l'arrestation de Christophe. Puis les maladies des bêtes qui ont quasiment doublé le travail de l'exploitation. Et hier, un gendarme est venu au « Chant de la Vigne ». Un grand homme sec, au visage taillé à la serpe, qui a demandé à parler à Madeleine. Après l'avoir reçu, celle-ci est montée dans sa chambre, pour se changer. Puis, le visage défait, toute blanche, elle a annoncé à Marcel qu'elle devait partir pour Albi, parce que Christophe s'était tranché la gorge dans sa prison, et qu'il gisait sur un lit d'hôpital, entre la vie et la mort.

À l'heure où il ferme les portes de la bergerie, après avoir fait une dernière inspection des bêtes, Marcel ne sait pas si Madeleine a pu voir son fils. Mais ce matin, en se levant, il a décidé d'aller prier le bon Dieu, s'il existe. Direction Lacroze. L'eau continue de tomber en un rideau glacé qui pénètre sa canadienne, se glisse dans son cou, et coule jusqu'au creux de ses reins, en rigoles froides.

Et quand enfin il entre dans l'église, déjà pleine à craquer, il est mouillé comme un canard, et prêt à parier que, le lendemain, pour tout arranger, il aura la grippe.

*

« Ite Missa est. Allez en paix ! »
L'office est terminé. La cathédrale d'Albi se vide. Les fidèles, portant leur brin de buis, sortent un à un de la nef. Parmi eux, le juge Charles Fontaine. Un petit homme rond, vêtu d'un impeccable manteau sombre, qui prend maintenant la direction de l'hôpital. Autour de lui, sur les trottoirs, se presse une foule endimanchée. Les femmes, venues du marché tout proche, portent de lourds paniers à provisions remplis de victuailles. Leurs enfants les suivent, courant, criant, se bousculant. On a même du mal à avancer. Dans moins de deux heures, tout ce petit monde sera à table, devant un repas de fête. Mais Charles Fontaine, lui, n'a pas l'intention de manger. Trop préoccupé par l'évolution du dossier Solal.

C'est hier, à l'aube, qu'il a été averti de la tentative de suicide de Christophe. Quand le téléphone a sonné, chez lui, il dormait encore d'un profond sommeil. Il s'est levé d'un bond pour décrocher, et a pris le combiné. Au bout du fil, la voix ennuyée de Martial Beau.

« Monsieur le juge ? Nous avons un problème. »

Moins d'une demi-heure plus tard, Charles Fontaine, qui n'avait pas pris le temps de se raser, était à la prison. Il prenait connaissance de la lettre d'adieu que le jeune Christophe avait écrite à sa mère.

> *« Chère maman,*
> *François Delmas est venu me dire aujourd'hui qu'une fille m'accuse d'avoir essayé de l'étrangler. Cette fois, j'en ai vraiment assez. Je ne sais pas pour quelle raison tout le monde s'acharne contre moi, mais en tout cas, je vais en finir. Comme ça, je t'épargnerai la honte de me voir jugé par une cour d'assises. Je sais que je vais te faire du chagrin. Mais vois-tu, je serai mieux là-haut. Je t'embrasse très fort. Ton fils qui t'aime. Christophe. »*

Le juge Fontaine a relu plusieurs fois la missive, en pesant chaque mot. Puis il s'est tourné vers Martial Beau lui aussi accouru à la prison :

« Vous avez vu ? lui a-t-il dit avec un petit sourire méprisant. Ce garçon va se donner la mort, et pourtant, il ne proteste pas de son innocence. Il dit juste qu'il en a assez que tout le monde soit contre lui. »

Un silence, avant que le juge Fontaine ajoute, avec une sorte de désinvolture :

« Je le reconvoquerai dès qu'il sera tiré d'affaire. »

Mais pour la première fois depuis qu'on lui a confié ce dossier, Charles Fontaine éprouve une certaine gêne. Il n'aime pas le bruit, les remous, la publicité. Cette tentative de suicide, il en est sûr, va attirer les journalistes. Et il s'en trouvera bien un, ce Justin Gilles par exemple, pour demander si, oui ou non, Solal est le bon coupable, ou si, au contraire, il n'a avoué que parce qu'on l'en pressait un peu trop fermement.

*

« Mais pourquoi est-ce que je n'ai pas le droit de voir mon fils ? »

Le cri résonne dans toute l'aile de l'hôpital. Un cri ? Un hurlement plutôt. Celui d'une bête blessée, à qui l'on a pris son petit. Voilà quarante-huit heures maintenant que Madeleine Solal est à Albi. Quarante-huit heures d'angoisse, au cours desquelles elle a désespérément cherché à avoir des nouvelles de Christophe. Quand elle est arrivée, son garçon venait de subir une longue intervention chirurgicale, au cours de laquelle les chirurgiens avaient recousu, millimètre par millimètre, les chairs déchiquetées de son cou. Placé dans le service de réanimation, il était encore, selon les médecins, entre la vie et la mort. Madeleine n'a pas pu l'approcher. Mais, ne se résignant pas à quitter l'hôpital, elle a passé la nuit assise sur un banc du grand hall situé juste en face du service, guettant les allées et venues du personnel. L'aube l'a trouvée à la même place, une femme au visage creusé de fatigue, aux yeux cernés de sombre mais debout, vaillante. Elle a recommencé à interroger les hommes et les femmes vêtus de blanc passant à sa portée. Sans avoir pour réponse autre chose que des regards mi-gênés, mi-compatissants, assortis de phrases sibyllines... Le dimanche soir, enfin, le chef du service est venu la trouver, pour lui annoncer que cette fois, c'était sûr, Christophe était tiré d'affaire. Mais quand elle a demandé si elle pouvait le voir, l'homme a froncé les sourcils.

« Votre fils est sous escorte policière, madame, a-t-il répondu. Pour le rencontrer, il vous faut l'autorisation du juge Fontaine. »

*

« Monsieur le juge... »

Trois petits coups à la porte de bois du cabinet de Charles Fontaine. C'est un garde qui frappe, en cette fin de matinée. Le magistrat, qui étudie le dossier d'un détenu qu'il doit interroger dans les minutes qui viennent, fronce les sourcils. Il déteste être dérangé. Sous le coup de la contrariété, son visage se plisse en une vilaine moue. Et c'est d'une voix très sèche qu'il lance :

« Que voulez-vous ?

– Il y a une dame qui veut vous rencontrer, répond le garde. Une certaine Madeleine Solal. Je lui ai dit que cela serait difficile, mais elle insiste. »

Charles Fontaine soupire. Il hésite. Il sait bien ce que Madeleine lui veut. Si elle est là, aujourd'hui, à faire le siège de son bureau, c'est pour obtenir, enfin, le droit de rencontrer son fils. Va-t-il le lui accorder ? Il n'en sait encore rien, troublé par la tentative de suicide du jeune inculpé. S'il ne tenait qu'à lui, il refuserait de voir cette femme. Mais décidément, il a trop peur du scandale. Entre deux maux, il choisit le moindre.

« Très bien, dit-il. Faites-la entrer. »

C'est ainsi que, pour la seconde fois, Madeleine Solal pénètre dans le bureau. Mais, cette fois, elle est décidée à ne pas se laisser éconduire. Et c'est d'une voix ferme, déterminée, qu'elle prend la parole :

« Monsieur le juge, dit-elle, très droite, que vous le croyiez ou non, mon fils n'est pas un assassin. Mais même s'il en était un, ce ne serait pas une raison pour m'empêcher de le rencontrer. Sauf, bien sûr, si vous voulez sa mort, et la mienne ! »

Un silence. Madeleine, d'une voix encore plus sèche, poursuit :

« Je veux le voir à l'hôpital. Je veux lui rendre visite dans sa prison. Si vous ne me le permettez pas, je ferai un scandale. J'irai voir des journalistes. Je ferai la grève de la faim. »

Moins d'une heure plus tard, Madeleine Solal arrive à l'hôpital d'Albi, avec, au creux de sa main, la lettre du juge l'autorisant à rencontrer son fils. Munie de ce sésame elle peut, enfin, pénétrer dans la chambre où il est allongé. Sans se préoccuper des deux policiers armés qui surveillent ses faits et gestes, elle s'approche du lit sur lequel il gît. À l'heure où elle se penche sur lui, et pose un baiser sur son front, Christophe est plongé dans un profond sommeil. À son bras, une perfusion. Sur sa gorge, un énorme pansement. Mais sa peau est tiède. Sa respiration est à la fois paisible et forte. À le regarder, Madeleine, d'un coup, est enfin sûre qu'il va survivre. Il restera bien sûr à lui insuffler la force de continuer à se battre contre les accusations infamantes qui l'accablent. Mais cela ne lui fait pas peur…

*

Printemps. L'époque des semis. Le temps où les fleurs embaument. Les premières douceurs. Il fait bon sortir sans avoir froid. À Lacroze, la pluie a cessé. Marcel peut enfin commencer les labours. L'hiver est passé par là, la neige a apporté à la terre le complément d'azote dont elle a besoin. Il est temps de briser les mottes et d'émietter le sol. Les grosses dents vibrantes du « cultivateur » ont du mal à désagréger la terre durcie. Marcel doit appuyer fortement sur l'outil. Et son corps vieilli proteste, grince, peine, finit par obéir, mais avec quelle peine ! Après, Marcel le sait, les choses seront plus simples. Un coup de herse, et la terre sera prête. Il pourra alors semer, arpentant les parcelles d'un pas régulier, plongeant ses mains dans le gros sac qui lui enserre la taille.

Madeleine, elle, vaque à ses occupations au « Chant de la Vigne ». Aujourd'hui, elle a décidé de soigner le potager, un lopin de terre situé juste derrière la vigne. Comme les ceps, il est soigneusement protégé pour éviter toute présence incongrue comme celle des sangliers, gourmands de tout et de rien, capables de détruire un carré de salades en quelques secondes. Son potager, Madeleine y tient « comme à la prunelle de ses yeux », comme elle dit en riant. Il faut dire qu'il constitue le garde-manger de la famille. Au fond de la parcelle, des fruitiers : pruniers, abricotiers, cerisiers, les arbres que la fermière préfère. À l'entrée, les herbes aromatiques : thym, ciboulette, persil, ail et oignon. Puis, de part et d'autre, en bordure, les fraisiers, les pommiers en espaliers et, bien sûr, les tomates et les haricots verts, sans compter les choux, les fèves, les radis, les salades, les poireaux et les courgettes. Depuis l'arrestation de Christophe, tout cela a été négligé, laissé à l'abandon. Mais aujourd'hui, Madeleine va se rattraper. Animée d'une énergie farouche, elle bêche, retourne, émiette la terre. Elle lutte contre les taupes, les limaces, les doryphores, les pucerons et les araignées. Elle a dû protéger ses légumes d'un grillage à moutons, doublé d'un grillage à poules aux mailles plus fines. Le tout est maintenant impénétrable. Sa vie, son travail, son cœur se trouvent là réunis. Même aujourd'hui, même dans ce sanctuaire, elle n'a pas trop la tête à l'ouvrage. Car elle pense très fort à son Christophe, toujours à l'hôpital, mais à qui elle peut désormais rendre visite deux fois par semaine, pendant une bonne heure, un paradis.

*

Journal de Justin Gilles :

C'est Daniel Jonquières qui m'a annoncé la nouvelle. Contrairement à ce que l'on avait cru, les ossements découverts dans le Sidobre n'appartenaient pas à trois personnes, mais à une seule. Selon les médecins légistes, ces restes étaient ceux d'une très jeune fille, âgée de quatorze à dix-huit ans, et dont la dentition correspondait sans aucun doute à celle d'Adeline Costes. La mort avait été provoquée par des coups violents portés sur le crâne, qui gardait trace de plusieurs fractures. Mais il était bien sûr impossible de dire si, oui ou non, l'adolescente avait été violentée avant son décès.

XV

Le glas sonne sur le village de Lacroze. Un glas aux sonorités sourdes, plaintes lancinantes qui envahissent les rues désertes. Ce premier samedi de mai, tous les commerçants ont tiré leur rideau de fer. Aux façades des maisons, tous les volets sont clos. Dans ce bourg, d'ordinaire radieux, on célèbre les obsèques d'Adeline Costes. Et les villageois se rassemblent pour l'accompagner à sa dernière demeure. Il est à peine dix heures et déjà ils sortent de leur maison, un à un, vêtus de noir. Même leurs enfants, qu'ils tiennent par la main, font silence. L'atmosphère est lourde, pesante, aussi pesante que le ciel qui s'associe à l'événement, en charriant de lourds nuages gris, qui n'ont rien à voir avec le printemps qui commence.

Le glas. Reclus chez lui, dans la chambre de sa fille unique, Martin Costes l'entend, lui aussi. Mais il ne veut pas l'écouter, pas encore. Car ces tintements funèbres signifient qu'Adeline va définitivement lui être enlevée. Le cercueil contenant ses restes est arrivé de la morgue d'Albi il y a vingt-quatre heures. Une superbe boîte de merisier verni, capitonnée de blanc, dans laquelle Martin a fait déposer l'ours préféré de sa fille, celui sans lequel elle ne s'endormait jamais petite, et aussi la médaille d'or que le juge Fontaine a accepté de lui restituer. L'instituteur a demandé que l'on monte le cercueil dans la chambre d'Adeline. Ainsi passera-t-elle une dernière nuit dans la pièce qui l'a vue grandir, et où tout parle d'elle. Les étagères, garnies de poupées aux robes défraîchies, de livres et de souvenirs. Un galet, ramené de Bretagne, où ils étaient allés passer des vacances. Un minuscule bateau, acheté sur le port de Marseille. Une boîte à bijoux, contenant mille trésors, colliers de perles multicolores, plumes d'oiseaux, cailloux vernis, une porcelaine, ces coquillages que l'on pose à l'oreille, si l'on veut entendre le bruit de la mer. Martin Costes revoit Adeline écoutant la coque, les yeux fermés, perdue dans ses pensées. Il la revoit, aussi, penchée sur la guitare qui dormira à jamais dans son étui. Il la revoit, encore, assise à son petit bureau, les cahiers d'un côté, la plume de l'autre, les doigts tachés d'encre. Puis, fuyant les souvenirs, écartant le passé, il l'imagine, rieuse, un jour d'été, avec des cerises aux oreilles, et sa bouche si rouge. Et d'un coup, Adeline est de nouveau vivante. Une jolie fille brune, qui s'approche de lui, entoure son cou de ses deux bras si blancs, et l'embrasse, à gros baisers d'enfant, laissant sur sa peau une odeur mêlée de verveine et d'orange, le parfum si particulier dont elle ne manquait jamais de s'asperger.

« Martin ? Il faut y aller. »

Justin Gilles vient d'arriver. Il a sonné à la porte. Comme Martin ne lui répondait pas, il a poussé le battant de bois, avant de monter. Le voici devant le chambranle, face aux croque-morts venus chercher Adeline. Tiré de son rêve, Martin Costes rouvre les yeux. Incrédule, horrifié, il regarde les employés des pompes funèbres entrer, l'un après l'autre. Avec chacun d'eux, c'est le désespoir qui pénètre dans une chambre à jamais désertée par ses occupants.

Le glas sonne, au-dessus de Lacroze. Il accompagne le long cortège qui s'est formé, et qui se dirige vers la petite église. En tête, Martin Costes, dans son plus beau costume, avance d'un pas de somnambule. Derrière, Justin, et ses camarades de *La Montagne noire*. Puis les villageois. Célestine, la boulangère, brave femme aux cheveux ramassés en un épais chignon, qui donnait toujours une friandise à Adeline, quand la fillette venait lui acheter du pain. Son mari, Eugène, un grand gaillard aux mains épaisses, qui pleure à grosses larmes. Et Germaine, l'épicière, Sophie, la coiffeuse, venue de la ville ouvrir son petit salon, Dominique, son apprentie, puis les amies d'Adeline, toutes ces jeunes filles en fleurs qui lui ressemblent, brunes ou blondes, et toutes vêtues de noir. Ce sont elles qui sont venues décorer l'église de roses, de lys, de marguerites. Adeline aimait les fleurs. Aujourd'hui, par-delà la mort, elle en est comblée. Il y a des gerbes, des bouquets, de simples fleurs des champs, et des pétales, aussi, sur le sol, un tapis blanc, rose et mauve qui l'accueille comme une mariée. Mais ce ne sont pas des épousailles que l'on célèbre aujourd'hui. Après l'office, une dernière fois entourée des siens, elle descendra au plus profond de la terre. Et elle y reposera, à jamais en paix. C'est du moins ce que Martin Costes espère.

*

Là-haut, au « Chant de la Vigne », Madeleine Solal n'entend pas le glas sonner. Lacroze est bien trop loin pour que ses notes lui parviennent. Pourtant, c'est comme si elles résonnaient dans sa tête. Car elle sait bien que, ce matin, l'on enterre Adeline Costes, cette jeune fille que Christophe aurait aimée.

Madeleine a beau faire, elle n'arrive pas à imaginer son fils en amoureux. Bien sûr, il a grandi. Certes, il a le corps d'un homme. Mais malgré cette transformation physique, il n'est encore pour elle que le gamin à qui elle donnait son bain. Marchant de long en large dans sa maison, Madeleine s'en souvient. Un petit bout d'homme nu, dans une grande bassine, et qu'elle arrosait en riant.

Un soupir. Madeleine Solal, qui sent l'émotion lui nouer la gorge, se dirige vers la cuisine. Tôt ce matin, elle est sortie cueillir les premières fraises, ce printemps, le potager en est plein. Elle va en faire une tarte pour occuper ses mains. Elle sort la farine, y fait un puits, casse les œufs, le beurre, puis mélange le tout, jusqu'à former une boule bien ronde qu'elle enveloppe d'un torchon humide, et met à reposer, sur le bord de sa fenêtre. Elle s'empare des fraises, les plonge dans l'évier, les équeute. Puis, comme elle les sort de l'eau, toutes rouges, craquantes à souhait, elle revoit Christophe qui venait les manger, une à une, avant qu'elle ait eu le temps de les disposer sur la pâte et d'un coup, les mains encore mouillées, elle se met à pleurer. À gros sanglots.

« Madame Solal ? »

D'un geste rapide, Madeleine essuie ses joues. Marcel est là, à la porte de sa cuisine. Un Marcel tout ennuyé de la surprendre ainsi, sanglotant, et qui, du coup, ne sait plus quoi dire. Enfin, il se décide.

« Excusez-moi de vous déranger. Mais je voulais vous prévenir que, la semaine prochaine, il faut que j'aille à Albi. Le juge Fontaine veut m'entendre, moi aussi. »

*

Ce matin, très tôt, Marcel a pris la route d'Albi. Laissant Madeleine seule au « Chant de la Vigne », avec plusieurs brebis sur le point d'agneler. Avant de partir, le vieux berger lui a donné ses consignes. Elle doit passer plusieurs fois voir les bêtes et, si leur travail commence, s'assurer que les choses se déroulent normalement. En cas de problème, elle appellera le vétérinaire, prévenu qu'il risque de devoir monter.

Bien sûr, Madeleine doit pouvoir se débrouiller, mais Marcel n'est pas tranquille. Les brebis, c'est plus fragile qu'il n'y paraît. Il suffit d'un rien, et leurs accouchements tournent au drame. Parfois, l'agneau se présente mal, et il faut le retourner. Un geste presque mécanique, quand on a l'habitude. Mais, l'habitude, justement, Madeleine ne l'a pas. Qu'est-ce qu'elle va faire, si le vétérinaire, pour une raison ou pour une autre, ne vient pas ? À l'imaginer le bras plongé dans le ventre de l'agnelle, en train de tirer le petit, le vieux Marcel sent une crampe tordre son estomac. Une main sur le volant de son vieux Citroën, il utilise l'autre pour frotter l'endroit douloureux. Puis il s'efforce de respirer lentement, le plus lentement possible. Enfin, l'étau qui tord son ventre se desserre. Soulagé, Marcel soupire, et se remet à sa conduite. Il n'est pas loin d'être arrivé. Les toits d'Albi se profilent. Dans moins d'une demi-heure, maintenant, il sera chez le juge Fontaine. Un juge ! C'est bien la première fois que Marcel en voit un. À cette pensée, d'ailleurs, il se sent encore moins tranquille. Non qu'il ait quelque chose à se reprocher, mais comme disait son père, les policiers et les juges, mieux vaut ne pas avoir à les fréquenter, parce qu'à force de fouiner dans la vie des gens, ils finissent toujours par en faire des malhonnêtes.

Tout à ses pensées, Marcel roule dans les rues d'Albi. Le voilà maintenant tout près du palais. Il se gare. Et, lourdement, il descend de son véhicule.

*

« Je veux qu'on lui coupe la tête ! »
À l'instant même où le vieux berger grimpe les marches du palais de justice d'Albi, Daniel

Jonquières reçoit dans son cabinet les parties civiles du dossier Solal. Après de longs mois d'enquête, l'affaire est désormais très avancée. Et l'avocat a jugé nécessaire de réunir tous ses clients. Autour de lui sont donc assis les parents de Clémence Caillet, ceux d'Isabelle Thévenin et Martin Costes. Un Martin très remonté, qui a, sous l'emprise du chagrin, oublié toutes ses convictions de gauche. Durant de longues années, il a milité pour l'abolition de la peine de mort. On l'a vu dans des meetings, des réunions, des conférences. Durant ses cours d'éducation civique, il expliquait à ses jeunes élèves qu'un homme, fût-il le pire des criminels, a toujours une chance de rédemption, de réhabilitation. Cet abolitionnisme forcené lui a même valu quelques réflexions de la part de ses supérieurs, qui lui ont demandé de tempérer ses discours, au moins dans l'enceinte de son école. Mais aujourd'hui, il ne reste plus trace de tout cela car Martin Costes a perdu sa propre fille. Et pour venger la mort d'Adeline, oubliant tous ses principes, il exige la tête de Christophe Solal.

« Monsieur Costes, lui dit doucement Daniel Jonquières, le rôle des parties civiles n'est pas de réclamer une peine. Mais de représenter les victimes, de faire entendre leur voix, en quelque sorte. Puis, vous le savez, je suis contre la peine de mort.

Et au moment où je me suis chargé de ce dossier, je vous ai bien prévenu que je ne la réclamerais en aucun cas ! »

Daniel Jonquières se tait. Face à lui, Martin Costes réfléchit un moment. Puis, muré dans sa souffrance, sourd à tout ce qui n'est pas la voix de sa vengeance, il se lève.

« Dans ces conditions, dit-il, je vous retire ce dossier. »

Le visage dur, fermé, l'instituteur sort du bureau, dont il claque violemment la porte.

Un silence. Daniel Jonquières regarde les parents d'Isabelle et de Clémence.

« Et vous ? leur demande-t-il. Quelle est votre position ? »

Plus un son, de nouveau. Puis Dominique Thévenin prend la parole.

« Pour ce qui me concerne, dit-il, je voudrais que l'on reprenne les fouilles. Adeline Costes repose dans une terre chrétienne. Je voudrais que ma petite Isabelle ait une sépulture décente, elle aussi. »

*

Et c'est ainsi que, à la demande des parties civiles, les fouilles ont repris dans le Sidobre. Des fouilles rendues bien plus aisées par la douceur du printemps. Tout est vert, d'un coup. Les feuilles des arbres, tout juste sorties de leurs bourgeons, l'herbe tendre qui pousse par plaques, entre les rochers de granit, les buissons parsemant les sous-bois, parfois fleuris de chèvrefeuille. C'est au milieu de cette nature exubérante que les militaires recommencent leurs battues. Et, fait nouveau, des plongeurs sondent inlassablement les profondeurs du lac du Merlet.

Pourtant, ce n'est pas dans ses eaux claires et froides que le squelette d'Isabelle Thévenin, encore vêtu de la robe d'un rouge flamboyant qu'elle portait le jour de sa disparition, a été retrouvé. Mais au fond d'une sente profonde, presque inaccessible, et dans laquelle les gendarmes sont descendus à grand-peine. C'est là que la sauvageonne repose, couchée face contre terre, le crâne encore auréolé de ses longs cheveux. Un pauvre cadavre d'où toute chair est partie, aux orbites vides, à la mâchoire étirée en un ultime et dérisoire sourire.

Une voiture de gendarmerie s'arrête, tout près de la ravine. Martial Beau en descend, sanglé comme à son habitude dans un uniforme impeccable. À ses côtés, le médecin légiste, Philippe Auriaut. Un petit homme au visage maigre, presque décharné, qui, à force de fréquenter les morgues, est imprégné d'une forte odeur de formol. Un parfum qu'il semble d'ailleurs affectionner...

Philippe Auriaut a toujours été fasciné par la mort. Enfant, ce fils de fermier passait de longues heures à examiner les cadavres de petits animaux ramassés au cours de ses promenades dans la campagne. Un nécrophage en puissance ? Pas du tout. Un jeune scientifique, désireux de comprendre comment l'on passe de vie à trépas, et qui clame que la mort n'a rien de malsain ou de répugnant, puisqu'elle n'est que l'autre versant de la vie. Écolier brillant, collégien doué, le jeune Philippe obtient plusieurs bourses, qui lui permettent de passer son baccalauréat, avant de s'inscrire à la faculté de médecine. Et il devient, tout naturellement, pourrait-on dire, l'un des meilleurs légistes de sa génération.

« Tout ce que nous faisons au cours de notre existence s'inscrit dans notre corps, a-t-il coutume de dire aux étudiants à qui il donne des cours de médecine légale. Et l'on doit donc le retrouver, au cours d'une dissection. Une femme raffinée, portant des chaussures à hauts talons, aura des pieds particulièrement cambrés, aux orteils déformés. Une coupe saine de poumon permet de penser que l'on est face à un individu qui ne fumait pas, et vivait hors de la pollution des grandes villes. Des mains calleuses signent un travailleur manuel. Et ainsi de suite. »

Tel est l'homme qui, en ce jour de mai, arrive sur les lieux où l'on a découvert le corps de la jeune Isabelle Thévenin. Déjà impatient de l'ausculter. Mais pour l'heure, il lui faut descendre dans la ravine. Un exercice périlleux, qui nécessite qu'on l'encorde, afin qu'il puisse se glisser au fond de la faille rocheuse mètre après mètre, jusqu'à en toucher le fond. Philippe Auriaut, peu accoutumé aux exercices physiques, a bien du mal à se plier à la manœuvre. Mais enfin, après de longues minutes d'effort, et la sueur au front, il arrive au fond de la ravine. Et il se penche sur le squelette recroquevillé, auscultant d'un doigt expert chacun de ses os pour y déceler d'éventuelles traces de fractures.

« Il faudra que je vérifie, dit Philippe Auriaut en se relevant mais il n'est pas sûr que cette jeune fille ait été assassinée. Ses jambes sont, en effet, brisées en plusieurs endroits. Elle a peut-être tout simplement fait une chute, et est restée là, incapable de se relever.

*

Voilà quinze bons jours, maintenant, que Marcel a été entendu par le juge Fontaine. Pourtant le vieux berger ne parvient pas à se remettre de cet entretien.

Et s'il vaque comme à son habitude aux travaux des champs, s'il surveille la mise bas des agnelles, il n'y met vraiment pas le même cœur que d'habitude. Comme si son esprit était resté là-bas, à Albi, dans le bureau de ce magistrat d'allure si sévère. Chaque jour, il se remémore l'entretien qu'ils ont eu. Une discussion qui a commencé juste après la phrase traditionnelle du juge qui a annoncé, d'une voix affable :

« Monsieur Peyrard, veuillez vous asseoir, je vous prie. »

Monsieur Peyrard. Quand a-t-on appelé Marcel ainsi, pour la dernière fois ? Le berger est incapable de s'en souvenir. Mais il est gêné, troublé, ému à en perdre la parole. Il se met même à bafouiller lorsque le juge lui demande de parler de Christophe Solal.

« Christophe, dit-il avec difficulté, c'est un bon garçon. Il ne m'a jamais posé de problème, dans le travail.

– J'en prends acte, monsieur Peyrard. J'en prends acte. »

D'un signe, le juge demande à son greffier d'enregistrer la déclaration du vieux Marcel.

« C'est tout ce que vous avez à me dire, monsieur Peyrard ? », demande-t-il.

Le vieux Marcel réfléchit mais il a beau se creuser la cervelle, rien ne lui vient.

« Oui », répond-il.

C'est ainsi que s'est terminé l'entretien. Un entretien de cinq minutes à peine, après un si long voyage, et tant de préparatifs ! Au début, Marcel n'a fait que maudire le juge, qui l'a déplacé pour rien. Mais maintenant, il s'en veut. Quel imbécile il fait ! Il aurait dû raconter à Charles Fontaine tout le bien qu'il pense de son jeune maître. Il aurait dû lui expliquer comment Christophe lui a sauvé la vie, un jour qu'il avait été mordu par une vipère. Il n'a pas hésité à ouvrir la plaie à l'aide de son couteau, et à en sucer le sang, avant de faire un garrot, et de le porter, à bout de bras, jusqu'à la bergerie. Il lui a injecté une bonne dose d'anti-venin, avant de l'emmener à l'hôpital. Marcel a toujours été persuadé que, si ce jour-là, Christophe n'avait pas réagi aussi vite, il serait mort sur le Causse. Mais ça, comme un idiot, il ne l'a pas dit. Et il n'a pas dit, non plus, qu'il pensait son jeune patron incapable de faire du mal à une mouche et encore moins, évidemment, à une jeune fille.

Oui. Il s'en veut, le vieux Marcel. Mais quand il a parlé de tout ça à Madeleine, elle l'a consolé. Elle lui a affirmé qu'il aurait une nouvelle chance, devant la cour d'assises. Me François Delmas va le faire citer comme témoin. Ainsi, il pourra expliquer lui-même aux jurés qui est vraiment Christophe…

*

« Vivant. Je suis encore vivant. »

Pour la première fois depuis quatre jours, Christophe Solal rouvre les yeux. Il regarde autour de lui. Il comprend qu'il n'est plus en prison, mais dans une chambre d'hôpital. Et peu à peu, tout lui revient. Le désespoir qu'il a ressenti au cours de son entretien avec François Delmas. Sa longue veille, dans une cellule sombre et silencieuse. La douleur atroce qu'il a éprouvée, en plongeant le couteau dans ses chairs et en les tailladant le plus profondément possible, aura été inutile. Une lente plongée vers l'inconscience l'a conduit au seuil de la mort. Mais, pour finir, elle n'a pas voulu de lui. Il respire. Il bouge. Et à regarder les deux gardes assis à la porte de sa chambre, il comprend que, bientôt, tout va recommencer. La prison, les accusations, les interrogatoires, les confrontations. Accablé, le jeune homme ferme les paupières. Et comme il en est devenu coutumier, il laisse son esprit s'évader, dans une sorte de rêve éveillé... Cette fois, il n'est pas au « Chant de la Vigne », ni sur le Causse. Il se promène, le long de l'étang du Merlet, Adeline à ses côtés. Bras dessus, bras dessous, ils marchent, deux amoureux, heureux d'être ensemble, et qui s'arrêtent, de temps en temps, pour s'embrasser. Et lentement, dans sa petite chambre d'hôpital, le bras encore relié à sa perfusion, Christophe passe du rêve au sommeil.

Mais quand il rouvre les yeux une nouvelle fois, c'est pour voir Charles Fontaine assis à son chevet.

« Monsieur Solal ! lui dit le juge. Je suis content que vous ne soyez pas parvenu à vous suicider. Clore ce dossier sans vous avoir vu jugé m'aurait fâché... »

XVI

Lorsque Dominique Thévenin a appris que l'on avait retrouvé le corps de sa petite Isabelle, il a ressenti une sorte de soulagement. Ainsi, il sait enfin ce qu'est devenue son enfant. Il va pouvoir enterrer ses restes dans le caveau familial, auprès de ses grands-parents qui l'adoraient. Chaque jour, il ira se recueillir sur la tombe, et y porter les fleurs des champs qu'Isabelle aimait tant. Il y mettra, aussi, un angelot en marbre, qui veillera sur la petite morte. Mais à imaginer ainsi sa fille à jamais endormie sous la terre, Dominique a vite senti la souffrance se réveiller en lui. Une souffrance d'autant plus grande que Daniel Jonquières lui a fait part des conclusions du médecin légiste. Il lui a expliqué, preuves scientifiques à l'appui, qu'il y avait de fortes chances pour qu'Isabelle ait été victime d'un banal accident, et non d'un meurtre.

« Bien sûr, a dit l'avocat, en l'état, rien n'est certain. Attendons le résultat des expertises complémentaires que le juge a demandées. »

Depuis cette conversation, Dominique Thévenin ne dort plus la nuit. Ce ne sont pas ses membres perclus d'arthrose qui le tiennent éveillé. C'est l'idée que sa petite Isabelle a agonisé pendant de longues journées avant de rendre l'âme. Et, dans son insomnie, le vieux Dominique ne cesse d'imaginer les étapes de son calvaire. Un film, qui se déroule plan après plan dans sa tête.

Une jeune fille aux longs cheveux bruns, vêtue d'une robe d'un rouge flamboyant, qui court à travers champs. Hier, c'était la Saint-Jean. Isabelle a dansé autour du feu. Puis, échappant à la ronde joyeuse, elle est allée muser dans la campagne endormie. Pour finir, elle s'est allongée, au couvert d'un petit bois, sous la mousse épaisse formant un tapis de sol presque confortable. Elle s'y est endormie… Le matin l'a trouvée transie, mais pas encore décidée à rentrer chez elle. Au lieu de regagner sa maison, Isabelle a brossé d'un geste de la main ses cheveux pleins de minuscules brins d'herbe. Puis elle s'est levée d'un bond, et a couru boire à l'eau d'un ruisseau tout proche. Avant de se gorger de mûres. Un petit déjeuner que la sauvageonne préfère à tous ceux que ses parents lui préparent.

Midi. Le visage barbouillé de mauve, la robe fripée, Isabelle descend de l'arbre où elle est allée chercher les œufs d'un nid de passereaux. Elle se dirige, à présent, vers la partie du Sidobre la plus sauvage, celle où courent de profondes ravines. Pour quelles raisons a-t-elle décidé d'aller se promener par là-bas ? Cela, hélas, personne ne le saura jamais. Et personne ne saura jamais, non plus, quel faux pas l'a précipitée, au fond d'une faille profonde de près de dix mètres.

La douleur. Voilà ce qui tire Isabelle Thévenin de l'inconscience dans laquelle sa chute l'a plongée. Une douleur aiguë, lancinante, qui vient de ses jambes. Elle ouvre les yeux. Autour d'elle, des ronces, des mauvaises herbes, un tapis de végétation qui ne l'a pas empêchée de se briser les deux tibias, et une cheville. Incapable de se lever, incapable même de bouger, la jeune fille reste là, allongée à même le sol. Et elle prend conscience, peu à peu, de sa solitude... Affolée, Isabelle se met alors à hurler. Ses cris, perçants, résonnent pendant de longues minutes dans l'air tiède de cette fin juin. Mais il ne se trouve personne pour les entendre. Ni randonneur, ni chasseur, ni braconnier. Et bientôt, sa voix se fait moins forte, moins perçante. Elle se casse. Elle n'est plus qu'un filet rauque, désespéré.

Dominique Thévenin n'imagine que trop bien ce qui a suivi, une agonie interminable, au cours de laquelle sa petite fille a connu les affres de la faim et de la soif. Pour tenter de les combattre, Isabelle suce l'herbe sur laquelle elle est couchée. La pluie, qui se met à tomber avec violence dans la journée, lui redonne quelques forces. Mais elle trempe aussi sa robe, ses cheveux, tout son corps, et la nuit qui vient la trouve grelottante de froid et de fièvre. Des insectes rampent sur ses jambes brisées. Ils gagnent son buste, son visage, courent sur ses lèvres, s'engouffrent dans ses narines. Isabelle, horrifiée, se remet à crier, dans l'obscurité. Elle appelle son père, sa mère, elle supplie qu'on vienne la chercher. Puis, épuisée, elle finit par s'endormir, d'un mauvais sommeil. Pour se réveiller et se débattre de nouveau au milieu du même cauchemar.

Combien de temps a duré l'agonie d'Isabelle ? Quinze jours ? Trois semaines ? À chaque fois qu'il y pense – et il y pense trop souvent –, Dominique Thévenin se désespère. Il se dit qu'il aurait encore préféré que sa fille ait été assassinée. Car alors, sa fin aurait été bien plus rapide, et bien plus miséricordieuse. Et il aurait, au moins, quelqu'un vers qui se tourner, pour assouvir sa vengeance.

Les Disparues de la Saint-Jean

*

Aujourd'hui, pour la première fois depuis de longues semaines, Madeleine est heureuse. Oh ! d'un bonheur timide, fragile, comme les corolles de muguet qui commencent à percer, là-bas, dans la partie la plus préservée de son jardin. Mais tout de même. Ce matin, au lever, elle s'est surprise à chanter. Et elle a mangé de bon appétit, elle qui a perdu près de cinq kilos depuis l'arrestation de Christophe. D'abord, elle a croqué à belles dents dans d'épaisses tartines de beurre et de confiture de fraises, celle de l'année dernière, parfaitement conservée, et à l'arôme puissant. Elle a ensuite avalé un grand bol de chicorée. Et, pour faire bonne mesure, elle a mangé une pomme, une reine des reinettes, craquante comme elle les aime. Après avoir rangé sa vaisselle, et nettoyé sa table, elle est montée à l'étage, pour faire sa toilette. Chez les Solal, pas de douche, ni de baignoire, il faudrait tout changer pour installer l'une ou l'autre, et Madeleine, qui déteste les travaux, n'en a jamais eu le courage. Elle se lave depuis toujours dans un simple lavabo, une toilette de chat longue et méticuleuse, qui la laisse rafraîchie, et bien tonique. Surtout si elle verse, sur son cou et ses bras, quelques gouttes d'eau de lavande, qu'elle frotte contre sa peau. Puis elle enfile un tailleur gris, plutôt strict, mais orné d'une belle broche sur le revers, et rehaussé d'un chemisier blanc fraîchement amidonné, des chaussures de cuir à petits talons. Un chignon, pour ramasser ses cheveux, le collier que lui a offert Louis pour leur premier anniversaire de mariage autour de son cou, et la voilà prête. Dans moins de trois heures, maintenant, elle sera devant la prison d'Albi. L'endroit où doit avoir lieu son premier parloir avec Christophe.

Lorsque Madeleine est arrivée devant la maison d'arrêt, elle s'est figée. Surprise par la longue file d'hommes et de femmes attendant devant le petit guichet trouant la lourde porte d'entrée. Tous ces gens viennent donc voir les prisonniers ? Qu'importe. Elle aussi a un permis, désormais. Elle aussi rentrera…

C'est seulement deux heures plus tard, et trempée par une pluie battante, que Madeleine franchit enfin le seuil de la prison. Elle réprime un haut-le-cœur. Car l'odeur de la détention, ce mélange caractéristique de cire, d'eau de Javel et de transpiration, prend possession d'elle. Ce relent imprègne ses vêtements, sa peau, ses cheveux. Devant elle, un long couloir barré de grilles. Autour d'elle, des gardiens en uniforme. L'un d'eux s'approche, et lui fait signe de le suivre. Madeleine lui emboîte le pas, tourne à droite derrière lui, entre, sur un signe, dans une pièce minuscule.

Au milieu, un hygiaphone très épais et très sale. De part et d'autre de cette vitre, deux tabourets.

Un « clac » sec. La porte vient de se refermer sur Madeleine. La voilà prisonnière, puisqu'elle n'a pas de poignée. Instinctivement, la fermière porte la main à sa gorge, cherchant de l'air. Puis, pour calmer l'angoisse qu'elle sent monter en elle, elle respire profondément, à trois ou quatre reprises. Et tout à coup, l'autre porte, face à elle, s'ouvre à son tour. Et Christophe apparaît dans son chambranle.

Bien sûr, Madeleine l'a vu, à l'hôpital. Mais debout, il lui paraît bien plus grand, et très amaigri. Sa gorge n'est plus entourée de pansements et Madeleine, bouleversée, distingue pour la première fois la grosse cicatrice violette qui la barre. Par endroits, elle suinte encore un peu. Il faudrait la désinfecter. Puis les cheveux de son garçon sont bien trop longs. Ses joues sont noircies par une barbe de plusieurs jours. Et lui d'ordinaire si méticuleux porte un droguet gris, semé de taches de graisse…

« Il te faudrait un bon bain, mon Christophe. »

Madeleine s'est penchée. Toujours debout, elle a posé les mains à plat sur la vitre, et y a collé son front. Et doucement, tendrement, elle parle à son enfant, ce fils qu'elle a si souvent tenu dans ses bras et qui, aujourd'hui, lui est devenu inaccessible. Comme pour atténuer la douleur de la séparation physique, sa voix se fait plus douce, plus tendre qu'elle ne l'a jamais été. En l'entendant, de l'autre côté de la vitre, Christophe ferme les yeux. Comme lorsqu'il était petit garçon, il se laisse bercer. Et c'est dans cette étreinte simulée, mais très douce tout de même, que le temps du parloir s'écoule. Une demi-heure si courte que Madeleine ne la voit pas passer. Là, dans cette petite pièce sordide, elle oublie tout ce qui n'est pas son fils.

« Parloir terminé ! »

Des portes qui se rouvrent. Des pas. Des bruits de chaise qui raclent le sol. Derrière Christophe, un gardien apparaît.

« Solal ! Sortez ! »

La phrase, prononcée d'une voix sèche, fait sursauter Madeleine. Christophe, lui, se lève docilement. Après un dernier regard à sa mère, et un petit signe d'adieu de la main, il tourne les talons. Et brutalement, Madeleine n'a plus, face à elle, que l'hygiaphone derrière lequel il se trouvait. Alors, lentement, pesamment, elle se détourne, elle aussi. Et elle s'en va, pas à pas, presque mécaniquement. Calculant déjà le nombre d'heures qui vont s'écouler avant qu'elle puisse de nouveau franchir le seuil de la prison, et retrouver son enfant.

*

Madeleine n'est pas encore rentrée d'Albi. Marcel, qui est passé en milieu d'après-midi au « Chant de la Vigne » pour avoir des nouvelles de Christophe, s'est arrêté à la bergerie. Là, casquette retroussée, oreilles aux aguets, regards câlins, mais sur le qui-vive, il observe ses brebis, dont une vingtaine doivent agneler. Il a fait ses comptes. Cent quarante jours se sont écoulés depuis que le bélier a fait son œuvre. Marcel tâte les mamelles des futures mères tous les jours avant de lâcher le troupeau. Et visiblement, l'agnelage n'est pas loin. Des mamelles dures au toucher et gorgées de colostrum sont des signes révélateurs. Qui plus est, ce matin, les bêtes se sont mises à l'écart. Marcel a donc décidé de les surveiller plus étroitement. Il a eu ces derniers mois quelques malheurs lors des agnelages. Pattes repliées, tête renversée sur le côté... Sans ses interventions, il aurait perdu cinq ou six agneaux et une ou deux mères. Ce matin, il a pris la décision de laisser le troupeau dans le Pradel qui jouxte la bergerie. Joufflu assure la garde. Marcel a pressenti les premières naissances. Bonne analyse. À dix heures cinq exactement, le premier agneau est né. Marcel cassait la croûte dans la cuisine en écoutant le journal parlé. Boudin, saucisse sèche et cornichon, le tout arrosé de café au lait !

Deux jumeaux sont arrivés sans crier gare. Un bêlement libérateur a alerté le berger. La nurserie est proche de la cuisine. Sans se presser, le couteau encore planté dans le bout de saucisse, il est allé aux nouvelles. « Une lettre à la poste », dit-il à haute voix, caressant la mère qui a déjà pris en charge sa progéniture. Mais tout près de là, une autre brebis s'agite. Elle se couche, se relève, fouette la queue, bêle en se repliant brutalement. Des sursauts incontrôlés. Marcel se penche et aperçoit le sabot et le museau du bébé. Tout va bien, même si le plus dur est à venir quand la tête et les épaules vont devoir passer. « Laissons faire la nature, dit-il à la brebis interloquée. Dans une heure, ce sera fait. » Il pourrait accélérer la mise bas en glissant le nœud d'une longe d'agnelage autour de chaque patte. Mais il y a plus urgent. Au fond de la bergerie, la vieille Blanchette pousse des bêlements plaintifs. C'est une de ses brebis chéries, d'où ce surnom affectueux. Marcel la connaît d'autant mieux qu'elle n'a jamais pu mettre bas sans son aide. Pas une seule naissance naturelle. Marcel s'approche et parle à sa brebis qui semble avoir compris qu'elle pouvait y aller. Le diagnostic est vite fait. Le berger a plongé sa main dans l'utérus, a palpé la queue et la croupe puis a senti les deux pattes arrière. Ça se présente mal, mais l'homme en a vu d'autres. Pas plus tard que la semaine dernière avec des jumeaux aux pattes emmêlées ! Blanchette pousse. Marcel l'encourage. Attendri. « Va ! Allez ! té-tété. » Du bout des lèvres, par petits cris successifs, il dicte et guide les efforts d'expulsion tout en tirant sa blague du veston noir. Tranquillement, il aligne le tabac sur le papier à cigarette, léchant à trois reprises avant de le rouler et de le fermer. Marcel attendra une demi-heure avant d'intervenir. Pas question de retourner l'agneau. Il suffit d'attraper les pattes arrière bien à l'horizontale, de les extraire de la vulve. Une fois la barrière passée, on change le sens de la traction en la dirigeant vers le bas. Blanchette ne dit rien. Son petit sortira d'un coup, le placenta déchiré. Le berger plongera alors ses doigts dans la narine de l'agneau pour dégager le mucus, laissant la mère faire le reste.

    Une demi-heure plus tard, comme prévu, l'agneau est là. Satisfait, Marcel le dépose aux pieds de sa mère, qui entreprend de le lécher. Une fois encore, Blanchette a survécu à son difficile agnelage. L'homme caresse son poil rêche, puis il se détourne, et sort de la bergerie. Il va laisser les moutons et retourner là-bas, au « Chant de la Vigne ». Car plus le temps passe, plus le sort de Christophe l'inquiète.

*

Il fait nuit. Une nuit épaisse, qui a chassé les passants des trottoirs, et prend peu à peu possession de la capitale. C'est l'heure à laquelle les ménagères préparent le dîner. Le temps, pour les enfants, de prendre leur bain. Et pour leur père de se détendre, enfin, un journal à la main. L'heure aussi que François Delmas préfère pour se mettre à travailler. Dans la journée, il vit au rythme des visites aux prisonniers, du téléphone qui ne cesse de sonner, et des audiences qui se déroulent, immuables, au palais de justice. Mais le soir, le calme s'installe enfin à son cabinet. La secrétaire partie, François Delmas s'enferme dans son bureau, ou à la douce lumière d'une lampe, il travaille ses dossiers, ou, plutôt, s'y perd. Pour lui, les dizaines, les centaines de procès-verbaux entassés les uns sur les autres ne sont pas de simples bouts de papier. Mais les éléments vivants, tangibles, de l'affaire qu'il doit gagner. François Delmas les lit, les classe, les relit, les annote, les enferme, enfin, dans des cotes de différentes couleurs. Lorsqu'il en a terminé, il en connaît presque par cœur le contenu.

Ce soir, c'est le dossier Solal qui est ouvert devant lui. Un dossier difficile, mais François Delmas ne désespère pas de le gagner. Son but ? Faire acquitter Christophe Solal. Non qu'il le croie innocent, pour lui l'innocence ou la culpabilité n'ont guère de sens. Ce qui compte, c'est d'arracher son client à la peine qui le guette, une peine capitale, ou, à tout le moins, une réclusion à vie. Pour cela, il dispose maintenant de solides éléments. Certes, Christophe a avoué. Mais le corps de la jeune Adeline Costes n'a pas été retrouvé où il avait affirmé l'avoir enterré, pas plus d'ailleurs que celui d'Isabelle Thévenin. Il n'est pas sûr que celle-ci ait été assassinée. Quant à Clémence Caillet, tant que l'on n'aura pas retrouvé son cadavre, elle restera présumée vivante...

À la même heure, un autre homme est penché sur le dossier Solal. Cet homme, c'est le juge Fontaine. Lui aussi trie, classe, répertorie, enferme les procès-verbaux dans des cotes. Mais il fait exactement le travail inverse de celui de François Delmas. Il met en place, les uns après les autres, tous les éléments de l'accusation. Car, désormais, le jour du jugement de Christophe Solal est proche. Et il espère bien le voir condamné par une cour d'assises. La question qui le taraude, à présent, est celle de savoir s'il va l'y renvoyer seul. Car après avoir reçu Marcel, le garçon de ferme des Solal, le juge s'est posé une question. Le vieil homme ne serait-il pas lui aussi mêlé, de près ou de loin, à l'un ou l'autre des trois meurtres ? Bien sûr, aucune charge matérielle, aucun aveu, aucune dénonciation, ne pèsent sur lui. Mais lors de sa brève audition, Charles Fontaine lui a trouvé une attitude étrange. Doit-il l'interroger plus avant, au risque de retarder les débats de la cour d'assises ? Doit-il au contraire en rester là ? Le juge Fontaine pèse longuement le pour et le contre. Puis, saisissant son stylo, il note, sur un coin du dossier :

« Reconvoquer Marcel Peyrard avant de rédiger l'ordonnance de clôture… »

*

Journal de Justin Gilles :

Les restes d'Isabelle Thévenin ont été rendus à sa famille, et elle a pu être enterrée. Il ne restait donc plus qu'un seul corps à retrouver. Celui de la jeune Clémence. Mais les fouilles, qui se sont pourtant poursuivies à un rythme des plus soutenus, n'ont rien donné. De son côté, à Paris, Gérard Pasquet a continué de questionner ses relations, pour tenter de retrouver cette jeune fille. Il m'appelait régulièrement, pour me donner l'état de ses recherches. Et à chaque fois, il me sommait de ne pas me décourager.

« Si elle n'est pas morte, disait-il, je finirai bien par la localiser. Pigalle, tu sais, ce n'est finalement qu'un tout petit village. Il me faut du temps, c'est tout. Quelques jours ou quelques semaines de plus. »

Mais les jours, puis les semaines, se sont écoulés sans qu'il apprenne quoi que ce soit de nouveau. Et j'ai fini par me demander si Lucien Voile ne s'était pas trompé et si Clémence Caillet n'était pas morte. Aussi morte qu'Isabelle, et Adeline…

*

L'été sera chaud, cette année, dit Marcel, observant l'énorme couleuvre sur les pierres plates du mur. Un silence brûlant fait monter de plus belle le bourdonnement d'un essaim d'abeilles sauvages, réfugiées sur le plateau de la bergerie. Le Causse est encadré de routes fréquentées. L'une passe par Augmontel, l'autre par Payrin. Mais le monde semble loin. Il reste beaucoup de sauvagerie sur ce coin de terre sèche. Les sangliers viennent renifler la nuit aux abords des enclos et le renard cache ses traces en se roulant dans le crottin frais des chevaux qui passent sur le chemin. En pleine journée, les buses tournent en criant au-dessus du troupeau, comme suspendues et portées par l'air chaud.

Marcel a laissé le troupeau sous bonne garde. Celle de Jouffu. Il a dix ans ce mois-ci, le père Jouffu ! Issu d'un curieux mélange, vaguement épagneul, vaguement berger belge. Il est le seul maître du troupeau, poussant les bêtes sans agressivité mais avec maîtrise et fermeté. Quand il est seul à la garde, il s'assoit à l'angle du champ où il reste quelques minutes avant de se coucher. Semblant délaisser son monde. Et cependant, à la moindre incartade, il bondira comme alerté par un radar champêtre dont il est le seul à percevoir les ondes. Sa bouille ronde et ses yeux lourds lui ont valu son nom. Un patronyme original ici puisque tous les chiens du canton – ou presque – portent des noms d'avions. Piper, Cessna, Jodel, Stamp, Grumann. Il faut dire que les pâtures entourent et jouxtent le petit aérodrome de Labruguière. Les moutons viennent même paître autour de la piste sans s'alarmer des petits coucous qui sillonnent l'endroit à très basse altitude. Les moutons des Solal ont grandi sous les ailes des avions de l'aéro-club et pas un agneau ne lèvera la tête à leur passage. Une indifférence parfois fatale quand une brebis s'aventure trop près de la piste. Tous les ans, une ou deux bêtes sont assommées ou tuées par les roues d'un appareil en phase d'atterrissage. Les Solal ne s'en préoccupent guère. Ils ont toujours été indemnisés. Et les cinq hectares de l'aérodrome sont une belle pâture gratuite.

Pour Marcel aujourd'hui, c'est jour de fauchage. Pour lui, le seul intérêt des avions, c'est qu'ils indiquent la direction du vent. Facile. Ils se posent toujours face au vent dominant. C'est l'autan qui souffle. Le foin sera bon et abondant. Le printemps y est pour beaucoup. Doux, humide en son début, puis sec et chaud, il a favorisé la pousse. Et quand l'herbe est sèche comme aujourd'hui, grâce à l'autan, la fauche est un régal. Le tracteur tourne sans heurt, la lame glisse au ras du sol et elle attaque les tiges au pied dans un cliquetis sec mais régulier. L'herbe tressaute, se redresse, vibre, flagelle puis s'écroule à plat. Joliment. Marcel entame son septième tour de pré. La lame a perdu de son tranchant. Le moteur régule et compense les soubresauts de la faucheuse. Les taupinières sont nombreuses, l'attelage fatigue. Il va devoir changer la lame. Une pause bienvenue...

Marcel s'arrête. Laissant là sa machine, il s'installe à l'ombre, dans l'herbe. Et une fois de plus, il sort de sa poche la lettre qu'il vient de recevoir.

Une nouvelle convocation du juge. Un nouveau et pénible voyage en perspective. Pourquoi ? Marcel n'a pas cherché à le savoir. En vieux paysan avisé, il a compris qu'en matière de justice, mieux vaut ne pas trop poser de questions. De toute façon, personne ne vous donne les réponses…

XVII

A oût. Un grand soleil brille sur le Causse. Marcel pousse le troupeau plus qu'il ne le précède, tant la chaleur pèse sur la « compagnie ». Elle n'est guère obéissante, aujourd'hui. Les agneaux s'écartent vers les fougères jaunies au bord du chemin. Les brebis s'affolent et s'égarent en voulant récupérer leurs petits. Marcel gouverne. Mal. Le vieil homme est préoccupé par sa récente visite au juge Fontaine. Une visite faite en pleines vacances judiciaires mais le magistrat ne s'accorde pratiquement pas de congé, c'est bien connu au palais. Quand Marcel y a pénétré, voilà trois jours maintenant, les lieux étaient déserts, ou presque, et il y régnait une fraîcheur de bon aloi. Soulagé d'échapper à la canicule, le berger a ôté sa casquette et s'est essuyé le front à l'aide d'un grand mouchoir à carreaux. Puis, à pas lents, il a repris le chemin du bureau de Charles Fontaine...

La honte. La colère. Le ressentiment. Tels sont les sentiments qu'a ressentis l'homme de confiance des Solal quand le magistrat a commencé à lui parler. Pour être simple, Marcel n'en est pas moins intelligent. Il a vite compris que le juge le soupçonnait d'avoir trempé dans les meurtres. Alors il s'est fâché tout rouge. Et pour la première fois de sa vie, peut-être, il a prononcé un discours de plus de dix phrases d'affilée. Face à lui, Charles Fontaine écoutait, le visage fermé, comme à son habitude. Puis, quand il en a eu terminé, il a simplement dit, d'une voix glaciale :

« Vos protestations d'innocence paraissent sincères, monsieur Peyrard. Néanmoins, je vous prie de bien vouloir me dire où vous vous trouviez précisément les soirs de la Saint-Jean des années 1957, 1958 et 1960… »

Depuis, Marcel essaie de se remémorer son emploi du temps de ces nuits-là. Mais il a beau faire, il ne se souvient de rien. Pourquoi, d'ailleurs, se rappellerait-il quoi que ce soit ? Les soirs de fête, pour lui, sont semblables à tous les autres… Pourtant, il va bien falloir répondre au juge, et cette perspective le taraude. Alors, il travaille mal et Joufflu, qui a senti son malaise, en est lui-même déboussolé. Il n'écoute plus. Le berger tente de se reprendre, pousse la troupe du geste et de la voix.

Mais il fatigue. Sa démarche pourrait être enlevée, n'était ce balancement des hanches qui lui donne un faux air claudicant. Comble de malchance, l'herbe a séché et seuls les contreforts de la Montagne noire offrent encore un peu de verdure. Le troupeau ira donc la chercher sur les pâtures communales d'Escoussens. Encore trois cents mètres de surveillance attentive – une éternité –, et les trois kilomètres auront été parcourus depuis la bergerie. À pied, une fois de plus. Mais ici, les clôtures ne sont pas sûres. Marcel devra donc garder le troupeau toute la journée avant de le ramener ce soir à Labruguière…

Ça y est. La moiteur cède, l'humidité embaume. Le rythme monte. Les moutons se mettent à courir, à trembler, à bêler à l'approche de buissons frais. Les béliers font le ménage et rassemblent les femelles autour d'eux. Une trentaine de brebis ont agnelé il y a trois mois, les amours vont reprendre. Et cette fois, Marcel laissera faire, il n'ira pas contrôler les accouplements. La lutte sera libre, les béliers agiront à leur guise. Ils ne vont pas se priver. Le troupeau est enfin arrivé à destination. La lisière du bas s'est ouverte au bout du chemin. Dans le pré, il est venu une ondulation d'herbe grasse. Une fraîcheur monte de la parcelle, comme dans une oasis en plein désert. « Et dire que le

Causse est si aride », pense Marcel à haute voix. L'homme s'arrête sur le bord du champ, il relève son béret, s'éponge le front, et peste contre sa solitude. Ensuite, il remet son couvre-chef bien d'aplomb, sur la tête. D'un geste sûr et machinal, il casse la visière pour que l'ombre coupe son visage en deux. Une ombre qui jaillit des pommettes et monte sur l'arête du nez. « Le plus dur reste à faire, dit-il, résigné. Attendre ici jusqu'à ce soir. Ah ! où est-il, le temps où j'avais mon Christophe pour m'aider à patienter ? »

*

L'été, en prison, est la pire période qui soit. Le ciel bleu, la douceur de l'air, les journées plus longues augmentent encore le désespoir des détenus. Dans les cellules règne une chaleur moite, qui poisse le corps. Et la nuit, pas un brin de vent ne vient les éventer. Enfant et adolescent, Christophe Solal a toujours aimé la canicule. Il marchait des jours entiers sur le Causse, avec ses moutons, sans paraître incommodé par les rayons brûlants du soleil. Et quand Madeleine le voyait rentrer, le visage tanné, elle riait en le traitant de « fada ». Mais ici, en cellule, il est abattu. S'il boit des litres d'eau, il ne se nourrit quasiment plus, flotte dans ses vêtements. Il y a quelques jours, la sueur a fait naître sur sa peau et sur son cuir chevelu de vilaines irritations. Grattées, elles sont à vif. Christophe n'a rien pour les soigner et, d'ailleurs, il s'en moque. Trop découragé pour rompre la routine quotidienne qui le « tient debout », comme il l'écrit à sa mère. Sept heures, lever, et café. Dix heures, promenade dans la cour, avec tout le monde, puisque le juge a fini par assouplir son régime de détention. Mais à quoi bon ? Le jeune Solal n'a rien à dire à la dizaine de petits voleurs, d'escrocs et de braqueurs qui « tournent » avec lui dans les quelques mètres carrés entourés de hauts murs. Il marche donc seul, tandis que les autres s'écartent, sur son passage, et le regardent avec une sorte de méfiance. Solal, il ne fait pas partie de leur monde. Et puis, il est accusé d'avoir tué de très jeunes filles, ce qui lui vaut une réputation de « fêlé ». Sorti seul de sa cellule, il y rentre seul, pour attendre l'heure bénie du courrier, et de la lettre quotidienne de Madeleine. Puis, après l'avoir lue, et y avoir répondu, il n'a plus qu'à attendre que l'après-midi se passe. Il y a quelques semaines encore, il rêvait tout éveillé du Causse, et de sa maison. Aujourd'hui, les visions qui berçaient sa solitude se sont évanouies, pour laisser place à une torpeur dont il ne sort qu'au moment des parloirs. Voir sa mère le comble de douceur et d'angoisse à la fois. La plupart du temps, il est même incapable de lui parler, tant sa gorge est nouée. Alors il reste là, derrière la vitre, à l'écouter raconter les dernières nouvelles. Il sourit quand elle lui annonce la fin de l'agnelage. Il fronce les sourcils quand elle évoque les problèmes du vieux Marcel, ou la perte d'un arbre fruitier de leur verger. Il l'écoute, l'air intéressé, quand elle lui fait le décompte des frais à débourser pour refaire une partie de la toiture.

« Les tuiles ne résisteront pas au prochain hiver, dit-elle, l'air sentencieux. Il faut que j'appelle Daniel Arnaud, le bâtisseur du "Chant de la Vigne" ».

Oui, Christophe écoute sa mère. Mais la vérité, c'est qu'il ne l'entend pas vraiment. Il la regarde, seulement, et boit des yeux son visage rond, marqué par les premières rides. Puis, au bout d'un moment, elle finit par s'arrêter de parler. Elle le fixe, elle aussi, en silence. Deux malheureux, séparés par une vitre, et qui ne peuvent même pas s'embrasser.

Les visites de Me François Delmas sont, quant à elles, bien différentes. Peu à peu, l'avocat a conquis la confiance de son jeune client. Et il l'a persuadé qu'il parviendrait, à force de travail, à le faire acquitter. À chacune de leurs rencontres, il se livre avec lui à un travail de fourmi, lisant et relisant inlassablement toutes les « cotes » du dossier, mimant les interrogatoires qu'il va subir, lui expliquant, inlassablement, les rouages compliqués d'une cour d'assises.

« Votre pire ennemi n'est pas l'avocat général, lui dit-il. Votre pire ennemi, c'est vous. Selon votre attitude, les jurés vous croiront, ou ne vous croiront pas. Il faut vous rendre sympathique, les gagner à votre cause. Il faut, surtout, crier votre innocence. De vrais cris, venus du fond de vous-même. Vous n'avez pas tué ces trois filles. Il faut le leur faire entendre. Si vous y parvenez, ils vous libéreront. »

La liberté ? Christophe en rêve, comme rêve un homme qui meurt de soif, en songeant à une fontaine d'où coule une eau fraîche et claire. Elle est à deux pas de lui, là, de l'autre côté du mur. Dans les rues accablées de chaleur, des gens se promènent, musent, s'amusent, s'embrassent. Ils vivent, comme Christophe vivra dans quelques mois. Si, bien sûr, il parvient à triompher de l'épreuve de la cour d'assises.

*

À Paris, ce mois d'août est superbe. Les rues, désertées par les citadins partis en vacances, sont vides et chaudes. On se gare partout. Et si les commerces sont fermés, les terrasses fleurissent. L'atmosphère, on l'aura compris, n'est pas propice au travail. D'ordinaire, François Delmas lui-même quitte la capitale, pour aller passer quelques jours à la pointe du Raz, en Bretagne. Là-bas, il se promène longuement au bord de l'eau et passe des heures à regarder les vagues écumantes se fracasser sur les rochers. La grandeur du site, sa solitude, apaisent son âme et calment ses angoisses. Car il se sent angoissé en permanence. Non par sa vie privée, inexistante. Mais par ses dossiers. Chacun d'eux est un combat, une lutte contre la mort, la prison, ou l'injustice. Et pour chacune de ces batailles, il mobilise toutes ses forces. L'été, la quinzaine de jours qu'il passe à la mer lui permet de se ressourcer, de récupérer. Mais, cette année, il n'est pas parti. Trop préoccupé par l'affaire Solal. Cette fois, c'est officiel. Le juge Fontaine a décidé de clore le dossier, et de le renvoyer devant la chambre d'accusation. C'est la dernière étape judiciaire avant la cour d'assises. Le signe que, bientôt, les dés en seront jetés.

Telle est la raison pour laquelle François Delmas a décidé de consacrer la fin de l'été à travailler le dossier. Il a accepté, aussi, de recevoir quelques journalistes, pour leur donner son sentiment sur le procès qui va bientôt se dérouler. En cette toute fin d'après-midi, il attend Justin Gilles, ce localier de *La Montagne noire* qui a « couvert » l'affaire Bonnet, il y a cinq ans.

C'est à dix-neuf heures exactement, comme ils en sont convenus, que Justin a sonné à la porte de son cabinet. Quelques instants plus tard, ils étaient face à face.

« Monsieur Gilles, a alors dit l'avocat, je sais que c'est vous qui avez déclenché cette affaire. Vous avez eu raison. C'était votre travail. Hélas, il y a fort à craindre que vos articles, écrits je vous l'accorde dans une intention très louable, n'aient provoqué l'arrestation d'un innocent. »

*

Journal de Justin Gilles :

Voilà. J'ai vu Me François Delmas. Et il m'a confirmé que tout était en place dans le dossier Solal. Il n'y a plus qu'à attendre la cérémonie judiciaire au cours de laquelle le jeune Christophe comparaîtra devant la cour d'assises. Est-il innocent ou coupable ? À l'heure où j'écris ces lignes, bien malin qui pourrait le savoir. Mais ce qui est sûr, c'est que c'est un grand procès d'assises qui va s'ouvrir dans quelques mois. J'y serai, bien sûr. En attendant, j'ai décidé de préparer les interviews des principaux acteurs de ce drame. Je vais aller voir Martin Costes, Dominique Thévenin, et les Caillet. Puis, bien sûr, Madeleine Solal…

*

C'est un mois et demi plus tard, en octobre, que Justin Gilles a rencontré Madeleine pour la troisième fois. Lorsqu'il est « monté » au « Chant de la Vigne », le « nouveau printemps » s'achevait tout juste. Dans le sud du Tarn, il commence en septembre, quand la végétation reprend et que les prairies reverdissent. Cette année, il est particulièrement beau, un enchantement de douceur, qui ne parvient pourtant pas à faire oublier à Madeleine l'angoisse qu'elle ressent à l'approche du procès de son fils. Sans voir la nature splendide qui l'entoure, elle ne vit plus qu'au rythme des parloirs et des lettres de Christophe.

> *« Chère maman, lui écrit-il. J'ai reçu hier la visite de François Delmas. Il pense que le procès sera fixé au tout début de l'année prochaine. Il a préparé une liste de témoins, qu'il veut faire citer. Il pense que tu dois faire une déposition. Moi, cela me fend le cœur de savoir que tu vas devoir subir ce supplice. »*

Madeleine a relu des dizaines de fois ces quelques mots, comme tous ceux que Christophe lui a envoyés. Elle a rangé ses lettres dans un petit coffret en merisier que lui a offert Solange pour l'un de ses anniversaires. Et elle l'a posé sur sa table de chevet, juste à côté de son lit. Ainsi, le soir, avant d'éteindre sa lampe, elle sort une dernière fois les lettres, s'imprègne des pleins et des déliés de l'écriture de son garçon.

« Quand je m'endors, dit-elle à Justin Gilles, j'ai l'impression d'être un peu plus près de lui. Il me manque, vous savez. Autant que me manque mon mari. »

Justin Gilles n'a rien répondu. Il a simplement hoché la tête. Et Madeleine, brusquement mise en confiance, a pris sa main. Puis, farouche, elle a dit :

« Depuis que Louis est mort, je suis seule. Toute seule. J'ai dirigé ce domaine. J'ai élevé mon fils. J'en ai fait un homme, comme l'aurait voulu son père. Et aujourd'hui, on voudrait me le condamner à mort, alors qu'il est innocent ? Cela ne sera pas. J'en suis certaine. »

Encore une fois, Justin Gilles a acquiescé, d'un simple signe de la tête. Puis, il a pris congé. À pas lents, sous un pâle soleil d'automne, il s'est longuement promené dans la campagne environnante.

Les Disparues de la Saint-Jean

En maudissant le sort qui l'a placé sur la route de cette femme qui prie chaque jour pour que son enfant ne soit pas coupé en deux par la lame de la guillotine…

XVIII

CETTE NUIT, et pour la première fois depuis de longues années, Madeleine Solal a rêvé de son mari. Quand elle s'est réveillée, encore sous l'emprise du songe, elle a cherché son corps, dans le creux de leur lit. Mais Louis n'était pas là. Alors elle est restée couchée, muette, immobile, les larmes aux yeux, à se rappeler leurs étreintes passées. Avec Louis, elle a découvert les flamboyances qui embrasent les corps, les étreintes interminables qui vous laissent épuisée, alanguie, heureuse de reposer la tête contre le flanc de l'homme que l'on vient d'aimer. Après leur mariage, il ne s'est pratiquement pas écoulé une nuit sans qu'il s'approche d'elle, l'empoigne, l'attire contre son ventre, avant de la prendre doucement, en lui procurant toujours le même plaisir. À se remémorer ces étreintes, Madeleine, qui n'a pas connu d'homme depuis près de vingt ans, se sent vide, inutile, brûlante d'une fièvre que personne n'assouvira jamais plus. L'aube la trouve éveillée, les yeux ouverts, les poings serrés, en colère contre le monde entier. Car Louis est mort. Et demain, Christophe sera jugé par la cour d'assises, pour les meurtres de Clémence Caillet, d'Adeline Costes, mais aussi d'Isabelle Thévenin. Isabelle, oui ! Car malgré le rapport de Philippe Auriaut qui conclut à une mort accidentelle, le juge Fontaine a refusé d'en rester là. Il a nommé un collège d'experts chargés de refaire l'autopsie. Et quelques semaines plus tard, leurs conclusions sont tombées.

Il existe plusieurs traces de fractures sur les jambes de la morte, ont écrit les experts. Ces fractures peuvent avoir été provoquées par une chute. Néanmoins, nous avons constaté au niveau du larynx une légère fêlure. Elle peut certes être accidentelle, elle aussi. Mais il est également possible qu'elle ait été causée par un étranglement très violent.

Fort de ces dernières expertises, Charles Fontaine a refusé d'accorder à Christophe un non-lieu partiel. Et malgré les protestations de son avocat, la chambre des mises en accusation l'a suivi… Demain, le jeune homme devra donc répondre de trois assassinats.

À y songer, Madeleine Solal, incapable de rester étendue plus longtemps, se lève d'un bond.

Elle enfile des vêtements chauds, des chaussures, enroule une écharpe autour du cou. Puis, sans même prendre le temps d'avaler un bol de lait, elle sort de chez elle, comme elle a coutume de le faire depuis que la date de l'audience a été fixée. Sans parvenir pour autant à faire passer sa rage…

*

« Solal ! Vous êtes prêt ? »

Sept heures du matin, ce 25 janvier 1961. La porte de la cellule de Christophe Solal vient de s'ouvrir. Dans l'entrebâillement, un gardien l'attend, pour l'emmener au palais de justice d'Albi, où il doit aujourd'hui être jugé. Éveillé depuis trois bonnes heures – en fait, il n'a quasiment pas fermé l'œil de la nuit –, Christophe a eu tout le temps de se préparer. Pour cela, il a sagement suivi les conseils de François Delmas. « Surtout, lui a dit l'avocat, n'ayez pas l'air patibulaire. Souvent, les jurés condamnent sur une bonne ou une mauvaise mine. Lavez-vous, et rasez-vous. » L'opération n'a pas été simple. En effet, dans sa cellule, Christophe ne dispose pour ses ablutions que d'un simple robinet scellé au-dessus de toilettes à la turque. Pour se laver, il a donc recueilli dans une bassine de plastique l'eau glacée qui en coule chichement. Il a nettoyé patiemment chaque partie de son corps, avant de se servir d'un vieux rasoir pour débarrasser ses joues d'une barbe de trois jours. Enfin, le jeune Solal a revêtu, pièce par pièce, les vêtements que sa mère lui a fait parvenir pour l'occasion. Un beau costume bleu marine, assorti d'une chemise blanche, et d'une cravate bleue, elle aussi. Une fois les chaussures enfilées – des chaussures neuves, au cuir fauve très souple –, Christophe s'est assis sur son lit. Et, les mains posées l'une dans l'autre, en un geste familier, il a attendu qu'on vienne le chercher.

« Solal ? »

Le gardien tire Christophe de sa rêverie. Lentement, le jeune garçon lui emboîte le pas. Ils traversent ensemble la prison encore endormie. De part et d'autre du couloir, les portes des cellules, toutes semblables, constituées d'un fer épais creusé d'un œilleton. Devant eux, des grilles, espacées de dix mètres en dix mètres. Une infinité de barreaux, franchis les uns après les autres, et finissant par un rond-point en étoile. À gauche, l'infirmerie, qui ne sert guère, puisque le médecin ne vient qu'une fois par mois. À droite, les services internes à la prison : comptabilité, lingerie, bibliothèque, économat. En face, la « fouille », c'est-à-dire l'endroit où l'on garde les objets de valeur des détenus, mais aussi où on les met à nu pour s'assurer qu'ils ne portent sur eux rien de dangereux, ou de prohibé. C'est ce qui attend Christophe maintenant. Car il lui faut se dévêtir entièrement avant de quitter la prison. La veste, d'abord. Puis la chemise, la cravate, le pantalon. Le slip, aussi. Mais ce n'est pas fini. Pas encore. Le pire reste à venir.

« Tournez-vous, et pliez les genoux », ordonne un gardien.

Le rouge au front, Christophe obéit. L'instant d'après, il sent le doigt du gardien fouiller son intimité la plus profonde, pour vérifier qu'il n'y a rien dissimulé.

Huit heures et demie. Poignets étroitement menottés, épaules basses, les trois détenus que l'on doit transférer au palais se tiennent devant la lourde porte fermant la prison. Les uns derrière les autres, ils grimpent dans la fourgonnette affrétée pour la circonstance. À l'intérieur du véhicule flotte une infecte odeur de gasoil. Déjà écœuré, Christophe se glisse sur l'un des sièges, et s'assoit contre la fenêtre barrée d'un grillage à très fine maille. Il espérait voir le jour. Il n'en sera rien. Quand la fourgonnette, qui s'est mise en route, s'arrête enfin, quand les portes s'ouvrent, quand il descend, il se retrouve dans un sous-sol. Le lieu réservé aux détenus en attente d'être jugés. Une sorte de cage minuscule et puante. De longues minutes s'écoulent, avant qu'on le conduise dans la salle d'audience.

La prison, c'est un endroit odieux et inconfortable. Mais on y est à l'abri de tout, totalement préservé du monde extérieur. Depuis un peu plus d'un an, Christophe Solal vit reclus, dans huit mètres carrés. Treize mois qu'il ne voit que les gardiens, sa mère et son avocat. C'est dire sa panique, au moment où il approche du prétoire et qu'il entend les murmures de la foule qui y est entassée. Mais voudrait-il reculer qu'il ne le pourrait pas. Les gardes qui marchent à ses côtés l'entraînent par la petite chaîne qui ferme ses menottes. Ils le tirent, comme on tire un baudet et, brutalement, tout bascule. Une porte s'entrouvre. Il se retrouve dans le box des accusés. Face à lui, la salle, une salle en partie lambrissée, où des dizaines de personnes se pressent jusqu'à former un mur mouvant et hostile, d'où monte une sorte de murmure mi-excité, mi-hargneux. D'abord, parmi tous ces gens, Christophe Solal ne distingue aucune tête connue, seulement une masse indistincte de visages tous semblables. Puis, d'un coup, le puzzle se reforme. Et il reconnaît les villageois de Lacroze. Le boulanger et son épouse, la bouchère, la postière. Des hommes et des femmes qu'il fréquente depuis sa plus tendre enfance et qui, aujourd'hui, dardent sur lui des yeux méchants. Gêné par ces regards qui le dévisagent, Christophe Solal détourne la tête. Mal lui en prend. Juste en face de lui, se trouve le banc des parties civiles. Les parents, les frères, les oncles et les tantes des trois disparues de la Saint-Jean y sont assis, serrés les uns contre les autres. Il y a là Dominique Thévenin, le père d'Isabelle. Les Caillet. Et Martin Costes, l'instituteur, auprès de son nouvel avocat : Lucien Louans, un ténor du barreau d'Albi, réputé pour sa hargne. Très droit, très pâle, l'instituteur brandit une grande photo d'Adeline. La jeune fille, dans toute la splendeur de ses quatorze ans, sourit à la salle. Christophe, en la voyant, retient ses larmes...

Mais il ne pleure pas. Car s'il y a bien une chose que sa mère lui a enseignée, c'est que l'on ne pleure pas en public, devant des étrangers. Et elle est là, sa mère, au premier rang de l'assistance. Une belle femme vêtue de gris, qui a relevé ses cheveux en un lourd chignon et qui le regarde avec tendresse. À côté d'elle, François Delmas, vêtu de sa grande robe noire, tourne vers la cour son visage de pierre. Un masque rigide, au milieu duquel brillent deux yeux d'un noir flamboyant...

*

Journal de Justin Gilles :

Les grands procès se ressemblent tous – et ils ressemblent, aussi, à des pièces de théâtre. D'abord, il y a le prologue. Ces moments où la foule, massée autour du palais ou dans la salle, attend l'ouverture des débats. On murmure, on suppute, on s'interroge. On lance même parfois des paris sur l'issue de débats qui n'ont pas encore commencé. Et le public, mouvant, hostile, mais aussi curieux, commente à l'infini les articles publiés par la presse pour l'occasion. Il faut bien le reconnaître, à la veille de l'ouverture du procès Solal, les journaux se montraient sûrs, à quatre-vingt-dix pour cent, de sa culpabilité. L'un d'eux, un grand quotidien national, titrait même : « La mort pour le tueur du Sidobre. » Pour ma part, j'avais préparé un véritable dossier, constitué des différentes interviews que j'avais pu recueillir, durant mon enquête. Celles de Martin Costes et de Madeleine Solal se partageaient la vedette. À les lire, on ne pouvait finalement conclure qu'une seule chose. Dans cette terrible affaire, ils avaient tous les deux perdu un enfant. Madeleine parlait de son fils de manière à la fois pudique et émouvante. Martin, lui, évoquait sa fille avec chaleur et révolte. Pauvre Martin ! À la première heure du procès, il est arrivé en brandissant une grande photo d'Adeline. Je pense que c'est son avocat, Me Lucien Louans, qui le lui a soufflé. Cet homme-là est connu dans toute la région pour ses idées réactionnaires. Pour lui, tuer dans le dos un voleur de pommes qui vient de vous dérober trois fruits est chose normale. Alors, quand il s'agit de juger l'assassin présumé d'une jeune fille, tous les coups sont permis. Et celui-là a porté, à voir le visage des jurés, assis face à cette fillette rayonnante, au sourire d'ange...

*

Marcel est assis dans la salle réservée aux témoins. Des heures qu'il attend d'être appelé. Il n'est guère à l'aise, dans son beau costume bleu, celui qu'il n'a mis qu'une seule fois, le jour de son mariage. Car il a été marié, le vieux berger, et à dix-huit ans encore. Sa promise, Jeannette, était de son village. Ils avaient pour ainsi dire grandi ensemble, courant dans la même cour d'école, avant de se retrouver, adolescents, sur les mêmes chemins de campagne. Comme Marcel, Jeannette avait l'amour des bêtes et de la terre. Comme lui, elle savait mieux que personne dénicher les oisillons au nid, se régaler de mûres ou de myrtilles, et nager dans l'eau fraîche du lac du Merlet. Marcel n'a jamais eu à lui demander sa main. Il a toujours été entendu, dès leur petite enfance, qu'ils deviendraient mari et femme. Et les trois années de leur mariage ont été les plus heureuses qu'ait jamais connues le berger. Mais, un soir, en rentrant chez lui, il a trouvé Jeannette rouge de fièvre. Une mauvaise grippe, qu'elle a mal soignée, et qui s'est transformée en pneumonie.

Aujourd'hui encore, Marcel sent le chagrin lui étreindre la poitrine quand il pense à la jeune femme enterrée à l'aube de sa vie. Jamais il ne l'a remplacée. Et il espère bien la retrouver, un jour, là-haut, à la droite de Dieu, la place des justes. Peut-être le regarde-t-elle, assis sur cette chaise de paille, au milieu de tous ces inconnus, et attendant d'être entendu comme témoin par une cour d'assises…

Témoin. Ce mot, le juge Fontaine le lui a asséné lors de leur dernière rencontre. Et en le prononçant, sa voix avait une intonation cassante, désagréable car Marcel avait réussi à le mettre en échec, grâce au vétérinaire des Solal, à qui il s'était ouvert de ses ennuis.

« Mais enfin, Marcel, lui a-t-il dit, tu ne te souviens pas que la nuit de la Saint-Jean 1958, tu es venu me chercher, parce que ta brebis n'arrivait pas à agneler ? La pauvre souffrait tant que tu m'as fait déplacer. J'ai même râlé, en te disant que tu me gâchais la fête ! Tiens, si tu veux, je vais l'écrire à ton juge. Après ça, il te fichera peut-être la paix ! »

Effectivement. Mis au courant, Charles Fontaine n'a pas insisté. Et aujourd'hui, Marcel va enfin pouvoir venir au secours de son jeune maître. Il va dire tout le bien qu'il pense de lui. Voilà des semaines qu'il peaufine son discours. Il l'a répété dix fois à Madeleine. Et pour tromper l'attente, il continue de se le réciter.

« Monsieur Peyrard ? »

L'huissier ouvre la porte. Il appelle Marcel. Lentement, celui-ci se lève. La gorge nouée, il suit l'officier ministériel, et entre dans la salle d'audience pleine à craquer. Ce matin, quand il est arrivé, il avait déjà été frappé par la solennité des lieux. Les lustres, les dorures, les lambris, tout ici est fait pour impressionner. Tout, y compris les robes rouges et noires des magistrats, des avocats, et le jargon si particulier qu'ils emploient pour vous parler. Le vieux berger s'était bien promis de ne pas se laisser intimider mais déjà, il sent ses mains se mettre à trembler. Et, soudain paniqué, il réalise qu'il a oublié les premiers mots de son discours.

« Monsieur Peyrard ! »

Cette fois ce n'est plus l'huissier mais le président qui apostrophe Marcel. Devant ce grand homme au visage si sévère, Marcel termine de perdre son sang-froid.

« Veuillez jurer de dire la vérité, toute la vérité, rien que la vérité, lui dit le magistrat d'une voix solennelle. Levez la main droite, et dites : "Je le jure."

– Je le jure.

– Monsieur Peyrard, nous vous écoutons. »

Silence. Marcel se racle la gorge. Avec difficulté, il prend la parole.

« Je suis venu vous dire que Christophe est un bon garçon. Il a toujours été adroit avec les bêtes. Il travaillait dur, au "Chant de la Vigne"...

Marcel se tait, cherchant ses mots.

« Monsieur Peyrard, coupe alors le président, nul ne doute que Christophe Solal soit un excellent agriculteur. Ce qui intéresse la cour, c'est sa vie privée. Vous qui le connaissez sans doute mieux que quiconque, puisque vous l'avez vu grandir. Que pensez-vous de lui sur ce plan ?

– Sur ce plan ? »

De plus en plus décontenancé, Marcel opine du chef, mais sans répondre.

« Monsieur Peyrard, je vais vous poser la question autrement. À votre connaissance, Christophe Solal a-t-il eu des petites amies ?

– Des petites amies ? »

Marcel secoue la tête. Interloqué.

« Ah ça non ! finit-il par répondre. Je ne lui en ai pas connu.

– Pourtant, Christophe Solal est adulte ! S'il n'a jamais connu de filles, c'est peut-être qu'il avait un problème avec elles. »

Un nouveau silence. Plus long. Plus tendu. Puis le vieux berger finit par souffler :

« Je n'en sais rien... »

*

Journal de Justin Gilles :

Dieu ! Que les cours d'assises peuvent être cruelles ! Après la déposition malhabile du vieux Marcel, le président a jugé utile de faire appeler à la barre Madeleine Solal. Et cette femme d'ordinaire si intelligente et si fine a donné d'elle et de son fils une image désastreuse. Sèche, presque cassante, elle a énuméré dans le détail toutes les qualités de Christophe. Ensuite, sans même un mot de pitié pour les parties civiles, elle a expliqué avec morgue qu'il était absolument impossible que son fils soit coupable.

« Isabelle Thévenin est morte accidentellement, a-t-elle dit. On n'a jamais retrouvé le cadavre de Clémence Caillet. Quant à Adeline Costes, Dieu seul sait avec qui elle avait rendez-vous, le soir de la Saint-Jean, après avoir congédié mon fils. »

À ces mots, Martin Costes s'est dressé. Écumant de colère. Il a fallu deux gardes pour l'empêcher de se précipiter sur Madeleine...

*

La solitude. L'angoisse. Le chagrin. Tels sont les sentiments qui rongent Madeleine, en ce premier soir d'audience. Pour ne pas avoir à faire chaque jour le trajet entre le « Chant de la Vigne » et le palais de justice, elle a pris une chambre d'hôtel en ville. Après avoir rapidement dîné d'une omelette et de quelques pommes de terre sautées, elle s'y est retirée. Allongée sur son lit, elle remâche son amertume. Cette première journée d'audience a été très difficile, du début à la fin. Christophe, paralysé de timidité, a éludé la plupart des questions que lui posait le président. Debout dans le box, les bras ballants, la tête basse, l'œil torve, il ne pouvait faire plus mauvaise impression. Et la suite n'a guère été plus brillante. D'abord, le président a expédié tous les témoins cités par la défense en un temps record. Ensuite, il a ridiculisé le vieux Marcel. Et quant à elle... Madeleine soupire. Elle a conscience d'avoir desservi son fils, par un discours trop arrogant. Mais quoi ! Ces gens-là ne devaient-ils pas savoir que Christophe est un garçon droit, honnête, incapable de faire du mal à quiconque ? Madeleine entendait seulement le leur démontrer. Bien sûr, elle n'aurait pas dû adopter ce ton de maîtresse d'école mais elle l'a fait. Maintenant il est trop tard. Elle ne peut plus revenir en arrière. Et malheureusement, le pire est à venir car, demain, la cour doit entendre Lucille, cette très jeune fille que toute la presse a surnommée « la rescapée »...

XIX

Un rêve. Voilà ce qu'a l'impression de vivre Lucille Sinclair. À l'approche du procès de Christophe Solal, de très nombreux journalistes ont cherché à la rencontrer. Et, bien sûr, elle leur accorde interview sur interview. À chaque fois, elle leur raconte son histoire de la même voix douce, timide. À chaque fois, ils s'attendrissent sur ses souffrances, et louent le courage dont elle a fait preuve, en parvenant à échapper au « tueur de la Saint-Jean », c'est-à-dire à Christophe Solal. Lucille, enivrée par son succès, collecte tous leurs articles. Pour les ranger, elle a acheté un « lutin », et les y glisse, les uns après les autres. Sans se lasser de regarder sa photo, qui illustre la plupart d'entre eux. Sur le cliché, elle fixe l'objectif de deux yeux graves. La tête penchée, le visage adouci par ses cheveux formant une auréole, elle paraît presque jolie.

Oui, Lucille est ravie de toute la publicité qui l'entoure. Et ce n'est pas fini. Elle va témoigner devant la cour d'assises. Loin d'être une épreuve, cette comparution est pour elle une consécration. Elle, la fillette écartée de tous par sa maladie, l'adolescente malingre, la jeune fille sans grâce, va être au centre de toutes les attentions. Et surtout, elle va tenir entre ses mains la destinée d'un homme.

Au matin de la seconde journée d'audience, Lucille se lève avec le cœur en fête. Pour l'occasion, ses parents lui ont acheté des chaussures et des vêtements neufs. Ils l'ont menée, aussi, chez le coiffeur, qui a permanenté ses cheveux trop mous et trop fins, leur donnant ainsi un peu de volume. Après s'être rafraîchie et parfumée d'eau de lavande, Lucille enfile ses vêtements, et lisse le col Claudine de sa robe bleu marine. Elle coiffe soigneusement ses cheveux, les fait bouffer du plat de la main, avant de rosir ses joues d'un peu de fard. Voilà. Ça y est. Elle est prête. Elle n'a plus qu'à attendre son père, qui va la conduire au palais.

Neuf heures. Les portes de la cour d'assises s'ouvrent. Déjà, le prétoire est comble. Aux bancs de la presse, les envoyés spéciaux de *France-Soir*, du *Monde*, du *Figaro* et bien sûr Gérard Pasquet, le reporter de *Détective*, assis au côté de Justin Gilles. Sur les bancs du public, de très nombreux curieux et Madeleine. Au banc de la défense, Me Delmas. Face à lui, Lucien Louans, et Daniel Jonquières, qui semble de plus en plus mal à l'aise, dans cette audience.

Avant que le procès commence, Jonquières a longuement réfléchi. Doit-il, oui ou non, se présenter au nom des parties civiles ? En grand habitué des dossiers, il sait bien que la jeune Isabelle Thévenin est probablement morte accidentellement. Quant à Clémence Caillet, a-t-elle seulement été assassinée ? Les confidences que lui a faites Justin Gilles sur ce point lui permettent d'en douter. Mais au cours de ces derniers mois, Daniel Jonquières s'est attaché à ses clients. Le vieux Dominique Thévenin le touche infiniment. Les Caillet ont su gagner son estime. Alors, faisant taire ses angoisses, l'avocat a décidé de les représenter. Mais il les a prévenus qu'il se montrerait honnête. Si les débats démontrent que le jeune Solal n'est pour rien dans la mort de leurs fillettes, il refusera de plaider contre lui.

« La cour ! »

L'audience commence. Le président, ses assesseurs, l'avocat général Dufour entrent dans la salle et gagnent leur place respective. Christophe Solal, entouré de ses gardes, arrive dans le box des accusés. Dans un silence total, Lucille Sinclair, le premier témoin à charge, s'avance jusqu'à la barre.

Une jeune fille timide et douce, qui, après avoir jeté un regard en coin à l'accusé, répète, mot pour mot, comme si elle les avait apprises par cœur, les dépositions qu'elle a faites au juge Fontaine.

« Je me promenais sur le Causse quand j'ai été surprise par une grosse pluie, dit-elle. J'ai couru jusqu'à la bergerie des Solal pour trouver un abri. Christophe était là, tout seul. Il m'a ouvert. Ensuite, il m'a conseillé d'enlever mes vêtements mouillés. Moi, je n'ai pas voulu lui obéir, bien sûr. Se mettre nue devant un homme que je ne connaissais pas, je n'aurais pas pu ! Alors il s'est approché, et il a ôté sa veste, avant de la glisser autour de mes épaules. Dans le même mouvement, il a cherché à m'embrasser. Je me suis reculée, et je l'ai repoussé. C'est à ce moment-là que son regard a changé. Il est devenu plus dur, plus fixe. Il m'a prise aux épaules, il m'a plaquée contre lui, et comme je me débattais, il a mis ses mains autour de mon cou, et il a crié : "Laisse-toi faire ! Bon Dieu !" Mais je n'ai pas cédé. Je lui ai donné un grand coup de genou dans le bas-ventre, pour l'obliger à me lâcher. Ensuite, je me suis sauvée. »

Elle en a terminé. Elle se tait, l'air modeste. Au banc des parties civiles, Martin Costes, qui croit entendre le récit de l'agression qu'aurait subie sa propre fille, serre les poings. Dans son box, Christophe

Solal secoue la tête d'un air écœuré. Me François Delmas, lui, se lève. Tournant son visage défiguré vers Lucille, il dit, d'une voix sourde :

« Mademoiselle Sinclair, votre témoignage est poignant, je le reconnais. Néanmoins... »

L'avocat tire de son dossier un procès-verbal.

« Je tiens à informer les jurés qu'à ma demande, des experts psychiatres vous ont examinée pour tenter d'évaluer votre crédibilité. Je vais donner lecture de leurs conclusions. »

Il se tait. Puis, d'une voix plus haute, détachant bien ses mots, il lit :

« Lucille Sinclair est une jeune fille fragile, qui présente des tendances certaines à la mythomanie. Elle aime à se mettre en vedette, et n'hésite pas, pour cela, à inventer des faits qui ne se sont jamais produits. Certes, cela ne permet pas de conclure que ce qu'elle raconte à propos de Christophe Solal est faux. Toutefois, il convient de considérer ses propos avec une certaine circonspection. »

La formule, qui dit bien ce qu'elle veut dire, fait murmurer l'assistance. Toujours debout devant la barre des témoins, Lucille Sinclair s'empourpre. L'avocat général se lève. Un homme solide, aux épaules carrées, très imposant dans sa lourde robe rouge.

« Me Delmas, dit-il, d'un ton sec, il est bien commode de vous réfugier derrière des experts psychiatres pour mettre en doute un témoignage défavorable à votre client. Mais pour ma part, je suis convaincu que cette jeune fille nous a dit la vérité.

– Ah oui ? lance alors François Delmas, goguenard. Pourtant, le parquet n'a pas jugé utile d'inculper mon client pour tentative de viol à l'encontre de Lucille Sinclair. Pouvez-vous m'expliquer pour quelle raison ? »

*

Là-bas, au « Chant de la Vigne », rien ne bouge. Les bêtes, qu'il faut soigner. Les champs, dont il faut s'occuper. Marcel y veille, du mieux qu'il le peut. Mais chaque fois qu'il passe devant les volets clos de la maison, il sent son cœur se serrer. On est au troisième jour du procès, déjà. D'après ce qu'il a compris, en lisant les comptes rendus d'audience de Justin Gilles, dans *La Montagne noire*, la défense de Christophe connaît des hauts et des bas. Hier, François Delmas a marqué un point quand il a contré avec vigueur le témoignage de Lucille Sinclair. Mais ensuite, le président a commencé l'interrogatoire sur les faits. Et Christophe ne lui a opposé que de bien pauvres balbutiements. Pourquoi est-ce qu'il ne crie pas son innocence ? Pourquoi ne se fâche-t-il pas tout rouge, devant les horreurs dont on l'accuse ?

Cela, Marcel ne le comprend pas. Quand il en parle à Madeleine, à qui il téléphone tous les soirs, celle-ci répond que c'est difficile pour son garçon d'affronter tant de monde. Mais Marcel, lui, continue de s'interroger. Et parfois, une vilaine idée lui vient. Et si, pour finir, Christophe était coupable ? Cette idée, il la chasse à toute vitesse de son esprit en se replongeant dans le travail de la terre. Se substituant à Madeleine, il termine les traitements d'hiver sur les arbres ne donnant aucun signe de réveil, avant de pulvériser de la bouillie bordelaise sur la vigne, en prévention d'une attaque de mildiou. Et, bien sûr, il est allé à la bergerie s'occuper des moutons. Mais les sortir sur le Causse ne l'a pas éloigné de ses préoccupations. Et c'est à peine s'il a touché au casse-croûte qu'il s'était préparé. C'est Joufflu qui en aura profité…

*

La fatigue. Le découragement. Le sentiment que tout est perdu. Voilà ce qui envahit Christophe Solal, au soir de cette troisième journée d'audience. Levé à cinq heures, couché à minuit, il ne prend aucun repas chaud. Juste un morceau de pain et du fromage, lors de la suspension de midi. Pendant que la cour et les avocats déjeunent, il reste enfermé dans un cagibi du sous-sol, sans même oser s'asseoir, de peur de salir ses vêtements. La nuit, il ne parvient pas à dormir, tant son angoisse est grande. Et tout le jour durant, il écoute ce qui se passe autour de lui dans un semi-brouillard, incapable d'aligner deux phrases quand enfin on lui donne la parole. En fait, c'est comme si ce procès se déroulait en dehors de lui, comme si l'on jugeait quelqu'un d'autre, un étranger accusé des pires crimes, et dont on dissèque la personnalité et les faits et gestes dans le moindre détail. Aujourd'hui, le capitaine Beau est venu expliquer comment s'était déroulée sa garde à vue, et les conditions dans lesquelles il est passé aux aveux.

« Lorsque j'ai interrogé M. Solal, a-t-il dit, il s'est effectivement plaint de maux de tête. Mais ses douleurs ont cédé après une simple administration d'aspirine. Et je jure sur mon honneur d'officier que ses aveux ont été faits spontanément, sans qu'aucune pression n'ait été exercée sur lui. D'ailleurs, mesdames et messieurs les jurés, quel innocent avouerait les meurtres de trois jeunes filles, même sous la pression ? »

Bien sûr, après cela, Me François Delmas a cherché à déstabiliser le militaire. Il l'a même vertement malmené, l'accusant d'avoir laissé « pourrir » les trois dossiers des disparitions d'Isabelle, de Clémence et d'Adeline. Mais Martial Beau est resté inébranlable. Un roc, qui a résisté à tous les assauts de la défense. Pire encore. Sa conclusion a été terrible pour Christophe.

« Au cours de ma carrière, a-t-il dit, j'ai procédé à des milliers d'interrogatoires. Mais je puis vous jurer qu'à mon sens, Christophe Solal est coupable. Si vous le relâchez, prenez garde. Il recommencera ! »

À ce moment-là, Christophe, totalement sonné, a décidé de s'abstraire de l'audience. Et suivant sa vieille habitude, il s'est plongé, les yeux grands ouverts, dans un rêve éveillé. Marchant sur le Sidobre, en compagnie de son troupeau, Joufflu courant à ses côtés, loin, très loin des prétoires. Et tout à ses visions, il ne prête aucune attention aux experts qui, à présent, se succèdent à la barre. C'est Philippe Auriaut qui s'avance, le premier. Le petit homme sec, très maigre, presque décharné, a revêtu pour l'occasion son costume sombre, celui qu'il met lorsqu'il dépose devant les cours d'assises. Sûr de lui, volontiers cassant, il commence par relater les conditions de la découverte du corps d'Isabelle Thévenin. Puis il détaille son autopsie.

« Compte tenu de l'état de décomposition du cadavre, dont il ne restait que le squelette, je n'ai bien sûr pas pu savoir si cette jeune fille avait subi un viol avant sa mort. Mais il n'y avait aucune trace de fracture au niveau du crâne, ou de la face, et ses dents n'étaient pas brisées. Ses deux jambes, par contre, étaient cassées au niveau des deux tibias, et du fémur droit. J'en ai déduit, logiquement, qu'Isabelle Thévenin avait dû tomber debout dans la sente, et que c'est sa chute qui a causé ses blessures. À mon sens, cette malheureuse jeune fille n'a donc pas été assassinée. »

Au banc des parties civiles, le vieux Dominique Thévenin porte la main à son front. Accablé. Daniel Jonquières, lui, prend des notes. Me Delmas esquisse un tout petit sourire. Mais il se garde bien de triompher. Car il sait qu'un autre expert va venir déposer. Dans le sens contraire.

« Au cours de notre autopsie, mes collègues et moi-même avons relevé une très mince fêlure du larynx, explique effectivement le légiste qui s'est avancé à la barre, au côté de Philippe Auriaut. À notre sens, celle-ci résulte d'une manœuvre d'étranglement, qui a provoqué la mort de cette jeune fille. Ce n'est qu'ensuite que son assassin l'a jetée au fond de la sente où elle a été retrouvée. »

La salle, électrisée, murmure. Le président, lui, se tourne vers Philippe Auriaut :

« Qu'avez-vous à répondre, docteur ? lui demande-t-il.

– Je ne partage pas l'avis de mon confrère, dit poliment le légiste. J'ai moi aussi relevé sur le larynx de cette jeune fille une minuscule fêlure. Mais si Isabelle Thévenin est tombée tout droit d'une hauteur d'une dizaine de mètres, comme je l'imagine, la chute a très bien pu causer ce type de lésion... »

*

Journal de Justin Gilles :

Quel procès ! Hier, Christophe Solal semblait au fond du gouffre. Aujourd'hui, avec la controverse des experts sur la mort d'Isabelle Thévenin, la défense a marqué un gros point. De l'avis général, la jeune Isabelle Thévenin est morte accidentellement. Et cela remet donc en cause les aveux de Christophe Solal, qui a avoué son assassinat... Mes confrères s'interrogent. Daniel Jonquières, lui, semble sur le point d'abandonner le banc de la partie civile. Quant à François Delmas, il joue les modestes. Il m'a confié qu'il lui restait bien du chemin à faire avant de sortir son client du box des accusés.

*

« Adeline, c'était ma petite fille... »

Au cinquième jour de ce procès, il est debout devant la barre. Un grand homme aux épaules larges, au visage défiguré par le chagrin, qui tient face aux jurés le portrait de son enfant. Et la cour, plongée dans un silence de cathédrale, écoute son témoignage ou plutôt le dernier cri d'amour d'un père à son enfant disparue.

« Quand elle est née, dit-il, elle tenait dans le creux de mes deux mains. Elle était si petite ! Les médecins qui avaient accouché ma femme m'avaient dit qu'elle n'était pas tout à fait terminée. Ils m'avaient conseillé de la porter, comme ça (il mime le geste de bercer un nouveau-né, posé contre sa poitrine) pour l'aider à digérer son lait. Après la mort de sa mère, c'est moi qui me suis occupé d'elle, tout seul. Je n'ai pas eu de mal, d'ailleurs. Adeline était une enfant merveilleuse. Elle a appris à lire et à écrire à toute vitesse. À dix ans, elle savait aussi cuisiner. À onze, elle rédigeait de petits romans. À quatorze... »

Un sanglot. Martin Costes s'interrompt. Puis, d'un coup, il se tourne vers le box des accusés.

« Elle parlait de littérature avec toi, salaud ! hurle-t-il à Christophe Solal. Pourquoi est-ce que tu me l'as tuée ? »

Le cri retentit dans toute la salle – un cri ? Non, un hurlement, qui résonne longuement, pétrifiant toute l'assistance. Ensuite, dans le silence revenu – un silence lourd, tendu, électrique –, Martin Costes inspire profondément. Puis, d'un coup, sans que personne s'y attende, il s'élance vers le box des accusés, empoigne la rambarde de bois qui le sépare de Christophe Solal, et, d'un geste à la fois souple et puissant, la franchit. Avant de saisir l'accusé à la gorge, et de le serrer, de toutes ses forces, à l'endroit même où court encore une longue cicatrice violacée. Trois bonnes minutes ne sont pas de trop pour que les gardes se rendent maîtres du forcené qui, écumant, menace d'étrangler l'homme accusé de l'assassinat de sa petite fille.

Dix-sept heures. Après une longue suspension, l'audience vient de reprendre. Debout au centre de la salle, Me Louans, l'avocat de Martin Costes, plaide pour le retour dans la salle de son client.

« Monsieur le président, dit-il de sa grosse voix bourrue, reconnaissable entre mille, Martin Costes s'est certes mal comporté mais, à sa place, peut-être en aurais-je fait autant. Car il est bien difficile d'être assis, tout le jour durant, face à l'assassin de sa fille ! Aussi, je vous supplie de lui permettre de réintégrer le banc des parties civiles.

– Me Louans, réplique le président, votre client s'est montré d'une telle violence que je suis au regret de rejeter votre requête. Vous le représenterez. »

*

Les Disparues de la Saint-Jean

Journal de Justin Gilles :

Voilà. Martin Costes est définitivement exclu du procès. Une véritable catastrophe, pour lui qui attendait tant de cette audience ! Il n'a donc pas assisté au témoignage de Lucien Voile, qui a confirmé, publiquement, que Clémence avait peut-être tout simplement fait une fugue, pour aller travailler comme entraîneuse à Paris. Une déposition qui a été balayée par l'avocat général d'un revers de manche.

« Allons ! s'est exclamé le représentant du ministère public. Soyons sérieux ! Nous ne sommes pas ici dans un feuilleton pour midinettes ! N'oublions pas que cette affaire a été très largement médiatisée. Si Clémence Caillet était vivante, elle se serait manifestée ! »

Après cette déclaration, le président a terminé la journée en interrogeant Christophe Solal. Et je dois dire que j'ai rarement vu interrogatoire si terrible pour la défense…

XX

« L E MOMENT DE VÉRITÉ. » Tel est le titre de l'article de Justin Gilles, en cette sixième journée de procès. Une fois de plus, le localier a été bien inspiré. Car c'en est fini des expertises et des témoignages. Le moment est venu d'entendre Christophe Solal. Dans ce dossier où l'accusation ne dispose d'aucune charge matérielle, ses déclarations pourraient bien tout faire basculer, dans un sens ou dans l'autre. Le sachant, un public encore plus nombreux que d'habitude s'est déplacé. Et c'est devant une salle comble que le fils de Madeleine affronte ses juges.

« La cour ! »

Une fois de plus, la sonnerie aigrelette annonçant l'arrivée de la cour retentit. Le président, ses assesseurs et les jurés s'installent. Christophe prend lui aussi place dans le box. Dans un climat tendu à l'extrême, l'interrogatoire commence. Un interrogatoire vif, incisif, dont le président a le secret.

« Monsieur Solal, demande-t-il, devant les policiers vous avez reconnu trois assassinats. C'est bien vrai ?

– Oui.

– Vous avez donné aux gendarmes qui vous interrogeaient un grand nombre de détails. Si vous le voulez bien, je vais en donner lecture aux jurés. »

Sans attendre la réponse de Christophe, le magistrat se saisit des procès-verbaux posés sur le haut de son dossier. Puis il commence à lire :

« La première fois que j'ai tué une jeune fille, c'était lors de la nuit de la Saint-Jean de l'année 1957. J'étais allé voir les feux de joie, et je rentrais au "Chant de la Vigne" quand j'ai croisé Isabelle Thévenin. Elle marchait, sur le bord de la route, vêtue d'une robe courte, de couleur rouge. D'un coup, j'ai eu envie de l'aborder. Nous avons fait un petit bout de chemin ensemble, tout en bavardant de choses et d'autres. À un moment, nous nous sommes assis dans un petit bois, juste sous un arbre, pour nous reposer un peu. Il faisait bon. L'air était doux. Je me suis approché d'Isabelle. Je l'ai prise aux épaules, et je l'ai attirée vers moi, pour l'embrasser. D'abord, elle a accepté mon baiser mais comme je cherchais à aller plus loin, elle a tenté de se dégager, et elle s'est mise à crier. Alors, pour la faire taire, je l'ai prise au cou, et j'ai serré. Je n'ai pas dû me rendre compte de ma force car lorsque je l'ai lâchée, elle était morte. »

Le magistrat s'interrompt.

« C'est bien ce que vous avez dit, n'est-ce pas ? »

Un silence. Puis Christophe répond, d'une voix incertaine :

« C'est vrai, je l'ai dit. Mais c'était faux.

– Admettons, monsieur Solal. Pourtant, un détail me trouble. Si vous avez passé de faux aveux devant les policiers, comment saviez-vous que, ce soir-là, Isabelle Thévenin portait une robe rouge ? »

Dans son box, Christophe hausse les épaules.

« Ce sont eux qui me l'ont appris, répond-il.

– Ah bon ? Et comment l'auraient-ils su ? »

À cet instant, Me François Delmas se lève.

« C'est simple, monsieur le président, dit-il. L'avis de recherche diffusé au moment de la disparition de cette jeune fille portait cette information.

– Maître, je vous prie de ne pas voler au secours de votre client ! »

L'avocat général, ulcéré, fustige François Delmas. Mais celui-ci, loin de s'excuser, reprend la parole.

« D'ailleurs, dit-il, il n'est pas difficile de voir que Christophe Solal ne savait rien de cette affaire. Hormis le détail de la robe rouge, qui lui a été donné par les gendarmes, rien, dans ses déclarations, ne correspond aux constatations matérielles qui ont été faites par la suite. Il a expliqué qu'il avait étranglé la jeune Isabelle. Il n'a pas parlé de coups portés aux jambes. Quid alors des fractures retrouvées sur les ossements de cette adolescente ? D'autre part, mon client a affirmé avoir enterré le corps près du roc de l'Oie. Or, la dépouille a été retrouvée à des kilomètres de là, et dans une sente. »

Les arguments, assénés avec force, font murmurer la salle. Le président, lui, tape sèchement du plat de la main sur son bureau.

« Maître Delmas, dit-il, vous plaiderez à votre heure. Pour le moment, laissez-moi interroger votre client ! »

Il se tourne de nouveau vers le box.

« Monsieur Solal, dit-il, venons-en aux deux autres victimes. Et pour commencer, parlons un peu de Clémence Caillet... »

Le magistrat n'a pas le temps d'en dire plus. L'huissier vient de s'avancer vers lui, l'air grave. Et il pose sur son bureau un petit papier. Le président s'en saisit, et le lit. Puis, fronçant les sourcils, il dit, d'une voix très sèche :

« J'ai décidé de suspendre l'audience. Les débats reprendront dans une demi-heure ! »

*

Journal de Justin Gilles :

Des questions. Des supputations. Des commentaires à l'infini. Voilà ce qu'a déclenché cette suspension d'audience. Il était environ onze heures quand la salle s'est vidée. Le public, les journalistes, les avocats se sont répandus dans la salle des pas perdus, brusquement transformée en champ de foire. Mais personne, absolument personne – et surtout pas moi – ne se doutait du coup de théâtre qui allait se produire, lors de la reprise des débats. Car à peine la sonnerie avait-elle retenti, à peine les murmures s'étaient-ils apaisés qu'une toute jeune fille est entrée dans la salle. À cet instant, j'ai vu les Caillet devenir blancs comme craie. Car aussi incroyable que cela paraisse, c'était Clémence, leur fille, revenue d'entre les morts, qui s'avançait vers la barre.

*

« Je m'appelle Clémence Caillet. »
La cour d'assises d'Albi est plongée dans une stupeur totale. Au centre du prétoire, l'une des trois

disparues de la Saint-Jean se dresse. Une belle fille aux cheveux décolorés et impeccablement coupés, vêtue d'un ensemble de prix, et qui porte une grosse chaîne d'or autour de son cou fragile.

« Au mois de juin 1958, poursuit-elle, j'ai décidé de partir pour la capitale, où j'avais trouvé un emploi, dans un bar. Mon ami de l'époque, Lucien Voile, a tenté de m'en dissuader. Mais je ne l'ai pas écouté. Quand je suis arrivée à Pigalle, je me suis aperçue que l'établissement employait des prostituées. J'aurais pu refuser. Mais il était hors de question pour moi de retourner chez mes parents. »

Un court silence. Clémence redresse sa tête, d'un mouvement très fier.

« J'ai donc accepté de me vendre, dit-elle. Et pour finir, je ne m'en suis pas si mal trouvée. L'un des patrons du bar m'a prise sous sa protection. Je suis devenue sa maîtresse. Deux ans plus tard, j'ai mis son fils au monde. »

Clémence Caillet s'interrompt de nouveau.

« Voilà quelques mois, reprend-elle, mon ami m'a dit que deux journalistes me cherchaient partout dans Pigalle. Il m'a expliqué que l'on m'avait crue morte, et qu'un jeune garçon était accusé de m'avoir assassinée. Dans un premier temps, j'ai refusé de réapparaître, parce que je ne voulais à aucun prix que mes parents retrouvent ma trace. Puis, quand le procès a commencé, j'ai réfléchi. »

Elle se tourne vers le box des accusés.

« Je me suis dit que je ne pouvais pas laisser condamner un innocent, conclut-elle. Voilà pourquoi je suis ici aujourd'hui. »

*

« La cour ! »

C'est la fin de ce procès. Les jurés rentrent de leur délibéré. Au banc de la défense, François Delmas, tendu à l'extrême, scrute leurs visages. Tout à l'heure, dans une plaidoirie particulièrement brillante, il a tenté de démolir ce qui restait de l'accusation.

« Tout ce dossier n'est qu'un pur montage, s'est-il écrié. Un postulat selon lequel un tueur en série aurait enlevé et assassiné trois jeunes filles, le soir de la Saint-Jean des années 1957, 1958 et 1960. À l'époque où l'information a été ouverte, cette thèse était envisageable. Mais aujourd'hui, nous savons qu'elle est fausse. Ces débats nous ont en effet appris qu'Isabelle Thévenin était morte accidentellement. Clémence Caillet, quant à elle, nous est apparue, bien vivante. Et si Adeline Costes a été assassinée, ce n'est pas par mon client ! Bien sûr, celui-ci a avoué ce crime. Mais ces aveux, extorqués à un homme tremblant de fièvre, sont totalement mensongers ! Christophe Solal n'a pas plus tué Adeline qu'il n'a étranglé Isabelle et Clémence, comme il l'avait affirmé aux gendarmes. S'il l'avait fait, il aurait été capable de dire où, exactement, il avait enterré ce qui restait d'elle. Mais tel n'est pas le cas. La dépouille d'Adeline a été retrouvée bien loin de l'endroit qu'il a indiqué aux gendarmes... »

À ce stade de sa plaidoirie, Me Delmas s'est interrompu.

« Ce soir, a-t-il repris, ses yeux sombres fixés sur les jurés, vous allez mettre fin à une terrible erreur judiciaire. Vous allez acquitter Christophe Solal. Et vous le rendrez ainsi à sa vie d'honnête homme. Et à cette mère qui est là, devant vous, et qui l'attend... »

Cette plaidoirie, à la fois charpentée et émouvante, a-t-elle emporté l'avis des jurés ? À l'heure où ils rentrent les uns après les autres dans la salle, il est impossible de lire quoi que ce soit sur leurs traits. Quant au président, c'est d'une voix plutôt ennuyée qu'il prend la parole.

« Christophe Solal, dit-il. Levez-vous. »

Le jeune Solal obéit. Assise au premier rang du public, Madeleine se fige. Quelques secondes s'écoulent, un temps très court, qui semble à tous une éternité. Puis, enfin, le verdict est rendu.

« À la première question : Christophe Solal s'est-il rendu coupable d'homicide volontaire sur la personne d'Isabelle Thévenin, il a été répondu non à la majorité des voix. »

Un « ah ! » mi-surpris, mi-excité salue la déclaration. Le magistrat poursuit :

« À la seconde question : Christophe Solal s'est-il rendu coupable d'homicide volontaire sur la personne de Clémence Caillet, il a été répondu non à la majorité des voix. Et enfin, à la troisième question : Christophe Solal s'est-il rendu coupable d'homicide volontaire sur la personne d'Adeline Costes... »

Le président relève la tête. Puis, détachant bien ses mots, il conclut :

« ... il a été répondu non à la majorité des voix. En conséquence, la cour acquitte purement et simplement Christophe Solal... »

*

C'est chez lui que Martin Costes a appris l'acquittement de Christophe. Lorsque Lucien Louans lui a téléphoné pour l'en informer, il a murmuré quelques mots de remerciement à son attention, puis il a raccroché. Ensuite, il est monté dans la chambre d'Adeline où il est resté, assis, à regarder le décor dans lequel sa petite fille a vécu. Les poupées, les livres, les menus souvenirs amassés au cours d'une vie trop brève. Les photos de l'album, celles des cadres. Tout un monde parlant d'une pauvre disparue, à qui justice n'a pas été faite...

Aux alentours de minuit, ce même jour, l'instituteur de Lacroze s'est allongé sur le lit de sa petite fille. Là, la tête confortablement posée sur l'oreiller qui avait soutenu celle de sa fille, il a avalé deux tubes de tranquillisants. Il a fermé les yeux, attendant que la mort vienne le prendre.

Au même moment, au « Chant de la Vigne », Madeleine veille sur le sommeil de son fils car pour la première fois depuis de très longs mois, il dort paisiblement, allongé dans son lit d'enfant. Avant de fermer les yeux il a promis de se rendre à la bergerie, dès le lendemain. Comme si rien ne s'était passé, comme si son arrestation, son incarcération et son procès n'avaient été qu'un mauvais rêve, déjà oublié.

*

Journal de Justin Gilles :

C'est moi qui ai retrouvé le corps de Martin Costes. Au lendemain de l'audience, en effet, je suis passé le voir chez lui. J'avais appris qu'il n'avait pas donné ses cours, et il ne répondait pas au téléphone. Inquiet, j'ai fait appeler un serrurier, qui m'a ouvert sa porte. Je suis entré dans l'appartement. Tout était silencieux et sombre. Tout était désert, au moins en apparence. J'ai jeté un œil dans la cuisine, où tout était en ordre, puis dans la salle à manger. Personne. Je suis alors entré dans la chambre à coucher d'Adeline. Il était là, allongé sur le lit de sa fille, les yeux fermés. À ses traits détendus, à son air paisible, j'ai compris qu'il avait cessé de souffrir. Et j'ai deviné, aussi, qu'il avait enfin rejoint son enfant, par-delà la mort. Et que pour lui, tout était bien mieux ainsi…

Épilogue

L E PRINTEMPS EST REVENU sur le Sidobre. Christophe est sur le Causse, avec Marcel. Ensemble, comme avant, ils mènent le troupeau. Heureux de s'être retrouvés. Évitant soigneusement de parler des mois écoulés, et des épreuves qu'ils ont traversées. Joufflu court, devant les bêtes, la queue levée, les oreilles bien droites. Marcel avance lentement, s'aidant d'une canne de bois, depuis peu, une mauvaise arthrose le fait boiter. Christophe marche à ses côtés, humant avec délices l'air empli de senteurs odorantes. Fini la prison, ses cellules étroites et nauséabondes, ses grilles, ses barreaux. Terminé les parloirs, les fouilles humiliantes, les promenades dans le « camembert », la solitude. Oublié l'enfermement. Christophe est sur le Causse. Et plus rien d'autre ne compte, pas même la mort d'Adeline...

Au même moment, au « Chant de la Vigne », Madeleine, guillerette comme une jeune fille, s'attelle au ménage, et pas n'importe lequel. Comme elle le fait chaque année à cette époque, elle a décidé de cirer les parquets. Elle se démène dans une bonne odeur de propre qui monte et envahit toute la maison... Elle fait d'abord sa chambre, puis elle entre dans celle de Christophe, où elle ôte l'épais tapis qui recouvre le sol. D'instinct, elle s'active, procédant latte par latte. Et soudain, là, dans le bois, une rainure plus profonde que les autres lui apparaît. Un défaut du plancher ? Intriguée, Madeleine passe l'ongle sur la lame, et tente de la soulever. Surprise. Elle se déboîte, découvre un trou. Un trou ? Non, une profonde cavité dans laquelle se trouve une sorte de chiffon. Madeleine s'en saisit, l'en sort, le déplie. Le cœur battant, la sueur au front, elle découvre une courte robe blanche.

Cette robe que portait Adeline, le soir de la Saint-Jean, et que personne n'avait jamais retrouvée...

*

Journal de Justin Gilles :

Madeleine Solal est venue me demander conseil. Elle m'a expliqué qu'après avoir découvert la robe d'Adeline, elle a attendu le retour de son fils, pour lui demander des explications. Baissant la tête, Christophe lui a alors tout avoué.

Épilogue

« Le soir de la Saint-Jean, lui a-t-il dit, Adeline et moi, nous nous sommes disputés, parce que j'avais essayé de l'embrasser. À un moment, elle est partie en courant. J'aurais dû en rester là, rentrer chez nous, l'oublier. Mais j'étais trop en colère pour ça. Alors je l'ai rattrapée, et je l'ai empoignée. Je ne voulais pas lui faire de mal, je te le jure. Juste lui donner une bonne leçon, parce qu'elle m'avait mis de fausses idées dans la tête, qu'elle m'avait fait croire qu'elle était amoureuse de moi, avant de me rejeter. Mais j'y suis allé trop fort. Je l'ai secouée, avant de la pousser violemment. Elle est allée valdinguer à plusieurs mètres de là, et sa tête a cogné contre une grosse pierre. Quand je l'ai relevée, elle était morte. Je me suis affolé… J'étais sûr que personne ne me croirait, si je racontais ce qui venait de se passer. Alors, pour ne pas être pris, pour ne pas aller en prison, j'ai décidé d'enterrer Adeline dans le Sidobre. Pour qu'on ne la reconnaisse pas, si jamais on la découvrait, je lui ai enlevé sa chaîne, sa médaille, et sa robe. La chaîne et la médaille, je les ai jetées dans les bois. Mais la robe, je n'ai pas eu le courage de la détruire, parce qu'elle avait encore son odeur. Je l'ai ramenée au "Chant de la Vigne" et je l'ai gardée, quelques jours, sous mon oreiller. Ensuite, je l'ai mise sous le plancher. Comme ça, il me restait tout de même quelque chose d'elle… »

Après cette confession, Madeleine est restée longtemps silencieuse. Puis, d'une voix très douce, elle a conclu :

« Monsieur Gilles, je ne peux pas aller dénoncer Christophe : c'est mon fils. Et puis il n'a pas fait exprès de la tuer... »

Je me suis tû. Mais je lui ai demandé de me donner ce qui restait de la robe.

Christophe Solal n'a plus jamais fait parler de lui. Il est mort, quelques semaines plus tard, d'une appendicite mal soignée. Depuis, Madeleine vit seule à la bergerie. Une femme vieillissante, qui chaque jour va fleurir la tombe de ses morts : Christophe et Louis.

Dans la même collection

Les textes de la collection Terre de Poche nourrissent la mémoire collective à travers l'histoire d'une famille ou d'un village de nos régions, un récit de voyage, un document historique ou une chronique intime. Grâce à ces destins croisés, ces descriptions animées, ces analyses précises, le lecteur voit resurgir à chaque page ses souvenirs de jeunesse, la reconstitution de la vie de ses aïeux, des paysages contrastés : autant de témoignages précieux en ce début de siècle.

1 - *La Bête du Gévaudan*, François Fabre et Jean Richard.
2 - *Voyages avec un âne dans les Cévennes*, Robert Louis Stevenson.
3 - *Le Pain de Lamirand*, Jean Anglade.
4 - *La Montagne aux sabots*, Georges Rey.
5 - *La Dernière Estive*, Antonin Malroux.
6 - *Clémentine*, Jean-Louis Chantelauze.
7 - *Tintinou, paysan*, Justin Bourgeade.
8 - *Le Pain de cendre*, Paule Valette.
9 - *Le Retour de Rose*, Yveline Gimbert.
10 - *Le Troisième Prétendant*, Jean-Pierre Fournier la Touraille.
11 - *Les Porteurs de terre*, Jean Rosset.
12 - *Les Galoches rouges*, Paul Perrève.
13 - *La Meule éclatée*, Paule Valette.
14 - *La Tondue*, Marie de Palet.

15 - *Julien, berger des collines*, Julien Ventre.
16 - *Le Secret de Marie*, Jean Chauvigné.
17 - *La Roque-Basse*, Claude-Rose Touati.
18 - *Le Refus*, Christian Marcon.
19 - *Les Arbres de mai*, François Cognéras.
20 - *La Tuile à loups*, Jean-Marc Soyez.
21 - *Le Sentier aride*, Marie de Palet.
22 - *La Petite Fadette*, George Sand.
23 - *La Vallée des forges*, Joseph Gourgaud.
24 - *Antoinette, une vie de femme en 1900*, René Proriol.
25 - *La Demoiselle du presbytère*, Yvette Frontenac.
26 - *Jacquou le Croquant*, Eugène Le Roy.
27 - *La Belle Ouvrage*, Gérard Boutet.
28 - *Mémoires de femmes*, Gérard Boutet.
29 - *Saisons paysannes*, Gérard Boutet.
30 - *Les Encriers de porcelaine*, Jean-Paul Malaval.
31 - *Comme le scorpion sous la lauze*, René Évrard et Aimé Vielzeuf.
32 - *L'Étoile rousse*, Yvette Frontenac.
33 - *La Rosée blanche*, Jean-Paul Malaval.
34 - *Là où les chèvres sont pires que les loups*, Michel Verrier.
35 - *Adieu lou païs*, Micheline Boussuge.
36 - *Les Mains au dos*, Jean Anglade.
37 - *Le Destin des Vanbergh*, Gilberte-Louise Niquet.
38 - *L'Enfant oublié*, Marie de Palet.
39 - *Les Forestiers*, Gérard Boutet.
40 - *Métiers insolites*, Gérard Boutet.
41 - *Nos grands-mères aux fourneaux*, Gérard Boutet.

42 - *Les Jours derrière la montagne*, Paule Valette.
43 - *Les Années buissonnières*, Roger Bichelberger.
44 - *La Batteuse*, Charles Briand.
45 - *L'Empreinte du dieu*, Maxence Van Der Meersch.
46 - *L'Enfant de la Borie*, Jean Rouquet.
47 - *Le Dernier Regain*, Francis Grembert.
48 - *La Ferme des neuf chemins*, René de Maximy.
49 - *L'Enfant de la montagne noire*, Laurent Cabrol.
50 - *Les Enfants du beffroi*, Gilberte-Louise Niquet.
51 - *Des croix sur la mer*, Jean-François Coatmeur.
52 - *La Robe bleue d'Hélène*, Jean Mouchel.
53 - *La Bâtisse aux amandiers*, Henri Julien.
54 - *L'Ivraie et le Bon Grain*, Jean Anglade.
55 - *Mensonges*, Jacques Mazeau.
56 - *Au café de l'Église*, Jean-Marc Soyez.
57 - *La Passe-Vogue*, Simone Chamoux.
58 - *Le Bal des sabots*, Georges Rey.
59 - *Le Pensionnat*, Josette Alia.
60 - *Les Disparues de la Saint-Jean*, Laurent Cabrol.
61 - *Les Ombres du Léman*, Daniel Vigoulette.
62 - *Les Rustres*, Jacques Rouil.
63 - *Apollonie*, Henri Jurquet et Marie Rouanet.
64 - *La Ferme d'en bas*, Jacques Mazeau.
65 - *L'Atelier du vannier*, François Gardi.
66 - *Le Chat derrière la vitre*, Gilbert Bordes.
67 - *Le mal rôde*, Guy Sordelli.
68 - *Le Moulin des retrouvailles*, Bernadette Puijalon.
69 - *Les Lentilles vertes*, Henri-Antoine Verdier.
70 - *Orgueilleuse*, Suzanne Lardreau.

Poches pratiques

P1 - *Saints, anges et démons*
P2 - *Mots d'amour*
P3 - *Citations, proverbes et dictons de chez nous*
P4 - *Trucs et conseils à l'ancienne*
P5 - *Grandes et petites histoires de la gourmandise française*
P6 - *Aux plaisirs du jardin – Jardinez à l'ancienne avec la météo*
P7 - *Confitures et gourmandises – Conserves et boissons à faire soi-même*
P8 - *Vertus et bienfaits des plantes – Tisanes, infusions, décoctions*
P9 - *La Cuisine sauvage au jardin*
P10 - *La Cuisine sauvage des haies et des talus*
P11 - *Le Saisonnier – Guide du jardinage naturel*
P12 - *Secrets de beauté*

*Photocomposé par Nord Compo
à Villeneuve-d'Ascq*